이인직 소설의 텍스트와 작품 세계

강현조

1972년 서울에서 태어나 연세대학교 국어국문학과 및 동 대학원에서 수학하였다. 근대초기소설을 주요 연구 분야로 삼고 있으며, 2010년 「이인직 소설 연구」로 박사학위를 취득하였다. 주요 연구논문으로 「번안소설 〈박천남전(朴天男傳)〉 연구」(2008)·「〈금낭이산(錦囊二山)〉 연구」(2008)·「필사본 신소설 연구」(2010)·「김교제 번역·번안소설의 원작 및 대본 연구」(2011)·「한국근대소설 형성 동인으로서의 번역·번안」(2012)·「근대초기신문의 전래 서사 수용 및 변전 양상 연구」(2013)·「근대 초기 활자본 소설의 전래 서사 수용 및 근대적 변전 양상 연구」(2013) 등이 있으며, 공동 저작으로 대학 글쓰기 교재인 「비판적 읽기와 소통의 글쓰기」(2013)가 있다. 현재 연세대학교 교육개발지원센터 글쓰기교실 선임연구원으로 재직중이다.

이인직 소설의 텍스트와
작품 세계

초판 인쇄   2014년 2월 24일
초판 발행   2014년 2월 28일

지은이 강현조 ❙ 펴낸이 박찬익 ❙ 편집 김지은
펴낸곳 도서출판 **박이정** ❙ 주소 서울시 동대문구 천호대로 16가길 4
전화 02) 922-1192~3 ❙ 팩스 02) 928-4683 ❙ 홈페이지 www.pjbook.com
이메일 pijbook@naver.com ❙ 등록 1991년 3월 12일 제1-1182호

ISBN 978-89-6292-625-5 (93810)

＊ 책값은 뒤표지에 있습니다.

이인직 소설의
텍스트와
작품 세계

강현조 지음

도서
출판 박이정

이 책은 필자의 박사학위논문을 수정·보완한 것이다. 필자는 이 책을 통해 이인직의 소설이 신문 연재 및 단행본 출판의 과정에서 개작(改作) 혹은 오기(誤記) 등의 요인으로 인해 매우 복잡다기한 변화의 양상을 보여주는 다중적(多重的) 텍스트로서의 성격을 지니게 되었다는 점을 논증하고자 하였다. 그리고 이러한 텍스트 다중성의 관점에 입각하여 그의 작품에서 나타나고 있는 변화의 국면들을 통시적(通時的) 관점에서 텍스트별로 고찰함으로써 작품 세계 및 작가 의식의 역동적 전개 양상을 종합적으로 재조명해보고자 하였다.

이 책은 이른바 원전비평적 연구 방법에 입각한 작품론적 논의를 지향하고 있다. 하지만 게으르고 안목이 낮은 필자가 일반적으로 충실한 자료 수집과 함께 문헌에 대한 정확하면서도 치밀한 고증(考證)이 요구되는 이 방법을 선택하게 된 것은 일종의 아이러니가 아닐 수 없다. 근대소설의 역사적 전개 과정에 대해 공부해보고 싶다는 '거창한' 생각에 대학원에 진학했지만, 정작 필자는 주요 작품이나 몇 편 읽어보고 일부 관련 저작들을 검토하는 수준의 안일한 자세로 공부했을 뿐만 아니라 그나마 매 학기마다 제출을 요구받는 과제물을 써 내는 것도 버거워했던 학습부진아였기 때문이다. 그 결과 필자는 대학원 시절 내내 스스로가 공부에 소질이 있는 사람인지 자문하며 살아야 했고 마음으로부터 나오는 답변이 그리 긍정적이지 못했기에 괴로워했다.

어느덧 박사과정을 수료하게 되었고, 필자에게는 돌파구가 필요했다. 지금 생각해보면 단순하면서도 우직한 발상이었지만 근대소설사에 언급된 모든 작품들을 순서대로 읽어보고 필자 나름의 관점을 세워보자는 생각에 이인직의 작품을 읽기 시작했다. 친일 이력을 지니고 있다는 점과 일본문학의 모방자라는 비판 등으로 인해 이인직의 소설이 지니고 있는 문학사적 의의가 이전에 비해 저평가되고 있기는 하지만, 그럼에도 불구하고 필자가 보기에 그의 작품은 전대(前代)의 서사와 구별되는 새로움과 선진성을 갖추고 있다는 점에서 최서해가 최초로 규정했듯이 "조선신문학의 개척자"라는 명예를 얻기에 부족함이 없을 정도로 빼어난 문학사적 성과라고 해도 과언이 아니다.

당시에 흔히 언문 이야기책으로 불렸던 전래의 소설은 국민의 사상을 후퇴시키는 여항부녀(閭巷婦女)의 유흥적 소일거리 정도로 폄하되었고, 정작 이와 같은 문제제기를 주도했던 개신유학자(改新儒學者)들은 오히려 한문맥(漢文脈)에 익숙해 있었던 관계로 자신들의 문학관을 뒷받침할 만한 국문소설의 산출이라는 과제는 온전히 감당하지 못하고 있었다. 『만세보』 창간 이전 시기의 『황성신문』이나 『대한매일신보』, 심지어 여성을 주독자층으로 설정하여 순국문으로 발간되었던 『제국신문』 같은 매체에서 <혈의루>와 어깨를 견줄 만한 소설이 발견되지 않는 것은 이러한 사정을 반영한다고 할 수 있다.

이런 맥락에서 스스로가 창간을 주도한 신문에 자신의 필명을 내걸고 국문으로 소설을 연재한 이인직의 이력은 확실히 독보적인 측면이 있다. 게다가 그는 신문연재소설인 자신의 작품을 활자 단행본으로 출판한 최초의 작가인 동시에 연극으로 상연한 첫 번째 작가이기도 하다. 말하자면 이인직의 작품 집필 및 작가적 실천의 추이는 근대적 서사문학의 등장과 형성과정의 대표적 사례이자 그 자체로 근대적 작가의 탄생 과정이라고 할 수 있는 것이다. 이에 필자는 선입견에 가려져 있는 이인직의 소설적 성취와 문학사적 위상을 온전히 드러내는 데 일조하고 싶다는 생각이 들었고, 이를 위해 먼저 그의 작품을 충실히 읽어내는 일에 집중해야겠다는 마음을 먹었다.

　필자의 의문과 난관은 여기서부터 시작되었다. "<혈의루>를 읽는다"라는 명제는 결코 단일한 텍스트를 읽음으로써 충족될 수 있는 성질의 것이 아니었기 때문이다. 상편만 해도 1906년 『만세보』에 부속국문표기 형태로 연재된 것, 1907년 광학서포에서 부속국문표기를 삭제하고 순국문으로 출판된 단행본, 1912년 동양서원에서 발간된 개작본 등 3종의 텍스트가 있었는데 정작 동양서원본은 실물이 확인되지 않고 있었던 관계로 텍스트별 비교 고찰에 따른 각 판본의 위상이 명확하게 정립되어 있지 않았다. 하편의 경우는 1907년 『제국신문』에 연재된 것과 1913년 『매일신보』에 연재된 <모란봉> 2종이 있었는데, 그 내용이 판이하여 과연 2종이 모두 이인직이 쓴 것이 맞는지도 불명확했거니와 만약 그렇다고 하더라도 둘 중 어떤 것이 소위 작가의 의도에 부합하는 '진정한' 하편인가 하는 의문도 해결되지 않고 있었다. 사정이 이렇다 보니 <혈의루> 관련 연구 중 특히 작품론에 입각한 논의들은 대부분 1968년에 간행된 을유문화사판 현대어 교열본 또는 1978년에 간행된 광학서포본의 영인본만을 대상으로 하고 있었고, 각 텍스트별로 차이가 있을지도 모르며 그에 따라 작품에 대한 논의의 방향 및 내용도 달라질 수 있다는 점은 거의 고려되지 않았다. 이것이 과연 무시해도 좋을 정도로 미미한 차이일까?

텍스트별 차이점의 존재 여부를 살펴보기 위해『만세보』연재분과 광학서포본을 대조해가며 읽던 필자는『만세보』연재 47회분이 누락되어 있다는 사실을 발견하였고, 여기에 착안하여 이인직 소설의 작품별 판본들을 일일이 대조해보고 그 결과를 분석할 필요가 있다는 생각을 하게 되었다. 그리고 성취도나 학계에의 기여 여부를 떠나 그 작업과 분석의 결과물을 학위논문으로 내놓는 데에만 대략 5년의 시간이 걸렸다. 그 사이 필자는 30대에서 40대가 되었고, 첫애를 기르느라 엄두를 내지 못했던 둘째 아이를 세상 밖으로 불러내었다.

개인사적 상황을 돌이켜본 것은 아이러니를 강조하기 위함이지 필자가 남다른 대단한 노력을 기울였다는 것을 강조하기 위함이 아니다. 사실 『만세보』연재 47회분의 누락 사실은 이미 1989년과 2001년에 모두 외국인 연구자에 의해 지적된 바 있지만, 필자가 아는 한 이후 이 사실을 재인용한 내국인 연구자의 문헌은 없었다. 그래서 필자는 혼자만이 새로운 사실을 발견했다는 착각에 빠졌고, 참으로 무식하면서도 용감하게 이인직 소설의 텍스트 연구를 학위논문의 주제로 결정할 수 있었던 것이다. 또한 텍스트 비교 연구를 위해 적지 않은 자료를 엄밀하게 검토하고 그 결과를 체계적이면서도 가독성 있게 정리하는 일은 이미 고전문학분야의 연구자들이 이본(異本) 연구라는 방식으로 정립해 온 것이기도 하다. 현대문학분야의 문헌을 주로 참조하였던 필자는 학위논문을 쓸 당시에는 이 분야에 대한 지식이 일천하였던 관계로 거의 '맨땅에 헤딩하는' 수준으로 작업을 했다. 선행 연구를 충분히 참조하고 그러한 작업이 그토록 어렵고 힘든 과정을 수반하는 일인 줄 알았다면 필자는 애초부터 이러한 방식의 연구를 진행할 결심을 하지 않았을 것이다.

요컨대 필자의 무식이 이 학위논문의 집필을 가능케 한 원인이었다는 점에서 새삼 아이러니가 느껴진다는 것이다. 필자는 지도교수이신 김철 선생님으로부터 2년여에 걸쳐 『무정』의 판본별 비교 연구 방법을 배웠고, 근대초기소설 분야의 대석학이신 김영민 선생님은 물론 고전과 근대를 아우르는 서지 및 판본의 전문가 이윤석 선생님의 지도를 받았으며, 직접적인 전공분야는 아니지만 오랫동안 강의와 세미나 등을 통해 학문적 조언을 해 주신 신형기 · 이경훈 선생님으로부터 세심한 심사를 받았다. 지금도 여러 선생님들의 지도 편달에 대단히 감사하게 생각하고 있지만, 논문을 준비하면서 이 훌륭하신 선생님들께 왜 더 자주 자문과 조언을 구하지 못했는가 하는 아쉬움이 크게 남을 정도로 결과물은 만족스럽지 못했다. 좀 더 열심히, 그리고 좀 더 엄밀하게 공부했어야 했다.

이러한 후회 때문이었는지는 몰라도 학위를 취득한지 3년도 더 지나서야 단행본을 세상에 내놓게 되었다. 다행히도 학위 취득 이후 필자는 매년 3편 정도의 논문을 학술지에 게재하는, 게으르다는 비난은 면할 수 있는 정도의 논문 생산자로서 살 수 있었다. 매번 마감 기한에 겨우 맞춰 원고를 내고, 쓸 때마다 공부한답시고 아이들의 엄마와 분담해야 할 가사를 면제받으면서도 대개 4~5일씩은 머리를 쥐어짜는 듯한 고뇌에 시달리지만, 놀랍게도 완성된 논문을 보면 희열과 보람을 느끼곤 한다. 소질은 모르겠으나 공부하는 즐거움은 어느 정도 알아나가고 있는 것 같아 조금 뿌듯하다. 이런 변화의 밑바탕에는 학위논문을 쓸 당시의 고투(苦鬪)로 익힌 인내심과 감각이 자리잡고 있으리라 생각한다. 그럼에도 불구하고 그때를 다시 반추하는 것은 결코 유쾌하지 않다. 별것 없는, 알량한 자신의 밑천을 드러내는 일이기 때문일 것이다. 책으로 만들기 위해 원고를 다듬고 다시 쓰는 동안 필자는 학위논문을 쓸 당시의 자신이 얼마나 부족한 연구자였는가를 절감했고, 그 부족함을 다 메울 수 없다는 걸 알면서도 이전보다는 나은 글을 만들기 위해 할 수 있는 한도 내에서는 최선을 다했다. 학위논문을 돌리던 때의 찜찜함과 논문 심사를 맡아주신 선생님들에 대한 마음의 빚을 다소나마 덜어낸 느낌이 든다.

책의 출간을 맡아주신 박이정 출판사 사장님과 편집부 여러분께 감사의 말씀을 드린다. 아울러 많은 분들께 감사의 인사를 드려야 하나 이 책의 완성과 관련하여 특별히 근대초기신문강독세미나모임과 신소설원전강독 세미나모임을 함께 해오신 여러분들의 후의를 기록해둔다. 학위취득 후에도 공부에 대한 열정과 관심의 끈을 놓지 않게 해주신 고마운 분들이다. 그리고 마지막으로 나의 현재의 원천이자 미래의 희망, 사랑하는 가족들에게 감사의 인사를 전한다.

2014년 2월
백양관에서 저자 쓰다

I. 서 론

1. 왜 텍스트인가?

이 책에서는 이인직 소설의 텍스트 형성과정에 대한 실증적 고찰을 통해 그의 작품들이 매우 복잡다기한 변화의 양상을 보여주는 다중적 텍스트로서의 성격을 지니고 있다는 점을 입증하고자 한다. 나아가 이러한 텍스트 다중성의 관점에 입각하여 그의 작품에서 나타나고 있는 변화의 국면들을 통시적 관점에서 텍스트별로 고찰함으로써 작품 세계 및 작가 의식의 역동적 전개 양상을 종합적으로 재조명해보고자 한다.

1906년 7월 22일부터 『만세보(萬歲報)』1면에 연재되기 시작한 <혈의루(血의淚)>는 이른바 신소설의 시대를 연 작품으로 평가받고 있다. 나아가 <귀의성(鬼의聲)>과 <치악산(雉嶽山)>, 그리고 <은세계(銀世界)>로 이어지는 이인직의 작품들은 그러한 계기의 마련을 넘어 신소설이 한 시대의 문학 양식으로서 자리매김하는 데에 가장 중요한 역할을 담당했다고 할 수 있다. 이처럼 이인직의 소설이 한국근대문학사에서 차지하는 위상의 중요성에 대해서는 이론의 여지가 없다 할 수 있으며, 이에 비례하여 그 동안 다양하면서도 수많은 연구 결과가 제출된 바 있다.

그럼에도 불구하고 그의 작품에 대한 정보들은 여전히 불명확하고 불완전한 형태로 제공되고 있다. 예컨대 일문(日文)과 국문(國文)을 통틀어 이인직이 집필한 최초의 작품은 1902년 1월 28일과 29일에 걸쳐 『미야코신문(都新聞)』에 연재된 <과부의 꿈(寡婦の夢)>이지만, 국문으로 발표된 소설 중 이인직의 첫 작품이 무엇인가 하는 물음에는 아직도 명확한 답변이 제시되지 않았다. 일반적으로는 1906년 7월 3일과 4일에 『만세보』에 연재된 <단편(短篇)>으로 알려져 있지만, 여러 가지 사실을 고려해볼 때 같은 해 1월~4월 사이에 『국민신보(國民新報)』에 연재된 것으로 알려져 있는 <백로주강상촌(白鷺洲江上村)>이 실질적인 이인직의 첫 작품일 가능성이 더 높다. 따라서 두 작품 중 어느 것이 선행하는가 하는 의문을 해결할 필요가 있음에도 불구하고 지금까지 전광용의 연구[1] 외에는 <백로주강상촌>에 주목한 논의는 없었다.

또한 <혈의루>의 『만세보』 연재분과 광학서포판 단행본 사이에 표기와 문체면에서 일정한 차이가 존재한다는 사실은 잘 알려져 있지만, 정작 1906년 10월 6일자 『만세보』의 제 47회 연재분 전체가 단행본 출판 당시 누락된 사실은 거의 알려지지 않았다. 이러한 사실에 착안하여 필자가 조사해본 결과 <귀의성>의 경우에도 1906년 12월 19일자 『만세보』 연재 51회분의 마지막 3단락이 단행본 출판 당시 삭제되었음을 확인할 수 있었다. 이처럼 이인직의 작품을 연구하기 위해 가장 먼저 고찰의 대상이 되어야 할 서지조차도 여전히 불명확한 채로 남아 있을 뿐만 아니라, 신문 연재 및 단행본 출판 과정에서 나타난 각 작품별 텍스트의 전반적인 변화 양상은 아직까지 학적 연구의 검토 대상이 되지 못했다.

문제는 이로 인해 그의 작품에 대한 논의 역시 오류를 범할 가능성이 없지 않다는 점에 있다. 특히 이인직의 대표작이자 주요 논의 대상이었던

---

1) 전광용, 「이인직 연구」, 서울대 석사, 1956, 250~255쪽 참조.

<혈의루>와 <귀의성>, 그리고 <은세계>의 경우는 수록 매체의 전환과 지속적인 개작 시도 등의 요인이 작용한 결과 결코 동질적이라고 할 수 없는 복수 판본의 형태로 존재하고 있는 것이 엄연한 사실이기 때문이다. 이러한 텍스트 존재 양태의 특수성은 이인직 소설의 연구를 위한 새로운 방법론의 정립이 요구되는 상황을 초래하고 있다. 그럼에도 불구하고 지금까지의 연구에서는 텍스트의 다중성에 대한 고려가 충분히 반영되지 않았을 뿐만 아니라 별다른 주목의 대상이 되지도 못했다. 물론 여기에는 원문 텍스트 자체의 희귀성으로 인해 실물을 확인하기 어려웠던 현실적 난점이 제약으로 작용했다는 점을 부정하기 힘들다. 그렇다고 하더라도 텍스트에 대한 기본적인 사실 관계를 확인하는 작업이 미흡했다는 점은 문제가 아닐 수 없다. 자료의 발굴과 복원 및 서지의 정리, 그리고 판본의 계보 추적 및 비교·대조 등과 같은 원전비평적 고찰은 문학 연구의 기본적인 방법이자 절차라고 할 수 있으며 이에 정초하지 않은 연구는 언제든지 오류 또는 결함을 드러낼 가능성을 항시적으로 내포하게 되기 때문이다. 따라서 이인직 소설에 대한 본격적인 연구의 출발점이라 할 수 있는 이러한 작업들은 더욱 엄밀하면서도 정확하게 수행되어야 할 필요가 있다.

나아가 원전비평적 고찰을 통해 이인직 소설의 텍스트 다중성이 엄연한 사실의 차원에서 확인된다면 우리는 먼저 각각의 판본이 지닌 위상은 무엇인지, 그리고 이인직 소설의 원전의 범주를 어디까지 설정해야 할 것인지 등의 물음에 대해 합리적이면서도 실상에 부합하는 답변을 마련해야 할 것이다. 뿐만 아니라 이 작업은 각 작품의 판본들 중 가장 신뢰할 만한 텍스트, 이른바 '결정본'으로 확정할 만한 것이 무엇인가 하는 의문에 대해서도 전향적인 답변과 방안을 제시해 줄 수 있을 것으로 사료된다. 이를 위해 필자는 신문 연재와 단행본 출판 등의 과정을 거치면서 형성된 텍스트의 계보 및 작품 서지에 대해 최대한 정확하면서도 종합적인 정보를 제공하는 일에 1차적인 관심을 두고 있다.

한편 이인직 소설의 텍스트 다중성은 주로 매체의 전환과 작가의 개작 시도로 인해 초래되고 있는 것으로 볼 수 있다. 그러므로 이 요인들의 복합적인 작용으로 인한 텍스트 변화의 양상을 구체적으로 확인함과 동시에 이를 토대로 작품 세계 및 작가 의식의 변화 과정을 종합적으로 조망하는 작업이 진행될 필요가 있다. 이와 같은 고찰은 이인직의 작품 세계의 정립 과정 및 변화 양상을 통시적이면서도 통합적인 관점에서 더욱 정확하게 이해하는 데에 기여할 수 있을 것으로 판단된다.

　이러한 맥락에서 이인직 소설의 가장 중요한 변화의 계기로 지목될 수 있는 사건은 1912년에 이루어진 <혈의루>의 개작이라 할 수 있다. 식민지화 이전, 즉 대한 제국 시기의 텍스트 변화는 대체로 작품의 미적 완성도를 높이고자 했던 작가의 의도와 밀접한 연관이 있어 보이는 데 비해, 1912년의 개작은 한일강제병합이라는 정치적 지형의 변화와 검열 제도의 강화라는 외부적인 압력 요인이 주로 작용했던 것으로 볼 수 있는데, 그 결과 각 시기별 변화 양상뿐만 아니라 그 성격 또한 적지 않은 차이점이 발견되기 때문이다. 이 차이점을 설명함으로써 이인직 소설의 통시적인 변화 양상과 함께 작가의식의 변화에 따른 작품 세계 변화의 추이(推移)를 종합적으로 설명해내는 것이 이 책의 또 다른 중요한 관심사라고 할 수 있다.

　지금까지 이인직 소설의 내적 변화 과정 및 그 양상에 대한 고찰이 없었던 것은 아니지만 이는 주로 <혈의루>에만 한정되어 있었고, 그의 작품 전반에 걸친 변화의 과정을 통시적인 관점에서 텍스트별로 조망하는 방식에 의거한 고찰은 아직까지 이루어지지 않았다고 할 수 있다. 따라서 이 책에서는 이인직 소설 전반에 걸쳐 나타난 변화의 전 과정을 상세히 포착하고 그 의미를 분석하는 데에 초점을 맞추고자 한다. 나아가 이를 통해 한국근대소설사에서 이인직의 소설이 차지하고 있는 위상을 보다 명확히 규명하는 데 기여할 수 있는, 의미 있는 시사점을 제공하는 것이 필자가 추구하는 바라고 할 수 있다.

2. 기존 연구의 검토

이 절에서는 이인직 소설에 대한 기존의 연구 경향과 문학사적 평가를 크게 식민지 시기와 해방 이후로 나누어 시기별로 개괄해 보고자 한다.

먼저 식민지 시기의 문학사 연구자들은 이인직 소설의 참신성 및 독창성에 대해 대체로 긍정적인 평가를 내리고 있다. 예컨대 이인직 소설의 문학사적 의의에 대한 최초의 언급은 1922년에 간행된 자산 안확의 『조선문학사(朝鮮文學史)』[2]에서 찾아볼 수 있는데, 그는 정치 및 민족 사상에 집중되어 있던 "이 시기 문학의 시대적 추세에서 벗어나 신문학의 문을 연 작가"로 이인직을 평가하고 있으며, 그 근거로 그의 작품이 "종래의 권징주의(勸懲主義)적 소설과 달리 인정(人情)을 위주로 인물의 성격을 묘사하면서 그 심리 상태를 정묘하게 그리고 있다"는 점을 들었다.[3] 이러한 평가에서 주목을 끄는 사실은 안확이 이인직의 소설에 대해 전래 서사의 일반적 문법으로부터 벗어난 작품이라는, 즉 기존의 고소설은 물론 동시대에 등장하였던 역사전기문학과도 그 성격을 달리하는 새로운 면모를 지니고 있는 것으로 파악하고 있다는 점이다. 하지만 그는 이인직 소설의 새로움이 어디에서 비롯된 것인지에 대해서는 별다른 언급을 하지 않았다.

---

2) 안확, 『조선문학사』, 한일서점, 1922 참조.
3) 125쪽 참조. 해당 부분의 원문은 다음과 같다. "그 時代的 趨向 外에 立하야 新文學의 門을 開한 者는 李人稙 菊初의 著한 小說이라. 氏의 作은 <血의 淚>, <鬼의 聲>, <雉岳山> 等 三四種이니 이는 다 從來의 勸懲主義의 小說과 異하야 人情을 主하니 主人公과 其 圍繞 人物의 性格을 描하고 其 心理狀態를 寫함이 極히 精妙한 境에 至한지라. 此가 從來 小說에 不見하든 바 新文學의 始러라."

안확에 이어 이인직을 거론한 김동인은 1925년 6월 『조선문단(朝鮮文壇)』에 연재된 「소설작법(小說作法) 3」4)에서 <귀의성>을 예로 들며 "朝鮮에 쳐음으로 寫實小說을 내여노흔"5) 작가로 이인직을 언급하였고, 이후 「조선근대소설고(朝鮮近代小說考)」(1929)6)에서는 역시 같은 작품을 대상으로 서양 사조의 영향을 받지 않은 순수하게 조선적인 요소로 이루어진 작품이라고 평가하면서 그를 조선 근대소설의 원조로 상찬(賞讚)한 바 있다. 하지만 이인직의 소설을 '순수하게 조선적인' 것이라고 평가하는 김동인의 견해는 구체적인 근거가 결여되어 있으며 다분히 주관적인 인상 비평의 성격이 강한 것 또한 사실이다. 그럼에도 불구하고 이인직이 외래적 영향에서 벗어나 조선 최초의 근대적 소설을 창작한 작가라는 김동인의 평가는 안확의 시각과 크게 다르지 않다.

비슷한 시기에 이인직 소설의 문학사적 의의를 구체적으로 언급한 또 다른 작가로 서해 최학송을 들 수 있다. 그는 1927년 11월 15일자 『중외일보(中外日報)』에 게재된 「조선문학개척자 - 국초 이인직씨와 그 작품」이라는 글을 통해 자신이 「소설작법」에 실린 김동인의 이인직에 대한 평가에 크게 공명(共鳴)했다고 전제한 후, "쓰거운 정과 엄숙한 비판"이 담긴 "사실적 필치"와 함께 "일본냄새나 일문체식"을 찾을 수 없는 "어문일치"에 기반한 "신문체"의 구사야말로 이인직 소설이 이룬 성취라고 평가한 바 있다.7) 최학송 또한 김동인의 관점을 계승하면서도 더욱 구체적으로 이인직 소설이 이룬 성취를 고평(高評)하고 있는데, 특히 <혈의루>가 『만세보』 연재 당시 부속국문으로 표기되었기 때문에 해방 이후의 연구자들로부터 일문(日文)의 역어체(譯語體) 혹은 번역어투(飜譯語套)라는 비판을 받았던 사실을 고려한다면 "일본냄새나 일문체식"을 찾을 수 없다는

---

4) 김동인, 「소설작법 3」, 『조선문단』 제 9호, 1925.6 참조.
5) _____, 위의 글, 80쪽.
6) _____, 「조선근대소설고」, 『조선일보』, 1929.7.28~8.16 참조.
7) 최학송, 「조선문학개척자 - 국초 이인직씨와 그 작품」, 『중외일보』, 1927.11.15 참조.

언급의 근거가 무엇인지 궁금하지 않을 수 없다. 하지만 이 글에는 그 근거가 명확하게 제시되어 있지 않다.

이 점은 식민지 시기에 대학 제도 내에서 문학을 공부한 최초의 전문 연구자인 김태준 또한 크게 다르지 않다. 그 이유는 김태준의 『조선소설사(朝鮮小說史)』에 제시된 이인직에 대한 평가가 그 자신의 것이 아니라 최학송의 견해를 거의 그대로 옮겨온 것이기 때문이다. 잘 알려져 있진 않지만 다음의 두 인용문은 이 점을 여실히 보여준다.

> 그의 作을 通하야 첫재 우리가 보게 되는 것은 그때의 社會이다. 지금으로부터 二十餘年前後의 朝鮮社會相을 우리는 如實히 보게 된다. 그의 붓은 어대까지든지 寫實的이엇다. 自信잇는 外科醫가 信念있는 解剖刀를 휘둘듯이 不合理한 主從關係와 악착한 本妻의 『질투』와 『시긔』며 相互反目하는 奴隷階級 醜態가 빈빈한 량반의 家庭 等을 족음도 긔탄업시 躊躇치 안코 寫實的으로 쏘기어내엇다. 小說이라면 神話的 傳說의의 것으로 알든 것은 그때의 讀者나 作者가 다 가티 늣기고 잇든 속에서 이러한 手法을 보인 것은 靑天의 霹靂이라 아니할 수 업다. 그런데 그의 寫實的 筆致는 다만 寫實的에만 끗치고 만 것이 아니다. 다시 말하면 客觀的으로 쌀쌀하게 쏘기기만 한 것이 아니라 그의 붓끄테는 쓰거운 情과 嚴肅한 批判이 잇서서 지내간는 殘骸 속에서 새로 올 世上을 보앗다. 이것이 그의 社會觀이오 그의 人生觀일 것이다. 다음으로 그의 文體로 보드라도 그는 偉大한 功績者이다. 그는 그 째에 벌서 語文一致를 쓰려고 애썻다. 지금가트면 問題도 되지 안치만 그 째는 漢文套가 上下階級을 支配하든 째요 쏘한 國文은 內書라 하야 排斥하고 卑賤히 보든 째임에도 不拘하고 그는 嚴然히 모든 因襲과 傳說을 벗어나서 新文體를 지어 써다. 그의 小說이나 文體는 日本文壇에서 배워가지고 짓고 쓴 것이라고 하는데 우리는 그의 作에서 日本냄새나 日文體式을 찻지 못한다. 나는 여긔 잇서서 그를 우리 朝鮮文學運動史上에 잇서서 첫사람으로 推仰한다. 물론 그의 作品에 흠이 보이지 안는 것은 아니지만 그 時代에 비추어보아서 偉大한 사람의 하나이다.[8]

---

8) 최학송, 앞의 글.

우리는 그의 作品을 通하야

1. 只今으로부터 三十餘年前의 朝鮮社會를 如實히 보여주는 것이니 『鬼의聲』에 나타나든 春川집의 末路와 金承旨 마누라의 惡毒가틈은 그의 適例이며 古代人의 實話, 神秘的 傳說이 아닌 것,

2. 그의 붓은 어대까지 寫實的이엿다. 自信있는 外科醫가 解剖刀를 들고 휘둘듯이 不合理한 主從關係와 醒酗한 本妻와 猜忌며 相互反目하는 奴隷階級의 醜態가 頻頻한 兩班의 家庭을 忌憚업시 그려내엿다.(例, 鬼의聲)

3. 그는 寫實的 筆致만 아니라 다시 말하면 客觀的으로 쌀쌀하게 그린 것이 아니라 그의 붓쯔테는 쓰거운 情과 嚴肅한 批判이 잇서서 지내가는 殘骸 속에서 새로운 世上을 보앗다. 이것이 그의 社會觀이요 人生觀이다.

4. 小說이라면 神話的 傳統의의 것으로만 알든 것은 그 째의 讀者나 作家가 가티 늣기고 잇든 속에서 이러한 手法을 보인 것은 靑天의 霹靂이라고 할 만큼 眞正한 意味의 小說과 語文의 一致의 新文體를 보여주엇다. 지금 같으면 問題될 것도 업겟지만 그 째는 漢文套가 上下階級을 支配하는 째요 國文을 諺文, 內書라고 하야 排斥하고 賤視하든 째임에 不拘하고 그는 儼然히 모든 傳說과 因習을 버서나서 諺文一致의 新文體를 지엇나니 그 內容과 그 形式이 무릇 朝鮮小說의 始祖가 될 것이다. 더구나 그가 新劇運動에 나서기 前(一九〇九年 以前)에 上述한 新小說을 지엇슴에야

그의 小說과 文體가 日本文壇에서 배워가지고 온 것이라고 하나 우리는 그의 作에서 日本 냄새나 日文體式을 찾지 못한다. 나는 이에 잇서서 朝鮮文學運動史上에 잇서서 첫사람으로 推仰코저 한다. 勿論 그의 作品에 흠이 업슴이 아니나 그의 時代에 비취어 보아서 偉大하다는 말이다.(崔鶴松 『朝鮮文學開拓者』에 依함)9)(강조는 필자에 의함. 이하 같음)

『조선소설사』가 『동아일보(東亞日報)』에 최초로 연재될 당시10)에는 최학송의 글을 인용했다는 사실이 명시되어 있었지만, 1933년 단행본으로 출판11)될 때에는 이 부분이 삭제12)됨으로 인해 그 사실을 알기 어렵게

---

9) 김태준, 「조선소설사」 제 64회, 『동아일보』, 1931.2.19.
10) 1930년 10월 31일부터 1931년 2월 25일까지 총 68회에 걸쳐 연재된 바 있다.

되었고, 그 결과 이 언급은 김태준 본인의 것으로 간주되어 왔다.[13] 사정이야 어찌되었든 결과적으로 최서해의 관점을 충실히 수용한 김태준의 시각은, 식민지 시기에 이인직의 소설에 대해 가장 구체적이면서도 본격적인 논의를 전개한 연구자로 평가받는 임화에 의해 계승됨과 동시에 심화·확대된다.

임화는 「신문학사(新文學史)」를 통해 이인직의 작품에 대해 신소설이라는 양식적 개념을 부여하였고 동시에 그를 이 양식의 창조자이자 최고의 작가로 규정하였다. 이인직에 대한 임화의 평가는 앞서 언급한 연구자들의 평가를 종합하고 있는 아래의 인용문에 집약되어 있다고 할 수 있다.

> 신소설작가 중 구소설의 양식적 영향을 떠나서 객관소설의 신기원을 개척하고 권선징악 설화가 아닌 신소설을 쓴 사람은 이인직밖에 없다.[14]

나아가 그는 이인직이 "새로운 정신을 낡은 양식으로 표현한 신소설 시대에 있어 새로운 정신을 새로운 양식으로 표현해 본 유일한 작가이며, 그것을 시험하여 기념할 작품을 남긴 최초의 인(人)"[15]인 동시에 현대소

---

11) 김태준, 『조선소설사』, 청진서관, 1933(초판).
12) 참고로 1939년에 발간된 재판에도 이 부분은 삭제되어 있다.
13) 『조선소설사』의 단행본(초판 및 재판)만을 참조했던 필자 역시 이 사실을 알지 못했고, 때문에 박사논문을 쓸 당시에는 최서해의 글을 찾은 후 '대단한 발견'을 했다고 생각하여 용감하게도(!) 김태준의 표절 행위가 의심된다고 쓴 바 있다. 그로부터 대략 2년쯤 후에 필자의 논문을 심사하셨던 연세대 이윤석 교수님께서 이 부분의 사실 관계가 석연치 않다고 생각하여 『동아일보』의 최초 연재분을 찾아 읽으셨고, 그 결과 이 사실을 확인하여 필자에게 알려주셨다. 박사논문을 이제 와서 고칠 수는 없는 노릇이기에 늘 마음의 빚을 진 느낌이었는데, 이 책을 통해 사실 관계를 보다 정확하게 해명할 수 있게 되어 다행스럽게 생각한다. 김태준이 『조선소설사』를 『동아일보』에 먼저 연재한 후 단행본으로 출판한 것이라는 사실조차 몰랐던 필자의 무식에 아찔한 낭패감을 느꼈지만, 제자의 부족함을 바로잡아 주기 위해 세심한 질정을 아끼지 않으신 선생님의 노고에 대해 다시금 감사의 마음을 표하고자 한다.
14) 임화, 「속 신문학사(續新文學史)」, 『조선일보』, 1940.2.15.
15) ___, 같은 글, 『조선일보』, 1940.2.15.

설의 건설자인 이광수에 연결되는 시원적(始原的) 인물이라고 평가한다. 물론 임화가 이인직이 거둔 문학적 성취에 대해 일관된 평가를 내리지 못하고 있는 게 아닌가 하는 의구심을 불러일으키는 부분도 없지는 않다. 예컨대 「신문학사」의 다른 지면에서는 신소설을 "외국문학의 수입과 모방의 산물"16)이라고 규정하고 있는 부분이 존재하기 때문이다. 하지만 이때의 신소설이란 "결국 최초의 작가요 그 양식의 발명자인 이인직의 수준을 넘지 못한 채 현대소설의 출현을 당하여 더 발달치 못하고 항간 촌락과 규방문학으로 속화하고 만"17) 한일강제병합 이후의 이른바 '통속화'한 작품들을 지칭하는 것이지 이인직의 소설에 대한 평가는 아니었다. 그러므로 임화가 이인직의 소설에 대해 내린 문학사적 평가는 앞서 언급한 연구자들의 관점을 충실히 계승하고 있다고 보아야 할 것이다.

이상의 고찰을 통해 안확 · 김동인 · 최학송 · 김태준 · 임화 등 식민지 시기의 연구자들은, 이인직의 소설이 외래적인 것의 영향을 받지 않으면서도 기존의 소설과 다른 새로움을 창안해 냈다는, 대체로 일관된 평가를 내리고 있음을 알 수 있다. 그리고 그의 작품들이 성취한 소설적 혁신의 원천으로 작가의 개인적 역량을 지목하고 있는데, 이러한 시각은 작가로서의 이인직에 대한 식민지 시기 문학 연구 담론의 중요한 한 축을 형성하고 있다는 점에서 주목할 만하다. 하지만 이들의 연구에서는 텍스트 자체에 대한 실증적 논의를 찾아보기 어렵고 작품 서지 등을 포함한 원전비평적 고찰에 있어서는 정확성이 부족한 것이 사실이다.

이에 비해 해방 이후의 이인직 소설에 대한 연구는 보다 실증적인 경향을 보이면서도 작품의 집필 과정에 미친 외래적인 요소의 영향에 대한 관심이 증대하는 방향으로 전개되었다고 할 수 있다. 여기에는 상반된 시각이 대립하고 있는 것 또한 엄연한 사실이다. 즉 식민지 시대 이래로

---

16) ___, 위의 글, 『조선일보』, 1940.2.8.
17) ___, 같은 글, 『조선일보』, 1940.2.2.

견지되어 온 이인직 소설의 독창성에 대한 긍정적 평가의 시각 외에도 작가의 도일 경험 및 친일 행적, 그리고 일본 문학이 미친 영향이 적지 않았을 것이라는 추론적 전제에 입각한 고찰을 토대로 새롭게 등장한 부정적 · 비판적 평가의 시각이 그것이다. 또 다른 한편으로는 일본인 연구자들에 의해 이루어진 실증적 연구를 들 수 있는데, 이를 통해 이인직의 첫 작품이자 일문소설인 <과부의 꿈>을 비롯하여 일본 유학 시절의 행적 등 기존에 알려지지 않았던 상세한 전기적 사실들이 새롭게 발굴된 바 있다. 이러한 성과들은 이인직 문학의 연구 기반 확충에 적지 않은 기여를 하였다.

이인직 소설에 대한 해방 이후 최초의 고찰은 1950년에 발표된 김하명[18]의 논문이다. 그는 『만세보』 지면에 대한 직접 조사를 통해 <혈의루>에 앞서 발표되었던 <단편>의 존재를 최초로 보고함과 동시에 <혈의루>의 연재 기간을 정확히 제시함으로써 그때까지 각 작품의 발표 연대조차 정확하게 제시하지 못했던 선행 연구자들의 오류를 바로잡았다.[19] 그럼에도 불구하고 『만세보』에 연재되지 않은 작품에 대해서는 그 역시 단행본 텍스트의 간행 연대에만 의거하고 있을 뿐 별다른 언급을 하지 못하고 있다.

이어서 1955년부터 연작으로 발표된 전광용의 논문[20]은 문헌 자료를

---

18) 김하명, 「신소설과 <혈의루>와 이인직」, 『문학』 6권 3호, 백민문화사, 1950.5 참조.
19) 김하명의 글에는 "牧丹峰은 「血의淚」의 改題임이 분명하나 그 內容도 상당히 添削改述되었다."(위의 글, 196쪽)는 기록이 보인다. 그가 참조한 단행본 "牧丹峰", 즉 <목단봉>은 1912년에 <혈의루> 상편을 개제(改題) · 개작(改作)한 동양서원본이었으나, 이 사실은 전광용을 포함한 후대의 연구자들로부터 별다른 주목을 받지 못했다. 이는 이 텍스트를 『매일신보』에 연재된 <모란봉>으로 잘못 이해했던 데에서 비롯된 것 같다.
20) 전광용, 「<설중매> - 신소설연구①」, 『사상계』27호, 1955.10.
_____, 「<치악산> - 신소설연구②」, 『사상계』28호, 1955.11.
_____, 「<귀의성> - 신소설연구③」, 『사상계』30호, 1956.1.
_____, 「<은세계> - 신소설연구④」, 『사상계』31호, 1956.2.
_____, 「<혈의루> - 신소설연구⑤」, 『사상계』32호, 1956.3.

토대로 이인직의 전기에 대한 풍부한 실증적 고찰 결과를 제시함과 동시에 그의 작품 전반에 대한 구체적이면서도 본격적인 학술적 연구의 시초를 연 것으로 평가할 수 있다. 특히 그는 이인직이 동경정치학교의 과외생(科外生)으로서 강습을 받았다는 언급이 담긴 고마쓰 미도리(小松綠)의 회고록을 최초로 소개함으로써 이인직의 도일 당시 행적에 대한 실증적 연구의 단서를 제공하였을 뿐만 아니라 나아가 이인직 소설 전체의 창작 연대를 비교적 정확하게 고증하고 다양한 판본의 계보를 제시함으로써 엄밀한 원전비평적 고찰의 토대를 마련했다고 할 수 있다. 또한 그가 이인직의 작품으로 소개한 <백로주강상촌(白鷺洲江上村)>의 필사본 입력분은 작품의 원문 텍스트가 전하지 않는 현재로선 그 대략적 경개를 알 수 있게 해 주는 유일한 자료라는 점에서 중요한 의의가 있다.

이후 송민호[21]와 조연현[22], 그리고 이재선[23] 등은 이러한 전광용의 연구 결과를 토대로 각각 다양한 관점에서 이인직 소설에 대한 고찰을 행한 바 있다. 먼저 송민호는 신소설의 내적 발전 과정에서 이인직의 작품이 차지하는 위상을 검토함과 동시에 다양한 이본(異本)의 존재 가능성을 제기하였고, 조연현은 <혈의루>의 개작에 따른 판본 간 차이점이 존재한다는 사실을 지적한 후 그 특징을 분석하였으며, 이재선은 <혈의루>와 같은 제목의 일본소설 <血の涙> 3편과의 비교[24]를 통해 두 작품의 영향 관계 존재 여부를 고찰하고 아울러 『제국신문』에 연재된 <혈의루> 하편을 최초로 발굴하여 소개하는 등 다양하면서도 중요한 성과를 제출한 바 있다. 그러나 이들의 연구는 주로 <혈의루>와 관련된 사항에만 집중된

　　　　　, 「<모란봉> - 신소설연구⑥」, 『사상계』33호, 1956.4.

21) 송민호, 『한국 개화기소설의 사적 연구』, 일지사, 1975 참조.

22) 조연현, 「신소설 형성과정고 : 이인직의 <혈의루>를 중심으로」, 『현대문학』136, 현대문학사, 1965, 170~182쪽 참조.

23) 이재선, 『한국개화기소설연구』, 일조각, 1972 참조.

24) 　　　　　, 위의 책, 121~129쪽 참조.

측면이 있고 판본 간의 차이점이 존재한다는 사실을 제시하고 있음에도 불구하고 이에 대한 본격적인 원전비평적 고찰이 이루어지지 않았다는 점에서 일정한 한계가 있다.

한편 김영민[25]은 이미 90년대에 이인직의 전기 및 서지 등에 대해 상세한 고찰을 행한 바 있고 이를 통해 기존의 연구에서도 여전히 불명확한 상태에 있던 사실 관계를 바로잡는 데에 기여하였다. 특히 최근 그는 <혈의루>의『만세보』연재 텍스트와 단행본 간의 문체 비교 분석을 통해 기존에 알려진 것과 달리 이 작품이 연재 당시부터 순국문체로 집필되었음을 입증함으로써 이인직 소설의 문체에 대한 기존 연구자들의 통념이 지닌 문제점을 비판하고 작품 연구를 위한 새로운 방법론적 관점을 제공한 바 있다.

또한 다지리 히로유키[26]는『미야코신문』에 연재되었던 이인직의 첫 작품 <과부의 꿈>을 최초로 발굴 소개하였을 뿐만 아니라 그 동안 한국인 연구자들이 미처 규명하지 못했던 일본 유학 시절의 행적에 대해 가장 방대하면서도 상세한 전기적 고찰을 행함으로써 이인직 문학의 본격적인 연구를 위한 초석을 쌓았다고 할 수 있다. 그러나 그의 논문에서 다양한 형태로 시도된 작품론은 다소 주관적이고 비약적인 측면이 없지 않다고 생각한다.

---

25) 김영민,『한국근대소설사』, 솔, 1997,
　　＿＿＿,「근대 계몽기 신문의 문체와 한글 소설의 정착 과정」,『현대문학의 연구』제 22호, 한국문학연구학회, 2004, 47~88쪽,
　　＿＿＿,『한국 근대소설의 형성과정』, 소명출판, 2005,
　　＿＿＿,「『만세보』와 부속국문체 연구」,『대동문화연구』제 64집, 성균관대 대동문화연구원, 2008, 415~453쪽,
　　＿＿＿,「한국 근대문학과 원전(原典) 연구의 문제들」,『현대소설연구』제 37호, 한국현대소설학회, 2008, 9~35쪽,
　　＿＿＿,「근대 작가의 탄생: 근대 매체의 필자 표기 관행과 저작의 권리」,『현대문학의 연구』제 39호, 한국문학연구학회, 2009, 7~38쪽 등 참조.
26) 다지리 히로유키,「이인직 연구」, 고려대 박사, 2000 참조.

최근에는 이인직의 행적에 대한 새로운 사실들의 발견을 토대로 그가 1900년 이전에 조중응과 함께 이미 일본에 망명해 있었을 것이라는 적극적인 추론이 제기된 바 있는데, 구장률[27]과 함태영 등[28]의 논문이 이에 해당한다. 또한 최종순[29]은 이인직의 증조부 이면채(李冕采)가 고조부 이사관(李思觀)의 서자(庶子)였다는 사실을 새로이 밝혀냄으로써 그가 정치적으로 불우한 삶을 살게 된 이유를 간접적으로 해명한 바 있다.[30]

이러한 다양한 연구 성과의 축적에도 불구하고 이인직 소설의 창작 배경이나 일본 유학시절의 구체적인 행적, 그리고 판본 간의 차이에 따른 텍스트의 다중적 측면에 대한 원전비평적 고찰은 여전히 미진한 상태로 남아 있으며, 이에 대한 연구 또한 해결을 요하는 과제로 남아 있다.

3. 연구 대상 및 방법

이 책의 연구 대상은 크게 이인직의 작품 전체의 서지 및 구체적인 판본 간행 내역, 판본간 차이점 및 텍스트 변화의 양상, 그리고 그러한 변화 양상의 분석을 통해 도출되는 작품 세계의 변화 요인 등으로 구분된다.

---

27) 구장률, 「신소설 출현의 역사적 배경」, 『동방학지』 135, 연세대 국학연구원, 2006, 245~302 쪽 참조.

28) 함태영, 「이인직의 현실인식과 그 모순 : 관비유학 이전 행적과 『都新聞』 소재 글들을 중심으로」, 『현대소설연구』 제 30호, 한국현대소설학회, 2006, 7~30쪽,
_____, 「<혈의루> 제 2차 개작 연구 - 새 자료 동양서원본 <모란봉>을 중심으로」, 『대동문화연구』 제 57집, 2007.3, 203~232쪽 참조.

29) 최종순, 「이인직 소설 연구」, 인하대 박사, 2003 참조.

30) 최종순, 앞 논문, 20~45쪽 참조. 참고로 이인직은 한일병합 협상의 막후에서 이완용의 비서로 적지 않은 역할을 했음에도 불구하고 이후 귀족 칭호를 부여받지 못하고 경학원 사성이라는 비교적 낮은 직위를 하사받았다. 여기에는 서얼이라는 이인직의 출신 성분이 적지 않은 영향을 미쳤으리라는 것이 최종순의 견해다. 물론 출신 성분이 이인직의 삶의 향방을 규정한 유일한 원인이라고 할 수는 없겠으나 일정한 영향을 미친 요인이라는 그의 지적은 정당하다고 할 수 있다.

이인직 소설에 대한 기존의 연구를 통해 전기 및 작품 서지에 대한 상당한 분량의 자료와 정보가 축적되어 있긴 하지만 그럼에도 불구하고 여전히 불명확하고 부정확한 부분들이 존재하고 있다. 때문에 이 책에서는 기존의 연구 성과들을 토대로 하되 필자가 새롭게 발굴한 자료들을 추가하여 다시금 이인직 소설의 작품별 발표 연대 및 수록 매체(발행처 포함)를 확정하고 전반적인 판본 간행 내역을 정리한 후, 이러한 작업을 토대로 판본간 차이점의 존재 여부를 살펴보고 구체적인 변화의 양상이 무엇인지 고찰할 것이다. 그리고 그 중에서도 차이가 비교적 크게 나타난 주요 작품들을 중심으로 그러한 차이를 발생시킨 요인이 무엇인지 분석해 보고자 한다. 여기에는 작가의 개작에 따른 '의도된 변화'의 측면과 함께 매체 변환 과정에서 발생한 오류로 볼 수 있는 '우연적 변화'의 측면 또한 병존하고 있는 것으로 판단된다.[31] 이와 같은 변화의 원인에 대한 분석 결과를 바탕으로 하여 이인직의 작품 세계의 변화 양상과 함께 그것이 갖는 의미를 보다 구체적으로 해명하는 것이 이 책의 궁극적인 집필 목적이라고 할 수 있다.

이를 위해 이 책의 II장에서는 최근까지의 연구 성과를 최대한 반영하고 여기에 필자가 확보한 사실 및 자료를 추가함으로써 이인직 소설의 종합적인 작품 서지 및 텍스트의 계보를 제시할 것이다.

텍스트의 계보와 서지를 집적(集積)하는 것은 작품 연구를 위한 기본 작업이라 할 수 있다. 그럼에도 불구하고 이인직 소설의 텍스트에 대한 서지적 정보는 여전히 적지 않은 오류를 내포하고 있어 이의 보정(補正)이 필요하다. 필자의 조사 결과에 의하면 이인직의 모든 작품은 예외 없이 신문연재소설의 형태로 발표된 것이 거의 틀림없으며, 단행본으로 발간된

---

31) 물론 모든 사례들에 대해 그것이 어떤 원인의 작용으로 인해 나타난 결과인지 온전하게 규명하기란 사실상 불가능에 가깝지만, 엄밀한 원전비평적 고찰을 통해 적어도 판본간 차이점의 발생 요인을 변별하기 위한 시도는 이루어질 필요가 있다고 본다.

신소설은 지금까지 알려진 것보다 더 많은 판본의 계보를 지니고 있다. 따라서 이 논문에서는 발행 매체를 기준으로 하여 신문 연재 및 단행본 출판 작품의 서지를 시기별로 나누어 정리할 것이다. 『미야코신문』과 『국민신보』에 발표되었던 초기작들을 포함해 『만세보』・『대한신문(大韓新聞)』・『매일신보(每日新報)』 등 신문별로 연재되었던 주요 작품들의 목록을 제시하고 이들 중 단행본으로 출판된 작품들의 판본의 계보 및 서지를 최대한 상세히 집적함으로써 본격적인 논의에 앞서 논의 대상 자료의 정확성 및 충실성을 확보하고자 하였다.

Ⅲ장에서는 대한 제국 시기에 발표되었던 작품들의 텍스트 분화 및 변형의 양상을 다룰 것이다. 먼저 『미야코신문』에 발표된 <과부의 꿈>과 『만세보』 연재 <혈의루>를 중심으로 신문 연재 텍스트가 갖는 문학사적 의의와 양식적 혁신성을 주로 기법적 측면에서 고찰할 것이다. 다음으로는 최초의 단행본 텍스트인 광학서포본을 중심으로 하여 매체의 전환에 따라 초래된 텍스트 변화의 양상을 고찰할 것이다. 특히 문체의 전환으로 인식되어 왔던 표기방식의 변화가 지닌 실질적인 의미에 대해 중점적으로 살펴볼 것이다. 같은 관점에 의거해 <귀의성>과 <은세계>의 텍스트 변화 양상을 고찰할 것이며 이를 통해 이 두 작품에서도 <혈의루>와 유사한 텍스트 변화 양상이 발견된다는 점을 확인하게 될 것이다. 이를 위해 Ⅱ장에서 확인된, 현전하는 텍스트들을 최대한 취합하여 각 판본 간의 비교・대조 작업을 시도할 것이다.

텍스트 변화의 유형은 크게 교열상의 오기와 작가에 의한 개작으로 나눌 수 있는데 그 경계를 확정하기가 쉽지 않아 정밀한 검토가 요청되기 때문에 유형 구분의 원칙에 대해 먼저 설명한 후, 판본별 변화의 양상에 대한 원전비평적 고찰을 통해 각각의 유형들을 정밀히 분석하고자 한다. 더 나아가 그 동안 기존의 연구에서는 이들 텍스트 간의 차이점에 대한 분석 및 원문 보정 작업이 <혈의루>를 중심으로 하여 제한적으로 이루어져 왔기 때문에 이 논문에서는 작가 생존 당시에 개작되었거나 복수의 판본으로 존재하는 <혈의루>, <귀의성>, <은세계> 등 세 작품 모두를 대상으로 하여 교열상의 오기 보정 작업을 수행할 것이다. 아울러 개작으로 분류된 사례에 대해서는 이인직의 작가적 태도 및 작품 창작의 방법론에 일정한 경향성이 내재하고 있는지의 여부를 살펴보고자 한다.

IV장에서는 한일강제병합 이후의 개작 양상 및 이인직 소설의 전반적 변화 양상을 고찰하고자 한다. 특히 출판금지조치로 인해 대폭 개작된 후 재출판된 동양서원본 <혈의루>는 개작의 정도가 크다는 점뿐만 아니라 검열이라는 외부적 압력과 작가의 내적 욕망 사이의 길항을 드러내고 있다는 점에서 이인직 소설의 변화의 의미를 가장 징후적으로 드러내는 문제적 텍스트라고 할 수 있다. 이 판본에 대해서는 특히 정치성을 띤 작품 내부의 담론들이 어떻게 변화해 가는지를 분석함과 동시에 기법적 세련미의 추구라는 미학적 실천의 양상을 주요 대상으로 삼아 그러한 길항이 작품 세계의 변화에 어떤 영향을 미쳤는가 하는 의문을 해결해보고자 한다.

그리고 정치적 상황의 변화로 인해 형성된 내외적 요인의 복합적인 작용 속에서 작가적 역량이 점차 퇴행하는 과정을 보다 잘 보여주고 있는 『매일신보』 연재 <모란봉>을 포함한 식민지화 이후의 작품에 대한 고찰을 통해 그가 추구했던 소설적 혁신의 굴절 양상을 살펴봄으로써 최종적으로 이인직 소설이 지닌 문학사적 의의와 한계를 종합적인 관점에서 조망하는 것이 이 책의 집필 방향이라고 할 수 있다.

II. 작품 서지 및 텍스트의 계보

1. 초기작 및 『만세보』 연재 작품

1) 〈과부의 꿈(寡婦の夢)〉·〈백로주강상촌(白鷺洲江上村)〉

이인직의 첫 작품은 1902년 1월 28일과 29일에 걸쳐 『미야코신문(都新聞)』에 연재된 <과부의 꿈(寡婦の夢)>이다. 일문(日文)으로 된 이 작품은 오랫동안 그 존재 사실조차 알려지지 않았지만 이인직이 미야코신문사 견습기자를 역임한 사실을 밝혀낸 일본인 연구자 다지리 히로유키에 의해 1993년에 비로소 최초로 발굴·소개된 바 있다.[1] 이 작품의 원문 텍스트는 현재 일본국립국회도서관에 소장되어 있으며, 2004년 일본에서 출판된 『근대조선문학일본어작품집』[2]이라는 서적에도 영인본의 형태로 수록된 바 있다.

<과부의 꿈>에 대해 비교적 구체적인 작품 분석을 행하고 있는 선행

---

[1] 다지리 히로유키(田尻浩幸), 「이인직의 都新聞社見習時節 ;「朝鮮文學 寡婦の夢」등 새 자료의 소개를 중심으로」, 『어문논집』 32, 고려대, 1993 참조.

[2] 오무라 마스오(大村益夫)·호데이 도시히로(布袋敏博) 편·해설, 『近代朝鮮文学日本語作品集 : 1901~1938. 創作篇 1 小說』, 綠蔭書房, 2004, 9~11쪽 참조.

연구로는 다지리와 최종순의 논문3)을 들 수 있다. 먼저 최초 발굴자인 다지리는 이 작품이 이인직 소설에서 나타나는 '신소설의 근대적 서사 구조의 원형'들을 지니고 있다는 점을 지적함으로써 대단히 의미있는 시사점을 제공한 바 있다. 그럼에도 불구하고 작품의 주제를 '한국적 한 (恨)의 정서의 형상화'라는 막연한 일반론적 명제로 요약하고 있어 미흡한 감이 없지 않다. 이에 비해 최종순의 경우는 이 작품이 낭만적 성향을 띠고 있던 당대의 일본문학작품의 영향을 크게 받은 것으로 추정하고 있다는 점에서 다지리의 견해와 다소 차이가 있지만, 결국에는 이 작품이 단순한 초기 습작이라는 판단으로부터 크게 벗어나지 않고 있다. 이처럼 <과부의 꿈>은 이후에 국문으로 집필된 이인직 소설의 기법 및 미학적 특징을 일정한 수준에서 선취하고 있다는 점에서 그의 작품 세계를 이해 하고자 할 때 반드시 고찰되어야 할 중요한 작품임에도 불구하고 기존의 연구에서 대체로 습작으로 간주되어 별다른 주목을 받지 못했다.

그러나 필자는 이들과는 달리 이 작품이 근대적 단편소설의 미학적 원리를 충실히 반영하고 있다는 시각을 갖고 있다. 이에 이 책의 III장에서 는 먼저 이 작품의 내적 구조에 대한 분석을 통해 이 점을 논증한 후, 국내 발표작들과의 비교 고찰을 통해 이인직의 소설에서 이 작품이 지닌 위상에 대해 좀 더 구체적으로 검토해 보고자 한다.

다음으로 그의 두 번째 작품이자 국내에서 발표된 첫 번째 작품으로 기록되어야 할 것은 기존의 『만세보』 연재 <단편(短篇)>이 아니라, 『국민 신보』에 연재된 것으로 알려져 있는 <백로주강상촌(白鷺洲江上村)>이다. 비록 작품의 전문(全文) 또는 원문 텍스트가 전하지는 않지만 이인직이 자신의 첫 작품을 『국민신보』에 연재한 것은 거의 틀림없는 사실이라 할 수 있다. 그 근거로는 먼저 『매일신보』에 실린 이인직 사망 관련 기사에

---

3) I장의 각주 26번 및 29번 참조

서 이 작품이 이인직의 처녀작으로 언급되고 있다는 사실을 들 수 있다.

> 아직 조선의 일반사회가 소설이라난 무엇인지 아지도 못하던 명치 39년
> (1906)에 씨가 국민신보(國民新報) 주필이 되야 비로서 백로주(白蘆洲)라난 소
> 설을 연재하얏으니 이 백로주난 실로 동씨의 처녀작(處女作)이며 조선 신소설
> 의 효시라. 불행히 그 소설은 출판되지 아니 하얏고 그 다음에난 또 혈의루(血의
> 淚)가 출판되얏는바…4)

이 기사의 언급대로 이인직이 1906년 1월 6일 『국민신보』의 창간 당시
부터 약 4개월간 주필을 역임한 것은 사실이며, <혈의루>가 단행본으로
출판된 그의 첫 번째 소설이라는 언급 또한 사실이다. 이처럼 이 기사의
내용이 전반적으로 사실과 부합된다는 점을 고려할 때 이인직이 자신의
첫 작품을 『국민신보』에 연재했다는 언급 또한 사실일 가능성이 매우
높다.5)

두 번째 근거로는 <백로주(白蘆洲)> 혹은 <백로주강상촌(白鷺洲江上
村)>으로 알려진 이 작품의 필사본이 남아 있다는 사실을 들 수 있다.
다만 아쉽게도 이 필사본의 실물은 현재까지 확인되지 않고 있다. 전광용
의 논문6)은 이 필사본을 소개하고 있는 유일한 연구 문헌이며, 필자 또한
그의 논문을 통해서만 이 필사본에 대한 정보를 얻을 수 있었다. 그럼에도
불구하고 전광용이 제시한 필사본 관련 정보들은 이 작품이 실제로 『국민
신보』에 연재되었다는 사실을 뒷받침할 만하다고 본다.

전광용에 따르면 이인직이 떠난 『국민신보』의 주필 및 사장을 역임했던

---

4) 『매일신보』, 1916.11.28.
5) 뒤에서 자세히 설명하겠지만 이인직이 자신이 재직하고 있던 『만세보』와 『대한신문』,
그리고 잠시 동안이기는 했지만 자원근무 형식으로 업무지원을 했던 『제국신문』 등의
매체에서 예외 없이 작품을 연재했다는 사실 또한 이러한 추론을 뒷받침한다고 할 수
있다.
6) 전광용, 「이인직 연구」, 서울대 석사, 1956, 250~255쪽 참조.

최영년(崔永年)의 아들이자 <추월색(秋月色)>의 저자인 최찬식(崔瓚植)의 동생이기도 한 최원식(崔瑗植)이 소장하고 있는 <백로주강상촌(白鷺洲江上村)>[7]은 『매일신보』에서 언급된 <백로주(白鷺洲)>를 필사한 것이라고 한다. 전광용은 이 필사본을 근거로 최초의 신소설이 <혈의루>가 아니라 이 작품일 수도 있다는 입장을 피력하면서도 『국민신보』의 부재를 이유로 이 작품의 발표 연대에 대한 최종적인 판단을 유보한 바 있다.

그러나 최영년이 <귀의성>의 서문을 써 줄 정도로 이인직과 친분이 두터웠던 점을 감안할 때 그의 아들인 최원식이 소장하고 있었다는 이 <백로주강상촌>은 『국민신보』에 연재되었던 이인직의 작품을 실제로 필사한 것일 가능성이 매우 높다고 할 수 있다. 뿐만 아니라 뒤에서 자세히 언급하겠지만 이인직 소설의 필사본은 이 작품만 있는 것이 아니다. 이미 <은세계>의 필사본이 학계에 보고[8]된 바 있으며, 필자가 조사한 바에 의하면 <혈의루>의 필사본[9] 또한 2종이나 존재한다. 게다가 필사본 <은세계>는 동문사판 단행본보다 약 5개월 앞서 필사된 것이다. 그러므로 이 필사본은 <은세계>의 단행본 출판 이전에 신문[10]에 최초로 연재되었던 텍스트를 대본으로 한 것이 거의 확실하다고 할 수 있다. 그리고 <혈의루>의 필사본 2종은 각각 국립중앙도서관과 동덕여대에 소장되어 있는데,

---

7) 전광용의 고찰에 의하면 백로주(白鷺洲)는 경기도 포천군 내 영평에 위치한 실제 지명이라고 한다. 본 연구자의 조사 결과 현재의 행정구역상으로는 경기도 포천시 영중군 영평리에 속하며 백로주라는 유원지가 존재한다.(포천시청 홈페이지(http://www.pcs21.net/pocheon/introduce/district/district.jsp) 참조) 이러한 사실들을 고려하여 이하 <백로주강상촌(白鷺洲江上村)>으로 표기하도록 한다.

8) 박장례, 「<은세계>의 원전비평적 연구-필사본 신자료를 중심으로」, 『藏書閣』 제 7집, 한국정신문화연구원, 2002 참조.

9) 이 2종의 필사본에 대한 서지적 고찰은 다음 절에서 제시될 것이다.

10) 해당 연재 매체는 『대한신문』이 거의 틀림없다고 할 수 있다. 이 점은 Ⅱ장 2절에서 상세히 설명할 것이다. 참고로 <은세계>의 『대한신문』 연재 가능성을 최초로 제기한 연구로는 이상경, 「<은세계> 재론-이인직 연구(1)」, 『민족문학사연구』 제 5호, 창작과비평사, 1994 참조.

전자는『만세보』연재분을 대본(臺本)으로 한 것이고 후자는 광학서포판 단행본을 대본으로 한 것이다. 이러한 사실에서도 알 수 있듯이 이인직의 소설은 이미 신문에 연재될 당시부터 필사라고 하는 전근대적 방식을 통해 향유되고 있었다. 그러므로 비록『국민신보』연재 텍스트의 실물이 현전하지 않는다 하더라도 전광용이 인용한 <백로주강상촌>의 필사본은 신문 연재분을 대본으로 한 것이 틀림없다고 보아도 무방할 것이다.

요컨대 이인직이 귀국하여 처음 몸담았던『국민신보』에서 자신의 작품을 발표했다는『매일신보』기사가 사실일 가능성이 높다는 점, 실제 신문 연재분은 아니지만 해당 작품의 필사본이 남아 있다는 점, 그리고 필사자와 이인직의 관계 및 여타 작품의 필사본의 존재 등 이 필사본이 실제로 신문 연재분을 대본으로 한 것이라는 추론을 뒷받침할 만한 정황 증거들을 고려할 때 이인직이『만세보』에 앞서『국민신보』에 자신의 작품을 연재했을 가능성은 충분하다고 본다. 이러한 이유들로 인해 이 책에서는 <백로주강상촌>이 국내에서 발표된 이인직의 첫 번째 소설이라는 점을 분명히 해 두고자 한다.

그런데 전광용의 논문에 인용된 필사본 <백로주강상촌>의 서두는 순국문으로 표기되어 있다. 만약 이 작품의『국민신보』연재 텍스트 또한 실제로 순국문으로 표기되어 있었다면, 이는 이인직이 국내에서 발표한 첫 작품을 순국문으로 집필했다는 결론에 도달하게 된다. 이러한 추론이 입증된다면 그 동안 부속국문으로 표기된 <단편>과 <혈의루> 등의『만세보』연재 텍스트를 이인직의 최초의 작품으로 간주함으로써 빚어진 오해를 상당 부분 바로잡을 수 있게 해 준다는 점에서 <백로주강상촌>에 대한 고찰은 중요한 의미를 갖는다고 할 수 있다. 물론 필사본의 인용 부분이 순국문으로 표기되어 있다 해서 실제 신문 연재 텍스트도 순국문으로 표기되었다고 단정할 수는 없다. 게다가 필사본의 실물 역시 전하지 않는 상태이기 때문에 인용 부분의 표기방식만을 근거로 필사본의 원문이 순국문으로 표기되었는지의 여부를 알기란 쉽지 않다. 그럼에도 불구하고 전광용의 논문에서 이인직의 다른 작품들이 인용된 방식을 살펴보면 적어도 <백로주강상촌>의 필사본이 순국문으로 표기되어 있었다는 점은 확실하다. 그가 자신의 논문에서 이인직의 작품을 인용할 때에는 최대한 원문 텍스트의 표기방식을 그대로 따랐기 때문이다. 특히 단행본의 경우 원문에서 한글과 한자가 병기(倂記)된 부분은 예외없이 동일한 방식으로 인용되었다.11) 이러한 인용 방식은 전광용이 이인직의 작품을 인용할 때 원문 텍스트의 표기 방식을 충실히 재현하기 위해 노력했음을 반증하고 있다.

그러면 이번에는 순국문으로 표기되어 있는 <백로주강상촌>의 필사본 인용 부분을 살펴보도록 하자.

영평 백노주 강상촌은 풀 이름도 백노주요 촌 이름도 백노주라 원경은 백운산이요 근경은 금수정이라 백노주 물가에는 언덕이요 언덕 너머난 백노주 마을집이라 그 언덕 아래에 백년이 되었는지 이백년이 되었는지 천지 만엽에 느티나무가 서늘한 그늘을 드렷는대 만일 번화시에 저러한 강색을 임하야 저러한 수음이 있었더면 돈주정군이 누룩 썩은 물켜느라고 여간 사람은 앉아도 못보겠으나 하향인 고로 사면이 적적한대...12)

위 인용문에 등장하는 한자어들, 예컨대 '원경, 근경, 천지만엽, 번화시, 강색, 수음, 하향' 등은 보는 바와 같이 순국문으로만 인용되어 있다. 만약 이 단어들이 필사본에 애초부터 한자만으로 표기되어 있었거나 혹은

---

11) 물론 이 논문에서 『만세보』 연재 <혈의루>의 부속국문표기 부분은 원문과 달리 한자로만 표기되어 있다. 예컨대 "日淸戰爭의 총쇼리눈, 平壤 一境이 써누가눈 듯ᄒ더니"(전광용, 『신소설연구』, 새문사, 1986, 80쪽)와 같은 방식으로 표기되어 있다. 『만세보』 연재 원문의 부속국문표기를 분명히 인지하고 있었음에도 불구하고 전광용이 이 부분을 한자만으로 표기한 이유는, 이 논문의 발표 당시에는 부속국문표기를 원문과 동일하게 구현할 수 있는 기술적인 여건이 뒷받침되지 않았기 때문이라고 할 수 있다.

12) 전광용, 위의 책, 186쪽.

국문과 한문이 병기되어 있었다면 앞서 언급한 인용 방식을 고려할 때 전광용 또한 실제 표기된 방식과 동일하게 옮겼을 것이다. 그러나 인용문 전문(全文)이 순국문으로 표기되어 있다는 것은 필사본의 원문 또한 순국문으로만 씌어져 있었다는 것을 의미한다. 따라서 적어도 <백로주강상촌>의 필사본이 순국문으로 표기되어 있었다는 사실은 충분히 입증될 수 있으며, 이로 미루어 보건대 『국민신보』에 연재되었던 원문 텍스트 또한 순국문으로 표기되었을 가능성이 높다고 할 수 있다.

여기에 다지리가 최초로 소개한 바 있는 『국민신보』 지면 원문은 <백로주강상촌>의 순국문표기 가능성을 뒷받침하는 또 하나의 증거가 될 수 있다고 본다. 물론 다지리가 제시한 『국민신보』의 지면은 1909~1910년 연간의 것이기 때문에 이인직이 주필로 재직했던 1906년과 동일한 형태였다고 단정할 수는 없다. 하지만 적어도 창간 당시의 『국민신보』가 부속국문 표기방식을 사용하지 않았다는 사실은 확인할 수 있다. 부속국문표기를 최초로 사용한 신문은 『만세보』[13])이기 때문이다. 그렇다면 『국민신보』는 어떤 표기 방식을 채택하고 있었을까?

다음의 『국민신보』 지면을 살펴볼 때 기사의 경우는 기본적으로 한주국종(漢主國從)의 국한문체로 작성되었음을 확인할 수 있다. 이에 비해 현전하는 『국민신보』에 연재된 소설의 문체는 일반 기사의 그것과는 다르다는 점을 알 수 있다. 먼저 최영년이 집필한 <금세계>(1909.12.1~1910.3.30)는 한문현토체(漢文懸吐體)로 되어 있으며, 또 다른 단편 소설인 <축사경>(1909.1.1)은 순국문체에 가까운 국주한종체(國主漢從體)로 집필되어 있다. 이러한 사실로부터 알 수 있는 점은 『국민신보』에 소설이 연재될 때에는 일반 기사의 문체와 무관하게 저작자가 사용한 문체가 그대로 수용되었다는 것이다.

---

13) "其他 印刷物도 隨請酬應이오며 且 我國의 初有 特異ᄒ 附屬國文을 設備ᄒ얏ᄉ옵고 代金은 與他廉歇ᄒ을 注意ᄒ"(강조는 필자에 의함. 「광고」, 『만세보』, 1906.6.17)

사진자료 1. 『국민신보』 지면

　그렇다면 필사본 <백로주강상촌>이 순국문으로 표기되어 있다는 사실
과 『국민신보』 연재소설이 일반 기사와는 구별되는 별개의 문체로 집필되
었다는 사실로부터 이 작품의 문체에 대해 다음과 같은 두 가지 추론을
이끌어낼 수 있다고 본다. 하나는 이 작품이 연재 당시에는 한글과 한자가
병기된 국주한종체로 집필되었으나 필사자가 한자를 배제하고 순국문으
로 옮겨 적었을 가능성, 다른 하나는 애초부터 순국문체로 연재된 텍스트
를 필사자가 그대로 옮겨 적었을 가능성이 그것이다.[14] 전자와 후자 중
어느 것이 맞는지를 확인하는 것은 현재로선 불가능하지만 그럼에도 불구
하고 변하지 않는 사실은, 『국민신보』의 표기방식을 고려할 때 <백로주강
상촌>이 부속국문으로 표기되지 않은 것은 확실할 뿐만 아니라 한주국종

---

14) 혹은 작가는 순국문체로 집필하였으나 이것이 연재되는 과정에서 국민신보의 편집 체제
　　에 맞춰 한주국종체로 전환되었을 가능성도 있다. 그러나 이 점에 대해서는 확인이 불가
　　능하므로 검토 대상에서 배제하였다.

체로 집필 및 표기되었을 가능성 또한 희박하다는 것이다. 결국 <백로주강상촌>의 문체는 한글과 한자가 병기된 국주한종체 혹은 순국문체 중 하나였다는 결론에 이르게 된다.

이상의 추론을 통해 <백로주강상촌>이 국주한종체 혹은 순국문체로 집필되었을 가능성이 높다는 점은 충분히 설명되었다고 본다. 필자가 이 작품의 존재 양태에 대한 추론적 고찰을 행한 것은 이인직이 처음부터 의도적으로 부속국문체 혹은 부속국문표기를 지향했던 것이 아니었을 수도 있다는 점을 드러내기 위함이다. 달리 말해『만세보』연재 작품의 표기방식으로 인해 일본소설의 역어투에 가까운 문체라는 비난을 받았지만 이는 단지 소속 신문사의 편집방침을 추수(追隨)한 결과라는 점에서 지탄받을 일이 아닐 뿐만 아니라 실상과도 부합되지 않는 것이다. 이런 맥락에서 <백로주강상촌>의 존재는 <혈의루> 또한 사실상 순국문체로 집필된 작품이라는 주장[15]을 뒷받침하는 근거로 제시될 수 있다는 점에서 중요하다고 할 수 있다.

마지막으로 <백로주강상촌>은 비록 연재가 중단되어 출판조차 이루어지지 못한 미완의 작품이기는 했지만 작가가 소설 집필의 초창기부터 중편 분량의 서사를 주조해내는 능력을 보여주었다는 점에서 작가적 역량의 평가와 관련한 중요한 시사점을 제공한다고 할 수 있다. 전광용이 요약한 이 필사본의 줄거리[16]를 살펴보면 애초에 연재되었던 작품이 결코

---

15) 김영민, 「근대 계몽기 신문의 문체와 한글 소설의 정착 과정」,『현대문학의 연구』제 22호, 한국문학연구학회, 2004, 47~88쪽,
　　＿＿＿,「『만세보』와 부속국문체 연구」,『대동문화연구』제 64집, 성균관대 대동문화연구원, 2008, 415~453쪽 등 참조.
16) 전광용, 앞의 책, 187쪽 참조. 원문은 다음과 같다. "소꿉질하며 이웃끼리 같이 자라던 어린이가 시집 장가들 나이로 장성하여 순진한 처녀는 그대로 시골 농사에 파묻혀 한글(諺文)이나 겨우 해독할 정도밖에 안된 데 대하여 외지 유학을 다녀온 소년은 속에는 무엇이 들었든지 간에 外飾에 화려한 개화풍 차림으로 무식한 소녀를 거들떠보지도 않고 서울에서 새로 혼처로 등장된 신교육을 받은 도시 여성과의 상면을 계기로 시골 처녀의 순정을 박차고 떠나는 곳에서 작품은 아깝게도 끊어지고 있다"

적지 않은 분량으로 이루어져 있었다는 점을 알 수 있기 때문이다. 그 내용 또한 신소설에 등장하는 전형적인 모티프들로 이루어져 있다는 점에서 이 작품은 이인직의 작품 집필 이력이 이미 1906년 초반부터 본격적으로 시작되었음을 보여주는 증거물로 보아도 무방할 것이다. 다만 실물이 전하지 않는 현재로선 이와 같은 가능성을 제기하는 선에서 논의를 마무리짓고자 한다.

2) 〈단편(短篇)〉·〈혈의루(血의淚)〉·〈귀의성(鬼의聲)〉

이인직이 『국민신보』에서 『만세보』로 옮겨와 해당 신문의 지면에 연재한 작품은 〈단편〉과 〈혈의루〉, 그리고 〈귀의성〉 등 총 3편이다.[17]

앞부분에서 고찰한 결과를 토대로 정리하자면 1906년 7월 3일과 4일에 『만세보』에 연재된 〈단편〉은 이인직이 『국민신보』에서 『만세보』로 자리를 옮긴 후 국내에서 발표한 두 번째 작품이라고 재규정할 수 있다. 그럼에도 불구하고 이 작품이 그가 국문으로 집필한 첫 번째 단편소설이라는 사실은 변하지 않는다. 이 작품은 이인직의 소설 중 부속국문으로 표기된 최초의 텍스트이며 미완인 상태로 연재가 중단된 것처럼 보인다. 하지만 손동호[18]도 지적한 바 있듯이 현재 유실되어 전하지 않는 『만세보』 7월 5일자에 마지막회가 수록되어 있었을 가능성이 높다. 이 점은 실제 작품의 서사 전개 양상을 살펴볼 때에도 충분한 타당성이 있다고 본다.

---

17) 참고로 1907년 1월 1일자 『만세보』 4면에 〈백옥신년(白屋新年)〉이라는 제목의 단편소설이 게재된 사실이 있는데, 이 작품에는 저자명이 표기되어 있지 않다. 때문에 필자가 학위논문을 쓸 당시에는 이인직의 작품이라고 볼 만한 명확한 근거를 찾기 어려워 논의에서 배제했지만, 이 작품 또한 이인직이 썼을 가능성이 높다고 할 수 있다. 최근 김영민 역시 이 작품의 저자가 이인직일 개연성이 높다고 지적한 바 있다.(김영민, 「한국 근대 신년소설(新年小說)의 위상과 의미 -『매일신보(每日申報)』를 중심으로-」, 『현대문학의 연구』 제47호, 한국문학연구학회, 2012, 129~131쪽 참조)

18) 손동호, 「『만세보』 연구 : 현실인식과 서사의 특질을 중심으로」, 연세대 석사, 2008, 54쪽 참조.

퇴로재상과 그의 첩 사이의 갈등을 그리고 있는 <단편>의 서사는 다음과 같이 요약될 수 있다. 먼저 1회에서는 공간적 배경 및 등장인물에 대한 묘사와 함께 첩의 집을 찾아간 퇴로재상이 대문을 박차고 들어가기까지의 과정이 서술되고 있으며, 50여세 된 주인공이 24~5세에 불과한 첩의 부정을 의심하여 분노하는 장면을 통해 작중 갈등이 암시된다. 이어 2회에서는 퇴로재상이 몰락에 이르기까지의 내력이 서술된 후, 이러한 주인공을 두려워하거나 달래주려는 의사가 전혀 없이 역시 분노한 표정으로 관계 단절을 선언하려는 첩의 모습이 묘사되어 있다. 이인직 소설의 전형적인 구성방식인 역전적 서술 기법을 취하고 있는 이 작품의 현전하는 텍스트는 바야흐로 두 인물 간의 갈등이 폭발하려는 순간 즉 절정과 결말을 앞둔 지점에서 중단되어 버린 듯한 인상을 주고 있다. 따라서 유실된 7월 5일자『만세보』지면에 나머지 부분이 게재되었을 가능성은 충분하다.

　　이처럼 <단편>과 앞 절에서 언급한 <과부의 꿈>·<백로주강상촌> 등에 이르기까지 이인직의 초기작들의 텍스트 존재 양태는 부전(不全) 및 부전(不傳), 그리고 이로 인한 뒤늦은 발굴과 확인 등으로 요약된다고 할 수 있다. 세 작품 모두 작가의 생존 당시에 단행본으로 출판되지 않았을 뿐만 아니라, 오랫동안 작품의 존재 여부 자체를 알 수 없었거나(<과부의 꿈>), 연재된 것은 거의 틀림없는 사실이지만 현재 원문 텍스트의 소재를 알 수 없는 경우가 있는가 하면(<백로주강상촌>), 비록 텍스트가 전하기는 하지만 전체 내용이 온전한 상태로 남아 있지 않은 것으로 추정된다(<단편>).

　　문제는 초기의 세 작품들에 비해 비교적 온전하게 전하고 있는 것으로 알려져 있는, 이후의 발표 작품들의 텍스트의 경우에도 유사한 양상이 나타나고 있다는 점이다. 특히 <혈의루>·<귀의성>·<은세계> 등 주요 장편소설들은 신문 연재 후 단행본으로 발간되면서 작가의 개작 시도를 포함한 다양한 요인들이 복합적으로 작용한 결과 상당한 폭의 텍스트 내적 변화가 초래되었기 때문에 그 양상을 정확히 설명함과 동시에 이러한 변화가 지니는 의미를 분석할 필요가 있다.

이에 이 절에서는 본격적인 분석에 앞서 복잡한 판본의 계보를 형성하고 있는 이인직의 주요 작품들 중『만세보』에 연재된 후 단행본으로 간행되었던 <혈의루>와 <귀의성>의 서지를 종합적으로 재검토함으로써 그동안 부정확하게 알려져 있었거나 불명확한 상태에 놓여 있었던 사실들을 최대한 정확하게 바로잡아 보도록 하겠다.

<단편>의 연재로부터 약 3주 후, 이인직의 첫 번째 신소설 작품으로 알려져 있는 <혈의루>가 1906년 7월 22일부터 10월 10일까지 총 53회[19]에 걸쳐『만세보』에 연재되었다. 이 텍스트의 마지막 회에는 상편의 종료를 알림과 동시에 옥련의 귀국 '이후'를 다루겠다는 하편의 예고가 명시되어 있었다.[20] 그런데 1907년 5월 17일부터 6월 1일까지『제국신문』으로 지면을 옮겨 11회에 걸쳐 연재되었던 이 작품의 첫 번째 하편은 애초의 예고와는 달리 옥련의 귀국 '이전'의 사건부터 서술되고 있다. 정작 귀국 이후의 사건을 다루고 있는 것은 1913년 2월 5일부터 6월 3일까지『매일신보』에 65회에 걸쳐 연재된 바 있는 두 번째 하편 <모란봉>이다. 게다가 두 개의 하편 텍스트 사이에는 다음과 같은 내용상의 모순도 존재한다. 『제국신문』연재 하편에는 옥련모 최춘애가 미국에 건너가 딸과 상봉한 뒤 무려 3주 동안이나 머물다가 귀국하는 내용이 서술되어 있는 반면 <모란봉>에서는 모녀의 상봉이 아직 이루어지지 않은 상황을 전제로 하여 최춘애가 장옥련이란 생면부지의 인물을 자신의 딸로 착각함으로써

---

19) 흔히 <혈의루>는『만세보』에 총 50회에 걸쳐 연재된 것으로 알려져 있으나 이는 사실과 다르다. 신문 지면상으로는 50회로 표기되어 있으나 32, 36, 44회가 각각 중복 표기됨으로써 실제로는 총 53회분이 연재되었다. 자세한 연재 횟수 관련 정보는 이 책의 부록 1 참조

20)『만세보』, 1906.10.10, 1면. "아리권은 그 녀학싱이 고국에 도라온 후를 기다리오 (上篇終)"

빚어지는 소동이 그려지고 있는 것이다. 이와 같은 두 개의 하편 사이의 상이점 때문에 1975년에 『제국신문』 연재 하편을 최초로 발굴·소개한 이재선[21]은 같은 논문의 앞부분에서는 이 텍스트를 이인직의 저작이라고 했다가 뒷부분에 가서는 이인직의 필명을 양도받은 다른 작가에 의해 집필되었을 가능성이 없지 않다며 유보적인 입장을 취한 바 있다.

그러나 필자는 『제국신문』 연재 하편이 이인직에 의해 직접 집필된 것이 확실하다고 본다. 우선 이 하편이 필명 대여의 형식으로 연재되었을 것이라는 이재선의 추론은 그 근거가 희박하다. 이와 관련하여 이 하편이 연재되던 시기에 실제로 그가 『제국신문』에서 자원근무를 하고 있었던 사실[22]을 상고(詳考)해볼 필요가 있다. 『제국신문』은 5월 17일자부터 지면을 4단에서 6단으로 확대함과 동시에 편집진을 보강하였는데, 이때 이인직은 박정동·이해조와 함께 소설을 담당하는 필진 중의 한 사람으로 임명되었다. 박정동은 학술란을 주로 담당했으므로 실질적인 소설 필자는 이인직과 이해조 두 사람이라고 할 수 있는데, 주지하다시피 지면 확대가 이루어진 첫날 1면에 연재된 작품이 바로 국초(菊初)가 저작자로 명기된 <혈의루> 하편이다. 이러한 사실은 사세 확장 및 독자 확보를 위해 상당히 적극적인 노력을 기울이고 있던 『제국신문』이 이미 작가로서 명성을 얻고 있던 이인직의 소설, 그것도 『만세보』 연재를 통해 독자들의 상당한 호응을 불러일으킨 바 있는 <혈의루>의 하편에 큰 기대를 걸었음을 반증하는 것이다.[23] 실제로 <혈의루> 상편의 단행본 광고가 게재된 신문은 『만세보』와 『제국신문』뿐이며, 『대한매일신보』와 『황성신문』은 전혀 광고를 게재하지 않았다.[24] 이는 『제국신문』이 이인직에 의해 집필된 <혈의루>

---

21) 이재선, 『한말의 신문소설』, 한국일보사, 1975, 51~58쪽 참조.
22) 최기영, 『제국신문 연구』, 서강대 언론문화연구소, 1989, 45~47쪽 참조.
23) 이 당시만 하더라도 이해조는 <잠상태(岑上苔)> 외에는 별다른 작품을 발표하지 못한 상태였고, 국문으로 된 첫 신소설 작품 <고목화(枯木花)>는 <혈의루> 하편의 연재 중단 이후 발표됐다는 점에서 사실상 무명 작가에 가까웠기 때문이다.

하편을 독점 연재하고 있었기 때문에 일종의 홍보 차원에서 이루어진 일이라고 보아도 무방할 것이다. 또한 『만세보』의 <혈의루> 연재로 이미 상당한 지명도를 확보하고 있었을 뿐만 아니라 <치악산> 하편을 제외하고는 자신의 작품에 대해 저작권을 양도한 적이 없는25) 그가 필명을 대여할 이유는 별로 없어 보인다. 따라서 이상의 사실들을 감안할 때 『제국신문』 연재 하편은 이인직이 직접 쓴 것으로 볼 수밖에 없다.

다만 연재 횟수가 11회에 그친 것은 7월에 그가 『대한신문』의 사장으로 취임26)하게 되면서 『제국신문』에 더 이상 관여할 수 없는 상황에 처했기 때문으로 추정된다. 아울러 이인직은 『대한신문』의 창간과 동시에 새로운 작품을 연재하느라 더 이상 『제국신문』에 <혈의루> 하편을 속재(續載)할 수 없는 상황에 처해 있었던 것이 거의 틀림없다. 기존의 연구와 필자가 조사한 사실들을 토대로 판단해 보건대 이인직은 『대한신문』의 창간 초기에 연재된 것으로 알려진 <강상선>을 비롯하여 <치악산>, <은세계> 등의 작품을 모두 같은 신문에 연재한 것이 확실시되기 때문이다.27)

---

24) 필자가 광학서포 발행 <혈의루> 초판 및 <귀의성>의 초판, 그리고 <혈의루> 재판이 발행되었던 기간 무렵(1907년 3월~1908년 5월)의 4대 신문(『만세보』, 『제국신문』, 『대한매일신보』, 『황성신문』) 광고를 전수조사한 결과에 따른 것이다. 흥미롭게도 이 두 신문은 <혈의루>를 발간한 광학서포의 다른 서적들 및 <귀의성>의 신간 광고는 연속적으로 게재했지만 유독 <혈의루> 도서 광고만은 지면에 싣지 않았다.

25) 이 경우 광학서포본으로 알려진 현전하는 <귀의성> 상편 단행본 판권지의 저작자가 숭양산인(장지연)으로 표기되어 있는 사실이 문제가 될 수 있겠으나 이는 오히려 이 판본의 판권지가 <귀의성>의 그것이 아니라는 사실을 입증하는 근거가 될 수 있다. 실제로 함태영의 중앙서관 발행 <귀의성> 초판 발굴로 인해 이 판본은 진본이 아니며 중앙서관본과 동양서원본(재판)의 합본이라는 사실이 밝혀졌다. 이에 대해서는 <귀의성>의 서지 고찰 부분에서 다시 한 번 설명될 것이다. 한편 <치악산>의 경우도 비록 김교제를 저자로 명기한 하편의 단행본이 발간된 것은 사실이지만 이인직이 그에게 저작권을 양도했다는 공식적인 기록은 어디에서도 발견되지 않고 있다. <치악산>은 신소설 작품 중 상·하편의 저자가 다른 유일한 사례이기 때문에 그 과정의 전말 또한 해명을 필요로 하는 과제이기는 하나 현재로서는 알 수 있는 바가 없다.

26) 『황성신문』, 1907.7.16 참조.

27) 이 점에 대해서는 <은세계>의 서지 고찰 부분에서 상세히 다루도록 하겠다.

한편 『제국신문』에 하편이 연재되기 2개월 전인 1907년 3월 17일에는 <혈의루> 상편의 단행본이 광학서포를 통해 발간된다. 이는 신문연재소설을 단행본으로 출판한 최초의 사례라는 점에서 역사적인 의미가 있다. 하지만 안타깝게도 이 광학서포 발행 초판은 전하지 않으며 현재 우리가 접할 수 있는 것은 1908년 3월 27일에 간행된 재판뿐이다. 이 텍스트에는 『만세보』 연재 텍스트의 47회분[28]이 통째로 누락되어 있는데 그 동안 이 사실[29]은 잘 알려지지 않았다.[30] 이인직 소설 전체를 통틀어 신문

---

28) 1906년 10월 6일자 <혈의루>의 연재횟수는 "47회"로 표기되어 있으나 실제로는 50회에 해당한다. 하지만 이 논문에서는 혼동을 피하고자 『만세보』에 표기된 연재횟수를 기준으로 삼아 표기하기로 한다. 다만 횟수가 중복된 연재분의 구별이 필요한 경우에는 별도로 표시하도록 하겠다.(이하 동일)

29) 참고로 이 사실에 대한 최초의 지적은 이미 1989년에 있었다. 그러나 해당 문헌이 해외에서 간행된 것이었고 저자 또한 외국인 연구자였기 때문에 국내에는 알려지지 않았었다. 영문학 연구자인 정종화에 의해 영국과 미국에서 편찬된 『Korean classical literature : an anthology』(Edited by Chung Chong-wha. London : Kegan Paul International ; New York : Distributed by Routledge, Chapman, and Hall, c1989.)라는 서적에 『만세보』 연재 텍스트가 영역(英譯)되어 있는데, 영역자인 W. E. Skillend는 이 책의 Postscript 부분에서 다음과 같이 언급하고 있다. "'Tears of Blood' was printed as a book in 1907 and 1908, with some deliberate amendations, but also **some serious misprints, including the omission of the whole of Episode 47.** …(중략)… We hope that this presentation of his work, as it was first published, will have indicated the nature of the impact which he had on the course of Korean prose fiction" (ibid., Translated by W. E. Skillend, Postscript 220p.) 미국의 대학에서 한국문학 교육용 교재로 쓰인다는 이 책의 인용 부분에서 Skillend는 광학서포본이 출판될 때 연재 47회분이 누락됐다는 사실을 지적함과 동시에, 이인직이 한국 근대서사문학에 끼친 영향의 본래적 모습을 충실히 드러내 보이기 위해 최초 연재 텍스트를 영역한다고 밝히고 있다. Skillend의 지적은 이미 광학서포본의 영인본(1978)과 『만세보』 영인본(1985)이 간행되어 있었음에도 불구하고 이러한 사실을 발견하지 못하고 있었던 한국 학계의 상황과 비교해 볼 때 높이 평가할 만하다. 한편 국내에서 이 사실을 최초로 지적한 연구자 또한 내국인 연구자가 아닌 일본인 사에구사 도시카쓰였다. 그러나 그는 삭제 사실만을 언급했을 뿐 그 이상의 논의를 진행하지는 않았다. 사에구사 도시카쓰(三枝壽勝), 「이중표기와 근대적 문체 형성: 이인직 신문 연재 '혈의 누'의 경우」, 『현대문학의 연구』 제 15호, 2000. 8, 41~72쪽 참조.

30) 47회분의 누락/삭제에 따른 텍스트 변화의 양상에 대한 자세한 논의는 졸고, 「<혈의루> 판본 비교 연구 - 형성과정 및 계보에 대한 비판적 고찰을 중심으로」, 『현대문학의 연구』 제 31호, 2007. 3 및 함태영, 「<혈의루> 제 2차 개작 연구 - 새 자료 동양서원본 <모란봉>을 중심으로」, 『대동문화연구』 제 57집, 2007. 3 참조.

연재 한 회분 전체가 단행본 발간 때 누락된 사례는 이것뿐이며 분량 또한 이인직 소설 텍스트의 변화 사례들 중 가장 큰 규모에 해당하는 19단락 62행 1024자[31]에 이른다. 이 47회분이 단행본 발간 과정에서 출판사의 착오로 인해 단순 누락된 것인지 아니면 작가의 개작에 따른 의도적인 삭제의 결과인지를 판별하기는 현재로선 쉽지 않다. 그럼에도 불구하고 이 사실의 확인으로 인해 제기되는 새로운 문제는 신문 연재분과 단행본의 차이점을 둘러싼 기존의 논의[32]에서 지적되지 않았던 새로운 변화의 양상이 포착되었다는 점이다. 즉 두 개의 텍스트 사이에 표기나 문체뿐 아니라 내용면에서도 결코 간과할 수 없는 차이점이 존재한다는 사실을 새롭게 확인하게 된 것이다.

그런데 앞에서도 언급했듯이 현전하는 광학서포본은 초판이 아닌 재판이다. 때문에 본격적인 논의에 앞서 이 47회분의 누락(혹은 삭제)을 포함한 텍스트 변화가 단행본의 초판 발행 당시부터 나타났던 것인지 아니면 재판을 발간할 때 처음 나타난 것인지 사실 관계를 확인할 필요가 있다. 이해를 돕기 위해 도식화해서 설명하자면 ①『만세보』 연재 텍스트→②단행본 초판→③재판으로 이어지는 과정이 ①=②=③이 아니라는 점은 이미 확인했지만 ①≠②=③인지 아니면 ①≠②≠③인지의 여부는 아직까지 규명되지 않았기 때문에 이 점에 대해 사실 관계를 명확히 정리해 둘 필요가 있는 것이다. 어떤 경우에 해당하느냐에 따라 텍스트 변화의 양상 및 원인에 대한 분석의 결과가 달라질 수 있기 때문이다.

---

31) 『만세보』 연재 원문의 단락 수와 행수를 계수한 것이며 글자 수는 띄어쓰기 포함임.(이하 동일)
32) 그 동안 『만세보』 연재 텍스트를 단행본으로 발간하는 과정에서 나타난 변화의 가장 중요한 양상으로 지적된 사항은 부속국문표기가 순국문표기로 바뀐 점과 서두 부분을 포함한 작품 일부의 개작, 그리고 종결 어미 '-다'형이 '-더라'형으로 변화하는 이른바 문체 후퇴 현상이 발견된다는 점 등을 들 수 있다. 이러한 사실들을 근거로 그 동안에는 두 개의 텍스트 간에 문체의 차이는 비교적 큰 편이지만 내용상으로는 별다른 차이가 없다는 인식이 통념으로 자리잡게 되었다.

문제는 초판본의 실물이 전하지 않아 직접 비교를 통한 확인이 현재로
선 불가능하다는 것이다. 이에 대해 필자는 이전의 논문[33]에서『만세보』
의 광고에서 확인할 수 있는 초판본의 지면수(94쪽)[34]와 재판본의 그것이
같다는 사실을 근거로 두 판본이 동일할 것이라고 추론한 바 있다. 이후
조사를 계속하던 과정에서 이러한 추론을 사실로 확증할 만한 새로운
자료를 발굴할 수 있었는데, 동덕여대 도서관에 소장되어 있는 <옥년젼>
이 그것이다.[35] 이 텍스트는 <혈의루>의 필사본으로서 서두 부분이 현전
하는 단행본 재판의 그것과 동일한 반면『만세보』연재 텍스트의 서두[36]
와는 확연히 다르다. 그러므로 이 필사본의 대본은『만세보』연재 텍스트
가 아니라 단행본이라는 사실을 알 수 있다. 이 대학 도서관 홈페이지에는
이 텍스트가 1910년에 임순영이라는 사람에 의해 필사된 것으로 기재되어
있으나, 필자의 조사 결과에 의하면 이 텍스트는 현전하는 재판본의 출판
이전인 1908년 2월에 필사된 것이 분명하다. 사실이 그러하다면 이 텍스트
는 단행본의 초판을 대본으로 하여 필사된 것이기 때문에 현전하는 재판
본과의 비교를 통해 재판에서 발견되고 있는 변화가 이미 초판 발행 때부

---

33) 졸고, 앞 논문 참조

34) "新小說 (血의淚) 一冊 九十四頁…(이하 생략)",『만세보』, 1907.3.30.

35) 참고로 필자는 조사 과정에서 <혈의루> 필사본을 추가로 확인할 수 있었는데, 국립중앙
도서관에 소장되어 있는 이 텍스트는 도서명이 <옥련전>으로 되어 있으나 원문파일을
보면 표지에 제목이 <옥년이칙>으로 표기되어 있다. 이 필사본은 단행본이 아닌『만세보』
연재 텍스트를 대본으로 하고 있다는 점에서 주목을 끈다. 내용 또한『만세보』연재
텍스트와 거의 동일하다. 필사자 및 필사 연대가 기록되어 있지 않아 정확히 알 수는
없으나, 2쪽에 소화 17년(1942) 3월 16일자로 조선총독부 도서관 장서로 등록되었음을
명기한 인장이 찍혀 있다. 그런데 첫머리에 "**딕한** 기국 오빅 삼년 갑오 즁츄에 평안도
평양셔 일쳥젼징이 되얏던 춍소리는 평양 일경이 써나가는 듯ᄒ더니"와 같이 "조선"이
아닌 "딕한"이라는 국호를 쓰고 있는 것으로 보아 1910년 이전, 즉『만세보』연재 직후에
필사가 이루어졌을 가능성도 배제할 수 없다.

36)『만세보』연재 텍스트의 원문은 다음과 같다. "日淸戰爭의춍소리는, 平壤一境이써느가
는듯ᄒ더니,그춍소리가긋치민 淸人의敗ᄒ軍士는秋風에落葉갓치훗터지고, 日本군사는
물미듯西北으로向ᄒ야가니 그뒤는山과들에, 사람죽은송장뿐이라"

터 나타났던 것인지의 여부를 확인해 줄 수 있는 근거자료가 될 수 있다. 이 필사본은 이 책에서 처음 소개되는 자료이기 때문에 우선 필사 연대가 재판본의 발간 이전인 1908년 2월이라는 사실부터 입증한 후 다시 초판과 재판의 동일성 여부에 대해 논의하도록 하겠다.

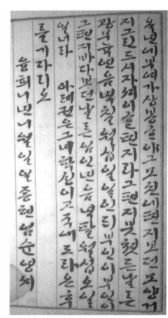

사진자료 2. 필사본 <옥년전>(동덕여대 도서관 소장)의 첫 면과 마지막 면

위의 사진은 이 필사본의 첫 면과 마지막 면을 촬영한 것이다. 이 중 마지막 면의 본문이 끝난 뒤에 나오는 "융희 □년 □월 일일 종현 ○순영 셔"라는 기록의 '□' 부분을 살펴보자. 동덕여대 도서관 홈페이지에서 필사 시기를 1910년, 즉 융희 4년으로 기록한 것은 이 □ 부분을 아라비아 숫자 '4'로 판독했기 때문인 것으로 보인다. 하지만 이러한 판독은 틀린 것이다. 만약 □ 부분이 숫자 4를 쓴 것이라면 연도와 월은 숫자로 표시하고 날짜만 한글로 표기했다는 말이 되는데 이는 모순이다. 오히려 날짜

부분의 "일일(1일)"이라는 한글 표기는 □ 부분 또한 숫자가 아닌 글자로 씌어졌음을 의미하는 것이다. 따라서 "융희 □년 □월"의 □ 부분은 숫자 4가 아닌 숫자 2의 한글 표기 '니(이)'로 보는 것이 정확한 판독이다. 결국 "융희 □년 □월 일일"은 융희 4년 4월 1일이 아니라 "융희 니(이)년 니(이)월 일일", 즉 융희 2년 2월 1일인 것이다. 아울러 필사자 이름의 ○ 부분도 잘못 판독한 것으로 보인다. 본 연구자가 이 부분을 필사본의 다른 글자들과 대조해 본 결과 "임"이 아니라 "엄"임을 알 수 있었다. 이상의 판독 결과를 종합해 볼 때 이 필사본은 1908년 2월 1일 엄순영이라는 사람에 의해 필사된 것이라는 사실을 알 수 있다.[37)

이러한 원문 판독 결과를 근거로 이 필사본의 대본이 지금은 전하지 않는 초판본[38)이라는 사실이 입증된다. 이 필사본의 필사 시기가 재판본의 간행일자인 1908년 3월 27일보다 2개월 가까이 앞서기 때문이다. 또한 기존의 연구에서 단행본 발간 당시 개작된 사례로 지적되었던 부분들을 일일이 대조해 본 결과 모두 동일하게 서술되어 있음을 확인할 수 있었고 앞서 언급한 47회분 역시 재판본과 마찬가지로 생략되어 있었다. 이상의 사실들은 <혈의루>의 초판본과 재판본이 완전히 동일하다는 점을 뒷받침한다.[39) 따라서 현재 재판본에서 확인할 수 있는 <혈의루>의 변화들이 모두 초판 발행 당시부터 나타났다는 점, 다시 말해 이인직이 <혈의루>를 『만세보』에 연재한 후 단행본 초판을 발간할 때부터 곧바로 개작에 착수

---

37) 이 엄순영이라는 인물이 정확히 어떤 사람인지는 확인할 수 없었다. 이 필사본에 "外交顧問官房"이라는 간인(間印)이 찍힌 2겹의 한지가 사용된 것으로 보아 엄순영은 해당 부서에 종사하던 역관 혹은 하급 관료가 아닌가 추정된다.

38) 참고로 초판본의 간행 일자는 1907년 3월 17일이다.

39) 물론 원작자의 부재에 기인한 적층성과 유동성을 그 중요한 특징으로 삼고 있는 고소설 필사본의 특성이 이 필사본에도 반영되었을 가능성, 즉 필사자에 의한 자의적 변개가 이루어졌을 가능성을 전혀 배제할 수는 없다. 그러나 동덕여대 소장본의 주요 부분을 본 연구자가 직접 대조해 본 결과 일부 오탈자를 제외하곤 단행본을 자의적으로 변형한 사례는 발견되지 않았다. 그러므로 이 필사본은 광학서포본을 충실히 '베낀' 텍스트라고 보아도 무방하다.

했다는 것을 알 수 있다.[40]

이후 <혈의루> 상편은 1912년에 다시 한 번 대폭적으로 개작되었고, 하편 또한 1913년에 사실상 재창작됨으로써 더욱 복잡한 텍스트 변화의 양상을 지니게 된다. 특히 이인직의 작품 세계의 변화와 관련하여 실질적으로 가장 중요한 의의를 갖는 것은 <목단봉(牧丹峯)>으로 개제(改題)하여 1912년 11월 10일 동양서원에서 발행한 <혈의루>의 상편이다. 2차 개작본인 동양서원판 <목단봉>은 『만세보』 연재 텍스트나 1차 개작본인 광학서포본과 비교해볼 때 변화의 폭이 매우 크다. 그러므로 이 판본은 작가 생존 당시에 간행된 <혈의루> 상편 중 최종 판본인 동시에 대폭적이면서도 근본적인 변화를 수반하고 있다는 점에서 앞의 두 판본과는 판이하게 다른 이질적인 텍스트로서의 위상을 지니는 사실상의 전면 개작본이라고 할 수 있다.

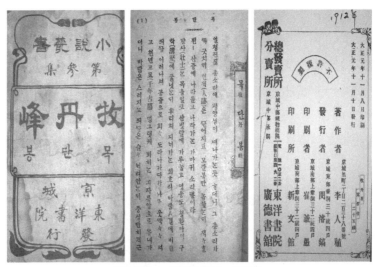

사진자료 3. 동양서원판 <목단봉>

---

40) 앞서 제시한 도식을 활용하자면 ①『만세보』 연재 텍스트→②단행본 초판→③재판으로 이어지는 과정은 ①≠②≒③이었음을 알 수 있다.

그런데 이 텍스트는 비교적 최근에 재발굴된 새로운 자료라고 할 수 있다. 왜 그러한지에 대해서는 다소 복잡하지만 별도의 설명이 필요하다. 이 텍스트를 학계에 최초로 보고한 사람은 하동호[41]이다. 그는 1912년 11월 10일에 <목단봉>으로 개제(改題)한 <혈의루>가 동양서원에서 발간되었고 자신이 이 판본을 소장하고 있다고 밝히면서 실제로 규격과 쪽수(4x6판, 144쪽)를 포함한 이 판본의 정확한 서지를 제시한 바 있다. 아울러 그는 이 판본이 1940년 2월 『문장』에 수록되었던 텍스트와 내용이 동일하다고 언급하고 있다. 주지하다시피 『문장』 수록 <혈의루>는 정치성의 거세[42]로 특징지어지는 대폭적인 변화가 나타난 텍스트다. 하동호의 언급대로 동양서원판 <목단봉>과 『문장』 수록 <혈의루>가 동일하다면 후자에서 나타난 변화들이 모두 작가 자신의 직접 개입에 의해 만들어진 것이라는 의미가 된다. 이는 이인직 소설의 가장 중요한 변화의 국면에 해당하기 때문에 동양서원본이 작가가 직접 개작한 텍스트라는 사실이 입증될 경우 그 의의는 자못 크다고 할 수 있다.

문제는 이 판본이 이후 무려 40년에 가까운 기간 동안 실물이 확인되지 않았다는 사실에 있다. 하동호 이후 동양서원판 <목단봉>의 서지를 최초로 언급한 전광용[43]은 발간일과 출판사만을 기재하고 있을 뿐이고 실제 논문에서도 이 텍스트가 아닌 『문장』 수록 <혈의루>를 인용하고 있다. 최원식과 다지리[44] 또한 『문장』 수록 <혈의루>가 동양서원판 <목단봉>을 대본으로 했을 것이라는 추정을 토대로 개작의 양상과 의미에 대한 고찰을 시도하긴 했지만 이들 역시 동양서원본의 실물을 확인하지는 못했다고 말하고 있다. 결국 하동호가 동양서원본의 존재 사실을 알린 이래

---

41) 하동호, 「新小說 硏究草 : 下」, 『세대』 41호, 1966.12, 358~9쪽 참조.

42) 최원식, 「<혈의루> 소고」, 『한국학보』 36집, 1984 참조.

43) 전광용, 앞 논문 참조.

44) 최원식, 앞 논문 및 다지리 히로유키(田尻浩幸), 「국초 이인직론」, 연세대 석사논문, 1992 등 참조.

적어도 40년에 가까운 기간 동안 어떤 연구자도 이 판본을 직접 확인하지는 못했던 것이다.

이러한 상황 때문에 그 동안 『문장』 수록 <혈의루>의 개작 부분을 작가가 직접 고친 것이 맞는지의 여부를 확증할 수가 없었다. 그러던 중 최근에야 비로소 실물의 재발굴이 이루어졌고 이를 통해 이 동양서원본이 이인직에 의해 직접 개작된 텍스트라는 사실이 입증되었다.[45] 아울러 『문장』 수록 텍스트가 이 판본을 대본으로 한 것이며 약간의 차이가 있긴 하지만 거의 대부분의 내용이 동일하다는 점이 원문 대조를 통해 확인되었던 것이다. 따라서 동양서원본의 실물 확인은 이인직이 한일강제병합 이후 <혈의루>를 직접 개작했다는 점을 사실로 확증하는 결정적 계기가 되며, 동시에 『문장』 수록 텍스트를 대상으로 작품 변화의 성격을 고찰했던 최원식과 다지리 등의 논의가 일정 정도 유효하다는 점[46]을 뒷받침하는 물적 근거를 마련한 셈이다.

요컨대 이 동양서원본의 재발굴로 인해 『만세보』 연재 텍스트와 광학서포본, 그리고 동양서원본으로 이어지는 3개의 상편의 원문 텍스트가 모두 확보되었고, 여기에 『제국신문』 연재 하편과 『매일신보』 연재 <모란봉> 등 2개의 하편을 포함하면 이제야 비로소 <혈의루>의 개작 및 변화 양상과 그 성격에 대한 논의를 온전히 전개할 수 있는 토대가 마련되었다고 할 수 있다. 참고로 상·하편의 발간 과정 및 텍스트 목록을 시기순으로 정리하면 다음과 같다.

---

45) 이 판본에 대한 자세한 논의는 II장의 각주 30번의 논문들 참조.
46) '일정 정도'라고 한정한 이유는 이들의 논의가 주로 주제면의 변화에 한정되어 있고, 2차례에 걸친 개작의 전체적인 양상과 성격을 포괄적으로 다루지 못하고 있다는 점에서 한계가 있기 때문이다.

표 1. <혈의루> 상·하편의 텍스트 목록

병합 이전			병합 이후	
1906. 7.22.~10.10.	1907. 3.17.(초판)	1907. 5.17.~6.1.	1912. 11.10.	1913. 2.5~6.3
① 『만세보』 연재 텍스트	② 광학서포본 (재판(1908.3.28)은 초판과 동일함)	③ 『제국신문』 연재 텍스트	④ 동양서원본 <목단봉>	⑤ 『매일신보』 연재 <모란봉>
상편	상편	하편	상편	하편
최초 연재분	1차 개작본	최초 연재분	2차 개작본	③과 별개의 하편임

이번에는 <귀의성>의 원문 텍스트에 대해 고찰해 보도록 하자. <귀의성>은 <혈의루>의 연재 직후인 1906년 10월 14일부터 1907년 5월 31일까지 7개월여에 걸쳐 『만세보』에 연재되었는데, 이 텍스트는 <혈의루>와는 달리 아무런 공지나 예고 없이 미완인 채로 연재가 중단되어 있다. 그러나 김영민[47]이 지적한 바 있듯이 현재 영인되어 있는 『만세보』의 유실분[48] 중에 이 부분이 연재되어 완결되었을 가능성을 배제할 수 없다. 따라서 단행본에 수록되어 있는 작품의 마지막 부분[49]이 『만세보』 연재 당시에 없었다고 단정하기는 어렵다.

먼저 이 신문 연재 텍스트의 서지에 대해 한 가지 바로잡아야 할 사항이 있다. 그것은 이 작품의 정확한 총 연재횟수가 기존에 알려진 것과 달리 134회가 아닌 139회라는 사실이다.[50] 총 연재횟수를 확인해 두는 이유는

---

47) 김영민, 『한국근대소설사』, 솔, 1997 참조.
48) 참고로 134회가 연재된 270호(1907.5.31) 발행 이후 293호(1907.6.29)를 마지막으로 『만세보』는 폐간되었는데 이 중 제 275호(1907.6.6)와 281호(1907.6.13)는 유실되어 전하지 않는다.
49) 신문 연재 1~2회분 정도의 분량에 해당한다.
50) <귀의성>의 연재횟수 관련 정보는 이 논문의 부록 2 참조 이하의 연재횟수는 <혈의루>와 마찬가지로 『만세보』에 표기된 횟수를 기준으로 함.

횟수 표기상의 복잡성으로 인해 <혈의루>의 경우처럼 『만세보』 연재 텍스트를 단행본으로 발간하는 과정에서 한 회분이 생략된 것과 같은 텍스트 변화의 사례가 존재하는지의 여부를 따져볼 필요가 있기 때문이다. 『만세보』에 표기된 연재횟수가 실제 연재횟수와 일치하지 않는다는 점은 이미 손동호[51]에 의해 지적된 바 있으나, 그가 총 연재횟수를 138회로 계수한 것은 정확하지 않다. 그의 논문에는 정확한 산출 근거가 제시되어 있지 않기 때문에 이 논문에서는 중복 및 누락된 횟수를 구체적으로 제시함으로써 이를 바로잡도록 하겠다. 우선 『만세보』 연재 텍스트에는 32회가 수록되어 있지 않다. 그러나 이는 연재횟수를 표기하는 과정에서 발생한 오류일 뿐이며, 내용의 누락이 아니라는 점은 분명하다. 31회는 126호(1906. 11. 24)에 연재되었고 바로 다음날 발행된 127호(1906. 11. 25)에 33회가 연재되었기 때문이다. 이와 같은 횟수 누락 즉 표기 오류의 사례는 66회·84회[52] 및 90회·91회·92회[53]를 포함 총 6개가 발견된다. 이와는 반대로 연재횟수의 중복표기 사례 또한 다수 발견되는데, 38회·65회·83회·89회·93회·95회·98회는 각각 2회 중복 표기되었고(총 7개),[54] 79회와 97회는 각각 3회 중복 표기되었다(총 4개).[55] 따라서 총 6개의 표기 누락 사례(-6)와 총 11개의 중복 표기 사례(+11)를 합산하면 명목상 표기 횟수보다 총 5회분이 더 연재되었음을 알 수 있다. 따라서 실제 연재 횟수는 총 139회임이 확인된다.

---

51) 손동호, 앞 논문 참조.

52) 예를 들어 제 164호(1907.1.15)에는 제 65회가 실려 있지만 바로 다음날 발행된 165호(1.16)에는 제 66회가 아닌 67회가 수록되어 있다. 84회의 경우도 마찬가지다.

53) 제 196호와 197호(1907. 3.2~3)에 89회가 중복 연재된 후, 바로 다음호인 198호(1907. 3.5)에는 93회가 수록되어 있다. (3월 4일(월요일)은 정기휴간일임)

54) 제 132호(1906.12.2)와 133호(12.4)는 모두 38회로 표기되었다. 이하의 경우도 동일함.

55) 제 183호(1907.2.8)·185호(2.10)·186호(2.17)는 모두 79회로 표기되었다. 184호(2.9)는 발행은 되었으나 연재가 이루어지지 않았고, 2.11~16일까지는 휴간되었다. 97회도 이와 마찬가지다.

확인 결과 다행스럽게도 <귀의성>의 『만세보』 연재 텍스트와 단행본 사이에는 연재 한 회분의 생략과 같은 사례가 발견되지는 않았다. 그렇다고 해서 <귀의성>의 신문 연재 텍스트와 단행본이 동일하다고 볼 수는 없다. 비록 <혈의루>의 변화의 폭에는 미치지 못하지만 이 작품 역시 단행본화 과정에서 작가의 개작에 따른 적지 않은 변화를 노정하고 있기 때문이다.[56] 가장 대표적인 사례로는 <귀의성>의 연재 51회분 일부의 삭제[57]를 들 수 있는데, 분량상으로도 3단락 21행 355자에 달하는 적지 않은 규모다. 이 외에도 단행본에서는 단어 및 어절 이상의 단위에서 상당수의 개작 사례가 발견된다. 그 동안에는 이 작품이 신문 연재 당시부터 거의 대부분 순국문체로 집필(즉 순한글로 표기)되었기 때문에 신문 연재 텍스트와 단행본 사이에 별다른 차이가 없는 것으로 간주되어온 경향이 있지만, 위의 사례들을 검토해 보면 이는 사실과 다르다는 점을 알 수 있다. 뿐만 아니라 지금까지 알려진 <귀의성> 단행본의 서지를 검토해 보면 이 작품 역시 출판사를 바꿔가며 초·재판의 형태로 간행되었고, 그 과정에서 작가에 의해 개작이 시도됨으로써 텍스트의 변화를 초래한 사실이 있음을 알 수 있다.

이러한 변화의 양상을 정확히 포착하기 위해서는 실제로 그가 몇 차례의 개작을 시도했는지에 대한 사실 관계의 확인이 선행되어야 한다. 그런데 문제는 <귀의성>의 단행본에 대해 기존에 알려져 있는 서지적 정보들 중 일부 사실과 다르거나 불명확한 내용이 혼재해 있어 그러한 작업이 쉽지 않다는 데에 있다. 때문에 먼저 이에 대해 사실 관계를 최대한 정확히 정리할 필요가 있다.

---

56) 이에 대해서는 졸고, 「<귀의성> 판본 연구」, 『현대소설연구』 제35호, 한국현대소설학회, 2007.9 참조.
57) 이 부분은 작가의 개작에 의한 의도적인 삭제의 결과로 보인다. 이에 대해서는 뒤에서 자세히 설명할 것이다.

상·하편으로 나뉘어 출판된 <귀의성> 단행본의 서지에 대한 최초의 언급은 전광용의 논문58)에서 찾을 수 있다. 그는 초판본의 발행일로 1908년 7월 25일을 제시하고 있으나 이는 하편 초판의 발행일이며 상편의 그것은 아니다. 이후 하동호59)는 <귀의성> 상편의 단행본이 1907년 10월 3일에 광학서포에서 발간되었다는 서지 정보를 최초로 제시하였고, 그의 논문이 발표될 무렵에 이 상편의 영인본이 간행되었다.60) 그런데 이 판본의 판권지에는 저자의 이름이 이인직이 아닌 "숭양산인", 즉 장지연으로 명기되어 있어 의문을 불러일으킨다. 하지만 발간 일자 및 출판사는 하동호가 제시한 내용과 일치하고 있었기 때문에 이후 이 광학서포본이 <귀의성> 상편의 초판으로 알려지게 된다. 이에 대해 김영민61)은 『만세보』의 <귀의성> 도서 광고62)를 근거로 1907년 5월경 중앙서관에서 상편의 초판이 발행되었을 가능성이 있음을 최초로 지적함과 동시에 기존에 광학서포본으로 알려진 판본의 진본성에 대해 의문을 제기한 바 있다.63) 또한 필자의 조사에 의하면 김영민이 제시했던 『만세보』의 <귀의성> 도서 광고 외에도 『황성신문』의 광고문64)을 통해 중앙서관에서 상·하편을

---

58) 전광용, 앞 논문 참조.

59) 하동호, 「開化期 小說의 書誌的 整理 및 調査」, 단국대 동양학연구소, 『동양학』 7집, 1977, 169~218쪽 참조.

60) 한국학문헌연구소 편, 『한국개화기문학총서 : 신소설·번안(역)소설 1』, 아세아문화사, 1978.

61) 김영민, 앞의 책, 214~220쪽 참조.

62) 김영민은 1907년 5월 29일자 『만세보』 1면에 중앙서관 발행 <귀의성> 상편의 도서 광고가 최초로 등장한 후 연속적으로 게재된 사실을 들고 있다.

63) 그러나 그는 실물이 발견되지 않은 관계로 판단을 유보하면서 현전하는 것들을 기준으로 광학서포본(1907)과 중앙서관본(1908)을 각각 상·하편의 초판본으로 보고 있다는 점에서 결과적으로 하동호와 동일한 입장을 취했었다. 그런데 최근(2009)에 중앙서관 발행 <귀의성> 초판이 발굴됨으로써 최초 단행본의 간행 연대 및 원문 텍스트의 계보에 대해 사실 관계를 새로이 정리해야 할 필요성이 생겨나게 되었다. 이에 대해서는 뒤에서 자세히 다루도록 하겠다.

64) 『황성신문』, 1908.8.5, 4면 광고 참조. 원문은 다음과 같다. "菊初先生 李人稙君 著 <鬼의 聲 下篇> 全一冊, 定價金三十錢 - 本小說은 新文壇 劈頭의 傑作으로 **上篇은 己爲 刊行하**

동시에 출판했음이 사실로 확인된다. 이와 같은 기존의 논의를 종합하여 지금까지 알려져 있는, 저자 생존 당시에 발간된 단행본 목록을 정리하면 아래와 같다.

① 중앙서관본, 1907. 5월로 추정됨 (상편)
② 광학서포, 1907. 10. 3 (상편)
③ 중앙서관, 1908. 7. 25 (하편)
④ 동양서원, 1912. 2. 5 (상편)
⑤ 동양서원, 1913. 3. 15 (하편 재판)
⑥ 동양서원, 1913. 10. 15(상편)

①은 김영민이 최초로 제시한 것이고, ②~⑥까지는 모두 하동호가 제시한 것이다. 하동호는 <귀의성> 상·하편의 초판은 물론 동양서원에서도 상·하편이 각각 발행되었다고 기록하고 있다. 하지만 문제는 위에서 제시된 판본들 중 ①·⑤·⑥의 실물이 전하지 않는다는 점이다. 그러던 중 <귀의성>의 최초 단행본이라는 점에서 가장 중요한 의미를 지니고 있는 ①이 2009년에 함태영에 의해 최초로 발굴[65]됨으로써 비로소 <귀의성> 단행본의 간행 연대 및 광학서포본의 진본 여부에 대한 사실 관계가 명확하게 밝혀지게 되었다.

야 新小說 界에 大好評을 博得혼 바 今에 邇來 讀者 諸君의 渴望ᄒ시든바 **下篇을 續刊**ᄒ 얏스오니 **必 全篇으로 購覽ᄒ심을 至盼**. 皇城各部中央書館發行. 京鄕各有名書店 發售"
(강조는 필자에 의함) 이로부터 중앙서관에서 기왕에 상편을 간행한 사실과 함께 현전하는 하편이 그 속편으로 기획·출판되었다는 점을 확인할 수 있다.
65) 김영민, 「근대 작가의 탄생: 근대 매체의 필자 표기 관행과 저작의 권리」, 『현대문학의 연구』 제 39호, 한국문학연구학회, 2009, 28~30쪽 참조.

사진자료 4. 중앙서관 발행 <귀의성> 초판본의 판권지

위의 판권지 사진66)을 통해 알 수 있듯이 새롭게 발굴된 중앙서관 발행 <귀의성> 상편 초판본은 이 작품의 연재가 종료되기 이전인 1907년 5월 25일 발간되었다.67) 그리고 역시 중앙서관에서 발행된 하편의 초판본은 신문 연재가 종료된 지 1년여 후인 1908년 7월 25일에 발간되었다. 이로써 <귀의성> 상·하편의 단행본 초판이 완간되었던 것이다. 이와 같은 <귀의성> 상·하편 초판의 간행 연대의 확증은 해당 단행본의 텍스트 변화의

66) 이 자료는 소장자인 함태영 선생으로부터 제공받은 것이다. 이 자리를 빌어 감사의 뜻을 전한다.
67) 참고로 같은 날 『만세보』 제 265호에 <귀의성> 131회가 연재되었다.

과정을 온전하게 파악하기 위한 필수적 전제에 해당한다고 할 수 있다.

그렇다면 기존에 광학서포본으로 알려져 있었던 ②의 정체는 무엇일까? 앞서 언급했던 김영민의 문제제기 이후 필자는 다른 논문[68]에서 이 광학서포본의 영인본에 144쪽과 145쪽의 내용이 일부 중복 서술되어 있는 사실을 발견하고 이를 근거로 이 영인본이 하나의 판본이 아니라 정확한 출처를 알 수 없는 서로 다른 두 판본을 합본한 것이며 따라서 광학서포본 인지의 여부도 확증할 수 없다는 점을 지적한 바 있다. 그리고 이러한 문제제기 이후 함태영이 발굴한 최초 단행본을 근거로 김영민은 이 판본이 중앙서관 발행 초판본(1~144쪽)과 동양서원 발행 초판본(145~146쪽)의 합본[69]이라는 사실을 확인하였다. 그러므로 광학서포본으로 알려져 있던 이 판본은 이제 <귀의성>의 판본 목록에서 제외되어야 할 것이다.

다음으로 여전히 실물이 발견되지 않고 있는 ⑤와 ⑥, 즉 동양서원에서 발행했다는 재판본의 소재에 대한 조사 결과를 제시하도록 하겠다. 하동호의 논문에는 ⑤는 백순재가, 그리고 ⑥은 백순재와 안춘근이 각각 소장하고 있는 것으로 기록되어 있다. 이 두 판본에 대해 규격(4×6판)과 지면수(각 188면, 181면), 그리고 발간 일자 등 상세한 서지 정보가 제시되어 있는 것으로 보아 적어도 하동호는 실물을 직접 확인했던 것으로 추정된다. 현재 백순재의 소장 도서는 모두 아단문고에, 그리고 안춘근의 소장 도서는 한국학중앙연구원(구 정신문화연구원)에 기증되어 보관중이다. 이에 본 연구자가 아단문고를 직접 방문하여 해당 기관의 장서목록[70]을 모두 검색해 보았지만 하동호의 언급과 달리 ⑤와 ⑥은 소장되어 있지 않았다.[71] 이와 마찬가지로 한국학중앙연구원에도 안춘근이 소장하고

---

68) 졸고, 앞 논문 참조.
69) 김영민, 앞 논문 참조.
70) 강태영 편, 『아단문고 장서목록 1, 단행본+잡지』, 아단문화기획실, 1995(비매품) 참조.
71) 이에 비해 ②와 ③은 실물을 직접 확인할 수 있었다. 참고로 이 판본들은 아세아문화사에서 1978년에 간행한 영인본의 대본이기도 하다.

있다는 ⑥ 또한 확인할 수 없었다. 따라서 현재 이 판본들은 두 소장가의 장서를 기증받아 보관하고 있는 기관에는 없는 것이 확실하다고 할 수 있다.

결국 동양서원에서 발행된 판본들 중 실제로 현전하는 것은 ④뿐이다.[72] 이 판본은 초판본과 비교해 볼 때 비록 기본적인 서사 구조 및 대체적인 내용에 있어서는 큰 차이가 없지만 일정 부분 개작된 사례들이 발견될 뿐만 아니라 초판본에서 나타난 적지 않은 오기들을 상당 부분 바로잡고 있어 일종의 교열·개정판으로 규정될 수 있는 특징을 지니고 있다.[73] 그렇다면 저자 생존 당시에 간행된 ⑤와 ⑥에서도 ④와 유사한 특징들이 발견될 가능성을 배제할 수 없기 때문에 이의 확인이 필요하지만 자료의 부재로 인해 아쉽게도 현재로선 이 부분에 대한 검토가 불가능하다.[74] 결국 이러한 <귀의성>의 서지에 대한 재검토 결과를 토대로 원문 텍스트 중 현재 실물을 확인할 수 있는 것들을 재정리하면 다음과 같다.

---

72) 이 판본은 국내에서 유일하게 서강대 도서관에 소장되어 있고 원문 파일 열람이 가능하다. 이 판본 역시 작가의 생존 당시에 간행된 것이므로 이인직이 직접 집필한 원문 텍스트라는 점은 확실하다.

73) 졸고, 앞 논문 참조.

74) 참고로 역시 실물이 전하지는 않으나 작가의 생존 당시에 또 다른 출판사에서 <귀의성>의 단행본이 출판된 기록이 있다. 이 시기의 출판사 중의 하나인 보급서관에서 발행한 <황금탑>(1912. 1. 10)의 뒷면 도서 광고에는 "<귀의성> 상하 60전"이라는 기록이, 그리고 <금국화>(1914. 1. 10)와 <춘향가>(1914. 2. 5)의 뒷면 도서 광고에는 "<귀의성> 상·하 70전"이라는 기록이 남아 있다. 이전에 발행된 중앙서관본과 동양서원본 상·하편의 가격은 60전이다. 따라서 두 가지 추론이 가능하다. 하나는 보급서관에서 기존 판본을 동일한 가격에 분매(分賣)하다가 가격을 인상했을 가능성, 다른 하나는 1912년에는 기존 판본을 분매했으나 1914년에 보급서관에서 별도로 출판을 했을 가능성이 그것이다. 후자의 경우라면 <귀의성>의 또 다른 판본으로 원문 텍스트의 목록에 추가될 수 있겠으나 자료의 부재로 현재로선 확증이 불가능하다.

표 2. <귀의성> 상·하편의 텍스트 목록

병합 이전			병합 이후
1906. 10. 14~ 1907. 5. 31	1907. 5. 25	1908. 7. 25	1912. 2. 5
①『만세보』 연재 텍스트	② 중앙서관본	③ 중앙서관본	④ 동양서원본
상·하편	상편	하편	상편

이상의 논의를 통해 <혈의루>와 <귀의성>의 신문 연재 텍스트의 총 연재횟수 및 단행본의 출판 내역과 간행 연대가 보다 정확하면서도 상세하게 정리되었다고 생각한다. 그리고 각각의 판본들을 검토해 본 결과 신문 연재 텍스트를 단행본으로 발간하는 과정에서 기존에 알려진 것에 비해 큰 폭의 텍스트 변화가 있었다는 점을 알 수 있다.

그러면 또 다른 작품들인 <치악산>과 <은세계>의 경우는 어떠한가? 그 동안 이 두 작품은 신문 연재를 거치지 않은 채 곧바로 단행본의 형태로 발간된 것으로 알려져 왔고, 저자의 생존 당시에 발간된 단행본 또한 각각 하나뿐인 관계로 서지에 대해 별다른 확인 작업을 할 필요가 없는 것으로 생각할 수도 있겠지만 실상은 그렇지 않다. 조사 결과 이 두 작품의 텍스트 역시 <혈의루>·<귀의성> 등과 유사한 양상이 발견된다는 점을 새롭게 확인할 수 있었다. 다시 말해 현전하는 <치악산>과 <은세계>의 단행본 또한 신문 연재를 거친 후에 출판된 것이 거의 틀림없을 뿐만 아니라, 단행본의 출판 과정에서 일정한 변화의 과정을 거쳐 현재의 텍스트로 정착된 증거들이 발견된다. 두 작품의 서지를 재고찰함으로써 이 점을 입증해 보도록 하겠다.

2. 『대한신문』 및 『매일신보』 연재 작품

1) 〈강상선(江上船)〉·〈치악산(雉嶽山)〉·〈은세계(銀世界)〉

기존에 알려진 서지 정보에 의하면 이인직은 〈귀의성〉 하편의 초판이 발행된 지 약 2개월 후인 1908년 9월 20일 〈치악산〉(유일서관본)을 발간하였고, 이로부터 2개월 뒤인 11월 20일에는 〈은세계〉(동문사본)를 출판하였다. 현재 이 두 작품의 신문 연재 텍스트가 발견되지 않고 있기 때문에 집필 후 곧바로 단행본으로 출판된 것이라는 판단을 내릴 수도 있다.

그러나 〈혈의루〉와 〈귀의성〉이 신문 연재를 거친 후 단행본으로 간행되었던 전례를 감안할 때 〈치악산〉과 〈은세계〉 또한 그러한 경로를 거쳐 발간되었을 가능성은 매우 높다고 할 수 있다. 이상경[75]의 고찰은 이에 대한 방증으로서 의미가 있다. 그는 이인직이 『만세보』에서 『대한신문』으로 자리를 옮긴 뒤인 1908년 초쯤 『대한신문』에 〈은세계〉를 연재했을 것으로 추정한 바 있는데, 그 근거는 다음과 같다. 우선 1907년 7월 18일 창간된 『대한신문』은 이인직의 소설을 연재할 것이라는 광고를 내보내고 있었고[76] 실제로 9월 7일부터 그가 집필한 〈강상선(江上船)〉이 연재되었다는 백순재[77]의 언급을 고려할 때 이인직이 같은 신문에 자신의 소설을 계속해서 연재했을 가능성은 충분하다는 것이다. 또한 1908년 6월 12일자 『대한매일신보』 도서 광고에 "정치소설 〈은세계〉"의 출판 예고가 등장한 것으로 보아 이미 이때 완성된 작품이 존재했던 것으로 볼 수 있으며, 신문 연재 후 단행본 출판까지 5~6개월이 소요되던 당시의 관행에 비추어 볼 때 『대한신문』에 〈은세계〉가 연재된 시기는 1908년 초엽으로 볼 수

---

75) 이상경, 앞 논문 참조.
76) 1907년 7월 16일자 『황성신문』에 게재된 『대한신문』 발간 광고 참조. 원문은 다음과 같다. "本報는 人心世態를 活畵ᄒᆞ는 新小說을 每日 續載홀 터이온되 小說作者는 血의淚와 鬼의聲을 著作ᄒᆞ던 人氏"
77) 백순재, 「이인직의 〈강상선〉 새 발견」, 『한국문학』, 1977.4 참조.

있다는 것이다. 이와 같은 이상경의 추론이 사실이라면 <은세계>의 창작 연대는 동문사본의 발간 일자보다 약 10개월 정도 소급될 수 있다.

당시 이상경은 <은세계>의 창작 연대 규명에 초점을 맞추느라 <치악산>에 대해서는 신문 연재 가능성만을 언급했을 뿐 구체적인 논의를 전개하지는 않았지만, 만약 <은세계>가 『대한신문』에 연재된 후 단행본으로 간행된 것이 사실이라면 이 작품보다 2개월 먼저 단행본으로 출판되었던 <치악산> 역시 같은 신문에 아마도 <은세계>보다 먼저 연재된 후 단행본으로 출판되었을 가능성이 높다고 보아야 할 것이다. 이러한 추론으로부터 이 작품의 창작 연대 역시 재검토해야 할 필요성이 제기된다.

결국 이와 같은 여러 가지 정황들을 고려할 때 적어도 1907년 가을 무렵부터 『대한신문』에 <치악산>, <은세계>의 순으로 연재가 이루어졌을 가능성이 있다. 하지만 이상경이 이러한 추론을 제기할 당시에는 『대한신문』 등 이를 뒷받침할 만한 자료가 전혀 존재하지 않았기 때문에 확증이 불가능한 상황이었다.

그런데 이상경의 문제제기 이후 박장례[78]가 동문사본 <은세계>보다 제작 연대가 앞서는 필사본을 발굴·소개함으로써 마침내 논의의 전환점이 마련되었다. 이 필사본의 필사 연대는 "융희 이년 륙월", 즉 1908년 6월로서 동문사본의 간행 일자보다 5개월 정도 앞선다. 필사자인 강원도 평강군수 신택영이 발문에 "은세계 소설"[79]라고 표기한 것으로 보아 이 필사본의 대본은 필사 당시부터 소설이라는 표제가 붙어 있었음이 확실하

---

78) 박장례, 「<은세계>의 원전비평적 연구-필사본 신자료를 중심으로」, 『藏書閣』 제 7집, 한국정신문화연구원, 2002 참조.

79) 발문의 원문은 순국문으로 되어 있다. "융희 이년 일월(정미 십이월)에 여ㅣ(余) 강원도 평강군슈룰 서림ᄒᆞ야 이월 이십일 무신 경월 십구일에 도림흐혹 이쩍는 적셜이 여산ᄒᆞ고 폭도ㅣ 요양혼 즁이라 홍진비리와 고진감릭는 ᄌᆞ연혼 리치여눌 무ᄒᆞᆫ 곤란을 당흔 후에 인민의 경형 무위즁에 진무되야 눙ᄌᆞ는 눙ᄒᆞ고 샹ᄌᆞ는 샹ᄒᆞ니 뎨력흠을 감읍ᄒᆞ겟도다 하일 쟝쟝흠을 당ᄒᆞ미 헌령이 무셩ᄒᆞ고 부쳡이 젹퇴치 아니ᄒᆞᆫ지라 그러흠으로 **은세계 소셜을 둥셔**ᄒᆞ야 상하권에 편셩ᄒᆞ얏스니 규즁녀ᄉᆞ는 일람홀지어다"

며 이미 완결된 작품을 필사했던 것이 거의 틀림없다고 할 수 있다. 그러므로 이 텍스트는 최원식[80]이 <은세계>의 원작으로서 실재했을 것으로 추정한 바 있는 <최병도타령>과 같은 창극 대본을 필사한 것이 아님은 분명하다. 오히려 이상경이 추론했던 것처럼 『대한신문』의 지면을 통해 연재되었던 소설 <은세계>를 필사한 것으로 보는 것이 타당하다고 본다. 따라서 이 필사본은 <은세계>가 1908년 초에 이인직에 의해 『대한신문』의 지면을 통해 연재되었을 가능성을 강력히 뒷받침하고 있으며, 아울러 이 자료의 확인으로 인해 <치악산>의 선행 연재 가능성 또한 방증한다는 점에서 중요한 의의가 있다.

앞에 두 작품의 『대한신문』 연재 가능성을 입증할 만한 또 다른 증거자료로 이 신문에 가장 먼저 연재된 것으로 추정되는 <강상선>의 원문(사본)을 추가해 두고자 한다.[81]

이 자료를 자세히 살펴보면 신문 제호(題號) 바로 밑에 "부록"이라는 표기를 확인할 수 있으며, 2단~4단에 걸쳐 게재되어 있는 소설의 첫 부분에는 연재횟수를 의미하는 "(一)"자와 함께 "리국초"라고 표기된 저작자명을 확인할 수 있다. 따라서 이 사본은 백순재가 직접 보았던 것과 동일한 자료임이 틀림없다.

---

80) 최원식, 「<은세계> 연구」, 『민족문학의 논리』, 창작과 비평사, 1982 참조.
81) 이 자료는 필자가 학위논문을 쓸 당시에는 확인할 수 없었지만 이후 추가 조사를 통해 『한국언론 100년사-1』(한국언론인연합회 편, 2006, 385쪽 참조)이라는 책에 수록된 『대한신문』의 사본을 통해 확인할 수 있었다.

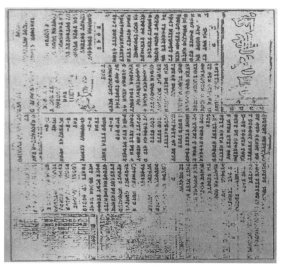

사진자료 5. 『대한신문』 창간호 1면(<강상선> 게재)

(2단) 첫 7~8행 판독 불능

(3단) 구만리장천에 훗터진 거시 ○○[82]인되 ○신강 흐르는 물에 ○살이 담아부흔드시 닉리믹혓더라 먼-산에 가을소리는 여울치는 물소리와 함긔 그윽 흐고 처량흔되 눈되업는 외기러기 공즁에 놉히 쩌서 그림자는 보히지 아니흐고 서리바람에 ○ 밋친 소리만 들리더라

강상이 마을집은 적々흐고 뇨뇨흐야 셰상 사람이 다 죽은 듯 자는듯흔되 빈나로터에 사람은 업고 ○엽빅만 믹엿더라 ○○이 강○에셔 불이 번적번적 ○○압뒤로 느러서더니

사공아 빈되여라

사공아 빈되여라

흐고 사공을 부르는 소리가 연흐여 느더니 어둔 밤 모래톱 우에 ○○놈이 느러서며 압헤는 요령소리오 뒤에는 상여군소리라

뎅그렁 뎅그렁

워-허

---

82) 판독 불능. "○" 표시는 이하 같음.

인간행락 다버리고 가는 곳이 어듸언고

워-허

북망산 깁흔 곳에 그듸 갈길 져긔로다

워-허

인졔가면 언졔오리 흔졍업는 길이로다

워-허

이하 4~5행 판독 불능

(4단) 판독 불능

　비록 불완전하지만 판독이 가능한 부분을 중심으로 살펴보면 서두에 배경이 먼저 묘사된 후 곧바로 상여꾼이 등장하여 상여가를 제창하는 장면이 서술되고 있음을 알 수 있다. 이는 이인직의 다른 작품들에서도 찾아볼 수 있는 전형적인 서두 제시 방법인 역전적 서술 기법에 해당한다. 현재는 다음 회가 전하지 않지만 이인직의 작품을 읽어본 사람이라면 누구나 작가가 작중 현재의 상황을 먼저 제시하고 이 상황의 내력을 뒤이어 설명하는 방식을 취할 것이라는 점을 어렵지 않게 예상할 수 있다. 즉 국초라는 필명 표기뿐만 아니라 텍스트의 내용 또한 이것이 이인직의 작품이라는 점을 뒷받침하고 있는 것이다. 따라서 비록 사진상으로는 제목을 판독하는 것이 불가능하지만 그 내용을 감안할 때 이 작품의 제목은 백순재의 언급대로 <강상선>으로 보는 것이 타당할 것이다.

　한편 앞에서 필자가 판독한 <강상선>의 본문에 "상여군소리", 즉 상여가가 삽입되어 있다는 사실을 주목할 필요가 있다. 물론 그 내용이 동일한 것은 아니지만 이 삽입가요는 확실히 <은세계>에서 최병도의 장례식 때 삽입되었던 상여군소리를 연상시킨다. 이로부터 알 수 있는 중요한 사실은 이인직이 이미 <강상선>의 창작 당시부터 자신의 작품에 민요를 기반으로 하고 있는 상여가를 삽입하는 '방법'을 활용하였고, 이것이 <은세계>로 이어지고 있다는 점이다. 다시 말해 이인직이 자신의 작품에 가요를 삽입하는 기법은 이미 <혈의루>에서 최초로 사용83)된 바 있거니와 이후 <강상선>에서는 민요의 삽입이 최초로 이루어졌으며, 이러한 기법 활용의 연장선상에서 <은세계>의 빈도 높은 가요 삽입을 이해할 수 있는 것이다.84)

이로써 이인직이 『대한신문』이 창간되던 무렵인 1907년 7월~9월경부터85) 자신의 작품을 해당 신문에 연재했다는 점은 사실의 차원에서 확인될 수 있다고 본다. 이에 따라 그의 작품 목록에도 <강상선>을 추가해야 할 필요가 있다. 또한 이 자료는, 이인직이 <치악산>과 <은세계> 역시 같은 신문에 연재했을 것이라는 추론이 거의 틀림없는 사실이라는 점을 뒷받침하는 근거이기도 하다.

다시 이전의 논의로 돌아가 보도록 하자. 이 절에서 우리는 이인직이 『대한신문』을 통해 <강상선>을 연재했다는 사실과 함께 박장례가 발굴한 필사본을 토대로 <은세계>가 『대한신문』에 최초 연재된 후 단행본으로 출판되었다는 점을 확인하였다. 그런데 이러한 사실과 함께 강조되어야 할 사실은 <은세계>의 필사본과 동문사판 활자본이 적지 않은 차이점을 보여주고 있다는 점이다. 비록 기본적인 서사 구조는 별다른 차이가 없긴 하지만, 박장례의 정밀한 원전비평적 고찰에 의해 밝혀진 바 있듯이 동문사본과 필사본 사이에는 개작으로 추정되는 어휘와 문장 단위의 차이가 상당수 발견될 뿐만 아니라 옥순·옥남 남매의 미국행이 시작되는 장면의 경우는 사건 전개의 순서가 완전히 뒤바뀌는 큰 폭의 변화가 나타나고 있는 것이다.86) 이는 동문사본을 기준으로 무려 총 8쪽 분량에 달한다.

---

83) 옥련모가 남편과 딸을 동시에 이별한 상태에서 탄식하는 심정을 노래한 7언 10행의 삽입 가요가 그것이다.(이인직, <혈의루>, 『만세보』, 1906.8.2. 제 10회 참조)

84) 이는 <은세계>가 이른바 '최병도타령'이라고 하는 판소리로부터 기원했을 것이라는 추정의 근거가 희박하다는 점을 다시금 시사하고 있다.

85) 『대한신문』은 1907년 7월 18일에 창간되었지만 백순재는 <강상선>이 9월 7일부터 연재되었다고 언급하고 있다. 위의 사본으로는 정확한 사실 여부를 확인할 수 없다.

86) 동문사본, 91~98쪽 참조. 물론 순서만 바뀌어 있을 뿐 이 부분 역시 내용에는 변화가

이 사실은 신문에 연재될 당시의 <은세계>의 모습이 현전하는 동문사본의 그것과 완전히 동일하지는 않았을 수 있다는 점, 다시 말해 <은세계> 또한 앞의 작품들과 마찬가지로 신문 연재 후 단행본으로 발간되는 과정에서 작가가 직접 개작을 시도하였고 이로 인해 신문 연재 텍스트와 현전하는 동문사본 사이에도 앞서 언급한 작품들과 유사한 형태의 텍스트 변화가 초래되었음을 시사하고 있다는 점에서 중요하다.

물론 앞서 <혈의루> 필사본을 소개할 때 언급한 바 있듯이 이 필사본 또한 필사자에 의한 자의적 변개[87]가 이루어졌을 가능성을 전혀 배제할 수는 없다. 게다가 대본이 되었던 것으로 추정되는 신문 연재 텍스트가 현전하지 않기 때문에 사실 관계를 확인하기 어렵다는 점에서 더 큰 난점이 존재한다. 그럼에도 불구하고 이 <은세계> 필사본이 필사자의 개입에 의해 자의적으로 변형된 텍스트일 가능성은 낮다고 판단된다. 그 이유는 다음과 같다.

박장례에 의하면 신택영은 이인직과 함께 『제국신문』의 동지친목회 발기인으로 참가한 신해영[88]의 친형이자, 이인직과 동년배이다. 그렇다면 신택영 또한 동생을 매개로 그와 교분을 맺고 있었을 가능성이 크다. 신택영이 아직 단행본이 출판되지 않은 상태에서 <은세계> 필사본을 제작할 수 있었던 것은 이러한 교분이 작용한 결과로 보아야 할 것이다. 또한 신택영은 세책(貰册)을 목적으로 필사본을 제작했던 전문 필사자가 아닐 뿐더러 문학 작품을 남긴 작가도 아니다. 따라서 원작자에 의해 이미 완성되어 있는 텍스트를 굳이 변형시킬 이유는 별로 없어 보인다.[89]

없는 것이 사실이다. 그렇다 하더라도 이러한 장면 배치의 역전으로 인해 발생하는 효과와 의미는 그 자체로 또 다른 고찰의 대상이 될 필요가 있다.

87) Ⅱ장의 각주 39번 참조.

88) 『제국신문』, 1907.2.16, 1면 잡보 참조.

89) 참고로 <은세계> 필사본의 변개 가능성이 낮다는 추론은 앞서 언급한 <백로주강상촌>의 경우에도 유사하게 적용될 수 있다고 본다. 최원식 역시 아버지인 최영년을 매개로 신문 연재 원문을 입수했을 가능성이 높으며 신택영의 경우와 같은 이유로 자의적 변개를

이러한 이유로 이 필사본은 최초 연재 당시의 원문을 충실하게 반영하고 있다고 보아도 무방할 것이다. 그런데 이 필사본에서 현전하는 단행본과 차이점이 발견된다면 그것은 최초로 집필된 신문 연재 텍스트를 단행본으로 발간할 때 작가가 직접 개작을 시도함으로써 나타난 결과로 해석할 수 있다. 물론 어휘 및 문장 단위에서의 차이는 개작 시도로 인한 변화와 교열상의 오기로 인해 빚어진 결과가 혼효되어 있을 수 있지만 앞서 언급한 장면의 도치 부분은 분명 개작의 결과로 볼 수밖에 없다. 게다가 <혈의루>와 <귀의성>의 단행본을 발행할 때에도 어김없이 개작이 이루어졌던 전례를 감안할 때 <은세계>의 단행본 발간 과정에서도 같은 작업이 이루어졌을 가능성은 충분하다고 할 수 있다.

그렇다면 필사본 <은세계>는 개작이 실제로 이루어졌음을 입증함과 동시에 현전하는 동문사본 또한 적지 않은 변화를 거쳐 성립된 텍스트라는 점을 사실로 뒷받침하는 자료로서 가치가 있다. 또한 이 필사본은 비록 신문에 연재되었을 당시의 원본, 즉 원문 텍스트의 범주에 포함시킬 수는 없다 하더라도 최초 연재 당시의 <은세계>가 어떤 모습이었는지를 미루어 알 수 있게 해주는 유일한 텍스트로서의 위상을 갖는다고 할 수 있다. 아울러 이 필사본으로 인해 적어도 <은세계>가 이전의 작품들과 마찬가지로 신문 연재 후 단행본 출판이라는 과정을 거쳐 정착되었다는 점과 최초 창작 연대 역시 동문사본의 발간 이전으로 소급된다는 점은 사실로 확인된다.90)

시도할 가능성은 높지 않다고 본다. 따라서 전광용이 인용한 필사본 <백로주>의 신뢰도는 높다고 할 수 있다.

90) 한편 한 가지 흥미로운 사실은 1908년의 동문사본 초판 외에는 재판본이나 다른 출판사에서 발간한 <은세계> 판본이 현재로선 전혀 발견되지 않는다는 것이다. 이 점은 이 작품이 발표 후 연극으로 상연되었고 적지 않은 대중적 반향을 불러일으켰던 사실을 고려할 때 의문을 불러일으킨다. 대중적 인기가 높은 작품이었다면 다양한 복수 판본의 형태로 존재하는 <귀의성>과 <치악산>의 사례와 마찬가지로 작가가 충분히 재판을 발간하거나 혹은 출판사를 변경하여 개작본을 발행했을 가능성이 있기 때문이다. 따라서 이인직의

이제 마지막으로 <치악산>의 서지에 대해 살펴보기로 하자. <은세계> 필사본의 존재로 인해 <치악산> 또한 『대한신문』에 연재된 후 단행본으로 출판되었을 가능성이 매우 높다는 점과 작품의 창작 연대 역시 1907년 가을 무렵으로 소급될 수 있다는 점은 이제 단순한 가능성 제기의 차원을 넘어 사실로 확정할 만한 타당성을 지닌다고 할 수 있다.

그렇다면 앞의 세 작품의 창작 및 텍스트 형성과정에서 확인된 사실들을 고려할 때 <치악산> 또한 최초 연재 텍스트를 단행본으로 발간하는 과정에서 개작 등의 요인이 작용하여 일정한 변화가 초래되었을 가능성이 높다고 할 수 있을 것이다. 실제로 <치악산>에서는 주인공 홍백돌의 장모의 호칭이 박부인에서 정부인으로 바뀐다거나 서사의 단절을 느끼게 하는 장면의 비약이 일부 포착되기도 한다. 하지만 저자 생존 당시에 간행된 판본이 하나뿐이고 <은세계>와 달리 필사본과 같은 별도의 참조할 만한 자료가 아직까지 발견되지 않고 있기 때문에 현재로선 이를 확증할 수 없다.[91] 따라서 <치악산>을 텍스트 변화 양상의 분석 대상으로 삼는 것은 현재로선 불가능하며, 이 논문의 논의 대상에서 제외될 수밖에 없다.

다만 <치악산> 하편의 실제 저자가 누구인가 하는 문제는 언급해 둘 필요가 있다. 비록 단행본 텍스트에 저자가 김교제로 표기되어 있긴 하지만 이 하편의 경우도 저작권만 양도했을 뿐 실제로는 이인직이 집필했을 가능성을 완전히 배제할 수는 없기 때문이다. 그리고 이것이 사실이라면 이 하편 또한 이인직의 작품 목록에 포함시켜야 하기 때문에 저작자 문제의 해명은 중요하다.

그러나 결론부터 말하자면 1911년 12월 30일 동양서원에서 발행된

생존 당시에 간행된 <은세계>의 또 다른 판본이 존재했을 가능성을 배제할 수 없다. 다만 자료가 전하지 않는 현재로선 이 부분에 대한 확인은 불가능하다.

91) 본 연구자가 혹시 존재할지도 모를 또 다른 원문 텍스트의 발견을 염두에 두고 이 작품의 판본들을 조사해 보았지만 아쉽게도 현존하는 유일서판본 외에는 저자 생존 당시에 간행된 판본을 찾지 못했다.

<치악산> 하편[92])을 이인직이 썼을 가능성은 희박하다고 판단된다. 내용 및 표현적인 측면의 차이를 그 근거로 들 수도 있겠으나 그것보다는 보다 객관적인 관점에서 타당성을 인정할 수 있는 근거의 제시가 필요하다고 본다. 필자는 상편과 하편에 사용된 종결 어미 '-더라' 및 '-다'의 비율이 서로 현격한 차이를 보이고 있다는 사실을 그 유력한 근거로 들 수 있다고 생각한다. 조사 결과 대화 부분을 제외한 <치악산> 상편의 문장은 총 483개였는데, 이 중 '-더라'형 341개, '-다'형은 142개로서 후자의 사용 비율이 29.4%에 이른다. 이는 동일한 방법으로 조사한 다른 이인직 소설 들의 평균과 크게 다르지 않다.[93])

---

92) 참고로 <치악산> 하편의 정확한 발간 일자를 확증할 필요가 있다. 현전하는 하편 텍스트 중 각각 다른 곳에 소장되어 있는 2종의 간행 일자가 서로 일치하지 않기 때문이다. 모두 같은 동양서원에서 출판되었음에도 불구하고 아단문고 소장본의 판권지에는 발행 일이 1911년 12월 30일로 표기되어 있고, 국립중앙도서관 홈페이지에서 제공하는 <치악 산> 하권의 원문 파일에는 1912년 1월 27일로 표기되어 있다. 이처럼 두 판본은 같은 초판임에도 불구하고 날짜가 다르기 때문에 의문을 불러일으킨다. 하동호가 초판의 발행 일로 이 두 날짜를 모두 제시하고 있는 것도 착오라기보다는 이 두 텍스트를 모두 보았기 때문에 생긴 결과일 것이다.(하동호, 앞 논문 참조)
그러나 필자가 확인해본 결과 이는 국립중앙도서관 소장본의 판권지면의 발행 일자 표시 부분에 누군가가 현재의 발행 일자 기록지를 접착했기 때문에 생긴 일이었다. 실제로 국립중앙도서관 소장본의 원문 파일을 자세히 살펴보면 판권지의 발행 일자 표시 부분 위에 종이를 덧댄 흔적이 발견되며 그 밑으로 원본의 철자 일부가 보인다.(참고로 국립중 앙도서관 소장본의 발간 일자 부분에 덧대어져 있는 종이는 <지환당>(민준호 역술, 동양 서원, 1912.1.27)의 발간 일자 기록 부분과 활자체 및 글자 간격이 동일하다. 이로 보아 이 작품의 발간 일자 기록지를 오려서 덧붙인 것으로 추정된다.)
이에 비해 아단문고 소장 원본은 본 연구자의 확인 결과 이러한 접착의 흔적이 발견되지 않았다. 또한 1913년 7월 5일에 발간된 재판본(동양서원)의 판권지에도 초판의 발행일이 1911년 12월 30일로 표시되어 있다. 이 두 가지 사실을 고려할 때 <치악산> 하편의 정확한 발간 일자는 1911년 12월 30일로 보아야 한다. 결국 초판 발행 일자가 서로 다른 2종의 존재는 오해였던 것이다.
93) 대화를 제외한 지문 부분의 문장만을 대상으로 하여 계수(計數)하였음. 이하 같음

표 3. 이인직 소설의 총문장 중 종결 어미별 사용 빈도

작품명		총 문장수	'-더라' 사용 문장수	'-다' 사용 문장수	총 문장중 '-다' 사용 비율
<혈의루>	(『만세보』)	371	238	133	35.8%
	(광학서포본)	361	243	118	32.7%
	(동양서원본)	349	241	108	30.9%
<귀의성> 상편	(『만세보』)	380	247	133	35%
	(중앙서관본)	376	253	123	32.7%
<귀의성> 하편	(『만세보』)	426	274	152	35.7%
	(중앙서관본)	441	285	156	35.4%
<치악산> 상편		483	341	142	29.4%
<은세계>		478	339	139	29.1%

이처럼 이인직의 신소설 작품 대부분에서 '-다'형 종결 어미가 약 30~35% 정도의 일정한 비율로 사용되고 있다는 사실은 작가의 문장 종결법에 일정한 패턴이 존재하고 있음을 시사하고 있다. 그러므로 이 유형별 종결 어미 사용 비율은 <치악산> 하편의 작가 집필 여부를 판단하기 위한 객관적 기준으로 활용될 수 있다고 본다.

그런데 <치악산> 하편은 문장의 총수도 190개로 현저히 줄어들었을 뿐만 아니라 종결 어미 사용 비율 역시 조사 결과 '-더라'형 184개, '-다'형은 6개로서 후자의 사용 비율이 겨우 3.2%에 불과하다. 이처럼 <치악산> 하편의 문장 종결 패턴은 이인직의 여타 작품들의 그것과 확연하게 구별된다. 이 사실로 미루어 볼 때 이 하편은 이인직의 작품이라고 보기 어려우며 판권지의 기록대로 김교제가 쓴 것으로 보는 것이 타당하다.94)

결국 우리는 <치악산>과 <은세계>도 기존에 알려진 것과는 달리 신문 연재 후 단행본화의 과정을 거쳐서 현재의 텍스트로 정착되었다는 점을

---

94) 다만 왜 이 작품의 경우 상·하편을 서로 다른 작가가 집필했는지 그 이유는 관련 자료의 부재로 인해 현재로선 알기 어렵다.

사실의 차원에서 받아들여야 할 것이다. 특히 <강상선>의 『대한신문』 연재분 및 동문사본 <은세계>의 출판 이전에 제작된 필사본은 이러한 판단의 결정적 근거를 제공하고 있다. 따라서 적어도 1910년 이전의 이인직은 대략 1년여 정도의 공백기[95]를 가진 후에 새로운 작품을 발표한 것이 아니며, <귀의성>의 연재를 마친 직후인 1907년 7월경부터 『대한신문』 지면을 통해 <강상선>→<치악산>→<은세계>의 순으로 지속적으로 자신의 작품을 연재하였고, 동시에 어느 정도 스토리가 완결되면 거의 곧바로 단행본으로 출판하는 형태로 매우 왕성한 작품 활동을 전개하였음을 알 수 있다.[96]

이상의 논의 결과 1910년 이전의 이인직의 작품 활동은 『국민신보』에 <백로주강상촌>을 처음 연재했던 1906년 초엽부터 『대한신문』에 <은세계>를 연재했던 1908년 봄 무렵까지 약 2년여의 기간에 집중적으로 이루어졌다는 점과 <혈의루> 이후 발표된 그의 모든 작품들은 신문 연재를 거쳐 단행본으로 출판되었다는 점을 알 수 있었다. 또한 그 과정에서 각 작품마다 일정한 텍스트 변화의 양상이 포착되기 때문에 그 원인과 의미를 분석할 필요성이 있다. 다만 현재까지 확보된 자료를 토대로 했을 때 구체적인 분석이 가능한 대상은 <혈의루>와 <귀의성>, 그리고 <은세계>로 한정지을 수밖에 없다.

---

95) <귀의성>의 연재가 종료된 1907년 5월 31일부터 <치악산>의 단행본이 발간된 1908년 9월 20일까지의 시기를 가리킨다.

96) 참고로 이상경(앞 논문 77쪽 참조)은 신채호(「소설의 추세」, 『대한매일신보』(1909. 12. 2))에 의해 음란소설로 지탄받았던 『대한신문』 연재 <한강선>의 작가가 이인직일 가능성이 높다고 지적한 바 있으나 이를 적극적으로 수용하기는 어렵다. 우선 신채호의 글에서 작가의 이름을 밝히지 않고 있고, 작품의 실물이 전하지 않으며, 이인직이 <한강선>을 집필했다는 기록이 어디에서도 발견되지 않고 있기 때문이다. 뿐만 아니라 이인직은 1909년부터는 잦은 도일(渡日)로 인해 수개월 동안 일본에 체류했고, 10월부터는 공자교회 설립운동에 참여하느라 분주히 지내다가 11월 28일에 이르러서야 이 단체를 탈퇴한다. 따라서 신문에 소설을 연재할 만한 여유가 없었다고 보는 것이 타당하다.

2) 〈빈선랑의 일미인〉·〈모란봉〉·〈달 속의 토끼(月中兎)〉

지금까지 1910년 이전에 발표된 이인직의 주요 작품들에 대한 서지를, 새로운 사실 관계 및 자료의 확인을 통해 재고찰해 보았다. 이번에는 비록 완성도 면에서 연구자들로부터 높은 평가를 받지는 못하고 있지만, 1910년 이후 『매일신보』에 발표된 이인직의 작품 서지와 주요 쟁점을 고찰해 보도록 하겠다.

<은세계>의 발표 이후 약 3년여의 공백기를 거친 뒤 이인직은 공식적으로는 1912년 3월 1일 『매일신보』에 단편 <빈선랑의 일미인>을 발표함으로써 창작을 재개한다. 그리고 이로부터 약 1년 후인 1913년 2월 5일부터 6월 3일까지 『매일신보』에 <혈의루>의 또 다른 하편인 <모란봉>을 65회에 걸쳐 연재했다. 일반적으로 1910년 이후에 발표된 이인직의 작품은 이 두 편이 전부인 것으로 알려져 있지만 이는 사실과 다르다. 다지리[97]가 최초로 발굴·소개한 바 있는 그의 마지막 작품은 1915년 1월 1일 『매일신보』 신년호에 게재된 단편 <달 속의 토끼(月中兎)>이다. 이처럼 1910년 이후에 새로 집필된 이인직의 작품들은 모두 『매일신보』의 지면을 통해 발표되었음을 알 수 있다.

그런데 그 배경을 살펴보면, 이인직의 소설 게재 및 연재는 단순한 우연적 사건이 아니라는 점을 알 수 있다. 『매일신보』는 1912년 1월부터 1면과 4면에 매일 2편의 소설을 동시에 연재하는 한편, 2월 9일부터는 독자 참여를 유도하기 위해 일반인들을 대상으로 소설 현상 모집 제도를 시행하고 있었다. 이는 신문 구독층의 확대를 도모하던 『매일신보』의 전략과 긴밀히 결부된 것이었다.[98] <빈선랑의 일미인>이 발표된 1912년 3월 1일은 『매일신보』의 지면이 대폭 확대되고 이전보다 더 크고 선명한

---

97) 다지리 히로유키, 「애국계몽운동기에 梁啓超를 매개로 하여 유입된 社會進化論과 李人稙」, 한국어문교육연구회, 『어문연구』, 제 31호, 2003, 199~224쪽 참조.
98) 함태영, 「1910년대 『매일신보』 소설 연구」, 연세대 박사, 2009 참조.

5호 활자를 사용하는 등 편집 체제의 일대 혁신이 이루어진 날이기도 하다. 이러한 변화 역시 같은 맥락에서 취해진 조치였다. 따라서 저명한 신소설 작가로서의 위상을 갖고 있던 이인직의 단편을, 지면 혁신을 단행한 첫날에 게재한 것은 저자에 대한 『매일신보』의 기대와 대우가 남달랐다는 것을 반증하는 것으로 볼 수 있다. 그럼에도 불구하고 이상과 같은 『매일신보』 연재 작품들은 당시의 대중들에게 이전의 작품들만큼 큰 호응을 받지는 못했던 것으로 보이며 이인직의 생존 당시에 단행본으로도 발간되지 않았다.

지금까지 이루어진 이인직의 모든 작품들(필사본 포함)에 대한 서지적 고찰의 결과를 종합하여 발표 연대순으로 정리하면 아래와 같은 도표로 나타낼 수 있다.

표 4. 이인직 소설의 텍스트 총목록

발표 연도 및 연재 기간	작품명	발표 매체 (출판사)	비고
1902. 1. 28~29	<과부의 꿈>	『미야코신문』	일문(日文)
1906. 1. 6~?	<백로주강상촌>	『국민신보』	원문 부전
1906. 7. 3~4	<단편>	『만세보』	부속국문
7. 22~10. 10	<혈의루>	『만세보』	부속국문
10. 14~1907. 5. 31	<귀의성>	『만세보』	초판 (순국문)[99]
1907. 3. 17	<혈의루>	광학서포	초판 (부전)
5. 17~6. 1	<혈의루> 하편	『제국신문』	순국문
5. 25	<귀의성> 상편	중앙서관	초판(순국문)
1907. 7~9월	<강상선>	『대한신문』	순국문
1907. 가을~1908. 봄	<치악산>과 <은세계>	『대한신문』	연재 추정 (부전)
1908. 2. 2	<옥년젼(혈의루)>	필사본	필사자 엄순영
3. 28	<혈의루>	광학서포	재판
6월	<은세계>	필사본	필사자 신택영
7. 25	<귀의성> 하편	중앙서관	초판(순국문)

9. 20	<치악산> 상편	유일서관	초판(순국문)
11. 20	<은세계>	동문사	초판(순국문)
1912. 2. 5	<귀의성> 상편	동양서원	재판
3. 1	<빈선랑의 일미인>	『매일신보』	순국문
11. 10	<목단봉>	동양서원	<혈의루> 상편의 개작본
1913. 2. 5~6. 3	<모란봉>	『매일신보』	<혈의루> 하편
3. 15	<귀의성> 하편	동양서원	재판 (부전)
7. 5	<치악산> 하편	동양서원	재판
10. 15	<귀의성> 상편	동양서원	재판 (부전)
1915. 1. 1	<달 속의 토끼>	『매일신보』	국한문

이상과 같은 고찰을 통해 알 수 있는 사실은 다음과 같다.

먼저 현전하는 이인직의 소설 중 대한 제국 시기에 국내에서 발표된 주요 작품들은 모두 신문 연재를 거친 후에 단행본으로 출판되는 과정을 밟았다는 점을 확인할 수 있다. 이미 그러한 사실이 알려져 있던 <혈의루>와 <귀의성>은 물론 <치악산>과 <은세계> 또한 『대한신문』에 연재된 후 단행본으로 발행된 것이 거의 확실하다.[100] 비록 신문 연재 텍스트의 실물이 전하지는 않지만 필사본 <은세계>의 존재는 이러한 추론을 강력히 뒷받침하고 있다. 그리고 이러한 매체 전환의 과정에서 작가에 의해 개작이 시도되면서 결코 작지 않은 정도로 텍스트 변형 현상이 나타나고 있음을 알 수 있었다. 특히 <혈의루> 상편의 개작본인 동양서원본 <목단봉>은 한일강제병합이라는 정치적 요인이 작용함으로써 더욱 큰 변화를 초래하고 있다. 최근 이 텍스트의 실물 확인이 이루어짐으로써 작가가 직접 텍스트를 개작했다는 사실을 확증할 수 있게 되었다. 이상의 사실들

---

99) 일부 부속국문표기가 보이긴 하나 사실상 순국문체로 볼 수 있다.

100) 다만 『국민신보』에 연재된 <백로주강상촌>은 단행본으로 출판되지 않았다. 이는 이 작품이 미완인 상태에서 연재가 중단되었기 때문인 것으로 볼 수 있다. 이 점은 『매일신보』에 연재되었던 <모란봉>도 마찬가지다.

은 이인직 소설의 텍스트들, 즉 각각의 판본을 결코 동일한 것이라고 단정할 수만은 없는 상황을 만들고 있다고 해도 과언이 아니다. <혈의루>는 이러한 변화를 가장 크게 노정하고 있는 작품이며, <귀의성>과 <은세계> 또한 정도의 차이는 있지만 최초 연재 텍스트와 단행본 사이에 일정한 차이가 존재한다. 따라서 우리는 지금까지 주목의 대상이 되지 않았던, 이 작품들의 텍스트가 지닌 변화와 차이의 구체적인 양상 및 그것이 갖는 의미를 분석할 필요가 있다. 다만 이러한 차이가 <치악산>의 최초 연재 텍스트와 단행본 사이에서도 발견될 가능성이 높지만 전자의 부재로 현재로선 확인이 불가능하기 때문에 논의 대상에서 제외할 수밖에 없다.

III. 대한 제국 시기의 텍스트 분화와 변형

1. 매체의 전환과 텍스트 분화

1) 신문 연재 텍스트의 혁신성

앞장에서 살펴본 바에 의하면 이인직의 주요 작품들은 모두 신문 연재를 거친 후 단행본으로 발간되었다. 이 과정은 결코 동일한 텍스트의 반복적 재생산이라고 보기 어려우며 내용과 형식 양 측면에서 적지 않은 변화를 수반하고 있다. 특히 대한 제국 시기에 주로 이루어진 발표 매체의 전환은 이러한 변화의 주된 계기로 작용하고 있다. 따라서 우리는 먼저 신문을 통해 최초로 발표된 연재물 형태의 텍스트가 지닌 특질에 대해 알아보고 이후 단행본 텍스트가 어떠한 형태로 분화되고 또한 변형되어 갔는지를 살펴볼 필요가 있다. 이러한 고찰은 이인직 소설의 시원(始原)적 텍스트로서의 성격을 지니고 있는 <과부의 꿈>으로부터 시작되어야 한다. 비록 일문으로 집필되었지만 이인직의 주요 작품들의 신문 연재 텍스트에서 나타나는 중요한 특질들을 이 작품이 최초로, 그리고 선명하게 드러내고 있기 때문이다.

<과부의 꿈>에 대한 논의는 주로 일본인 연구자들에 의해 전개되었다. 먼저 최초 발굴자인 다지리[1]는 이 작품에 대해 국내에서 발표된 이인직 소설의 시원(始原)적 의의가 있다고 평가한 바 있다. 실제로 <과부의 꿈>에서는 <혈의루>를 통해 우리 소설사에 처음 도입된 기법 및 문학적 장치들이 이미 활용되고 있었다. 역전적 서술 기법을 이용하여 서두를 구성하는 기법은 그 대표적인 사례라 할 수 있으며, 비록 <혈의루>에서 볼 수 있는 화자 표시가 사용되지는 않았지만 홑낫표(「 」)와 들여쓰기의 활용을 통해 대화문을 지문과 가시적으로 구별하고 있는 점 또한 그러하다. 이러한 특징들이 <혈의루> 이후에 발표된 신소설 작품들에서도 동일하면서도 지속적으로 나타나고 있다는 점에서 다지리의 지적은 상당한 타당성을 지닌다고 할 수 있다.

그러나 이 작품이 '한국적 한(恨)'을 형상화하고 있으며, 이것이 전통문학의 계승 발전을 통해 근대소설을 창조하려는 작가 정신의 소산이라는 주장은, 검증되지 않은 선험적 개념에 근거한 지나친 일반화인 동시에 전통문학을 계승하고 있음을 뒷받침하는 분명한 근거를 찾기 어렵다는 점에서 전적으로 수용하기는 힘들다고 본다.

한편 이건지[2]의 연구는 이 작품에 나타난 문체 분화 현상에 주목하고 있다. 그에 따르면 <과부의 꿈>의 문장은 '...なり', '...せず', '...すべし'와 같은 단정의 뉘앙스를 포함하는 어미를 주로 사용하고 있는 주석적 언설[3]과 '...たり', '...き'와 같이 작품 외적 서술자에 의해 상황을 객관화하고 묘사적인 인상을 주는 소설적 언설로 구분될 수 있는데, 전자는 독자에게

---

1) 다지리 히로유키, 앞 논문 참조.

2) 이건지, 「寡婦の夢の世界」, 『조선학보』 제 170호, 1999.1 참조.

3) <과부의 꿈>에서는 작품 속 대상 중 조선의 특수한 현실을 반영한 것들에 대해 괄호를 이용해 설명이 이루어지고 있는데 이건지는 이를 "작자 주"라고 명명하고 있다. 그러나 실제로 "작자 주"라고 직접 명기되어 있지는 않다. 다시 말해 이 부분이 이인직에 의해 작성된 것인지 아니면 교열자인 치즈카 레수이(遅塚麗水)에 의해 작성된 것인지의 여부는 확인하기 어렵다.

직접 말을 거는 듯한 인상을 주는 화법이라면 후자는 작중 세계를 대상화하는 효과를 지닌 화법이라고 설명하였다. 그는 주석적 언설이 소설적 언설 못지않게 확대되어 있는 현상을 조선문학의 소개라는 집필 목적의 특수성에 기인한 결과로 파악하면서 이것이 이 작품의 소설적 독해에 장애를 초래하는 요소, 즉 작품의 결함이라고 보고 있다. 이는 일면 타당한 지적이기는 하나 결함으로만 규정할 수는 없는 측면도 존재한다. 그가 지적한 문체 분화 현상은, 이인직이 비록 일문으로 집필했다 하더라도 소설을 처음 창작할 때부터 언문일치의 구현에 대해 관심을 갖고 있었고 이것이 훗날 자신의 작품에서 종결 어미 '-다'와 '-더라'를 구별하여 사용하는 데에도 일정한 영향을 미쳤을 가능성을 시사한다는 점에서 중요한 의의가 있기 때문이다.

이처럼 일본인 연구자들이 구체적 분석을 토대로 이 작품에 대해 비교적 상세한 논의를 전개한 것은 사실이지만 여전히 미흡한 점이 적지 않은 것 또한 사실이다. 게다가 이 작품에 대한 국내 연구자들의 논의 또한 충분히 이루어져 왔다고 말하기는 어렵다.[4] 따라서 이 작품에 대해 정당한 평가를 내리기 위해서는 먼저 내적 형식의 분석을 통해 그 특질을 명확히 규명하는 작업이 필요하다고 할 수 있다.

이 작품은 단편소설의 형식을 취하고 있다. 양식 자체가 다르다는 사실은 이 작품에 대한 평가의 기준 및 분석 방법이 국내에서 발표된 이인직의 장편소설에 대한 그것과는 달라야 한다는 것을 의미한다. 그러나 기존의 연구에서는 대체로 이 작품을 그가 본격적인 장편을 쓰기 이전에 시험 삼아 써본 습작 정도로만 간주하는 경향이 강했다. 이러한 평가의 근거로는 이 작품에서 일정한 규모의 사건이나 완결된 서사적 구조를 발견할 수 없다는 점이 제시되고 있는데, "특정한 서사 행위 없이 소복을 입은

---

4) 최태원, 최종순, 구장률 등이 단편적으로 이 작품에 대해 언급한 바 있다.

부인의 묘사, 꿈 속에서 병든 남편과의 대화 그리고 이웃집 노파의 대화가 작품의 전부"[5]일 뿐이라며 부정적인 평가를 내리고 있는 최태원의 언급이 그 대표적인 사례라고 할 수 있다.

이와 같은 평가는 국내에서 주로 장편을 중심으로 이인직의 작품에 대한 논의가 진행됨으로 인해 초래된 일종의 착시 현상이라고 할 수 있다. 하나 이상의 사건과 복합적인 갈등 양상을 제시함으로써 서사를 전개시키는 장편소설의 특성을 기준으로 삼을 경우 <과부의 꿈>은 서투른 습작으로 보일 수밖에 없기 때문이다. 하지만 애초부터 단편 양식의 집필이라는 목표 아래 쓰여진 작품이라면 이러한 평가는 온당한 것이라고 말하기 어렵다. 물론 이 작품이 국문이 아닌 일문으로 발표되었다는 점, 그리고 단편 형식이기 때문에 중편 정도의 분량으로 되어 있는 국내에서 발표된 이인직의 여타 작품들과 동일선상에서 평가되기 어렵다는 제약이 있는 것도 사실이다. 그럼에도 불구하고 <과부의 꿈>은, <혈의루> 이래 이인직의 소설에서 지속적으로 나타남으로써 이후 신소설의 서사 문법을 형성하는 데 결정적인 영향을 미쳤던 특징들을 이미 지니고 있었다는 점에서 단순한 습작으로 볼 수 없다. 오히려 이 작품에서는 의외로 매우 치밀하면서도 완결성 있는 서사 구조가 포착된다. 그런 의미에서 이 작품에 대해 "짧은 서사 구조 내에서 단일하고 통일된 정서와 이미지를 구축하는 단편의 미학을 성취하고 있다"[6]고 한 구장률의 평가는 주목할 만하다.[7] 따라서 우리는 근대단편소설의 일반적인 정의와 형식적 원리에 의거해 이 작품을 분석해볼 필요가 있다.

<과부의 꿈>의 줄거리는 다음과 같이 요약할 수 있다.

---

5) 최태원, 「<혈의루>의 문체와 담론구조 연구」, 서울대 석사, 1999, 17쪽.
6) 구장률, 앞의 글, 281쪽.
7) 그러나 그는 이러한 평가의 구체적인 근거는 제시하지 않고 있다.

13년 전 남편을 여의고 고독과 비애 속에 살아가던 한 과부가 있었다. 어느 날 저녁 그녀는 남편을 만나는 꿈을 꾸면서 일시적인 위로를 얻지만 곧 깨어나 현재의 자신의 처지를 다시금 확인하게 된다.

이처럼 줄거리만을 놓고 볼 때는 별다른 사건이나 갈등의 양상이 나타나지 않는 게 사실이다. 그러나 현실의 특정한 단면을 예리하게 포착, 묘파함으로써 인생의 진실을 선명하게 형상화하는 것을 목표로 하는 단편소설의 일반적인 정의에 의거해 이 작품을 분석해 보면 상당히 치밀하게 직조된 구성의 원리가 작용하고 있음을 확인할 수 있다.

위의 줄거리 요약에서 알 수 있듯이 이 작품의 주제는 남편을 잃은 여인의 고독과 비애 정도로 요약할 수 있을 것이다. 만약 이 작품이 장편소설이라면 내면적 갈등의 계기인 남편의 죽음과 그로 인해 고통의 세월을 지내온 부인의 삶의 이력이 플롯의 주요 부분을 차지하면서 구체적으로 서술되어야 할 것이다. 하지만 이 작품에서 이 부분은 또 다른 등장인물인 하녀와 이웃집 노파의 대화를 통해 압축적인 형태로 간접 제시된다. 즉 서술 분량이 증대됨으로써 장편화할 가능성이 높은 부분을 과감히 생략하고 있는 것이다. 이러한 구성의 전략은 근대단편소설에서 흔히 발견되는 것이기도 하다. 이처럼 갈등의 내력을 간략히 처리한 결과 작품의 전면에 부각되는 것은 주인공의 내면 심리, 즉 고독과 비애의 정서다. 아래에 인용된 이 작품의 서두는 이러한 주제의식을 암시 · 환기하기 위해 근대단편소설에서 사용되는 일반적인 기법이 충실하게 구현된 양상을 확인할 수 있다.

서산에 저물어 가는 석양은 지금이라도 조각구름 언저리에 금색무리를 칠 듯하고, 그 사이에서 새어 내리는 한 줄기의 광선은 단지 담이 높고 규실이 후미진 집의 서창의 난간을 비췄더라. 그 안에서 유난히 눈부시고 백색을 자랑하는 것은 춘풍의 흰 모랑도 아니고 눈 속의 한매화(寒梅花)도 아니라. 단지

한 소복의 부인이 초연(悄然)히 난간에 기대고 서녁 하늘의 구름을 바라보고 있더라. (조선 사람은 남녀 물론하고 그 부모의 상을 당하면 흰옷을 입고 3년을 지내나라. 단지 시집간 여자는 그 부모의 상을 당하면 흰옷을 1년 입고 1년 후에는 담청색 옷을 입고 3년째부터는 평상대로 화려한 옷을 입나니 과부만은 평생 소복을 입노라.) 나이는 서른 셋,넷. 하얗고 갸름한 얼굴에 기름기 없는 머리카락, 치장하지 않는 눈썹(조선의 여성은 굵은 눈썹을 싫어하여 그 눈썹을 가늘게 하노라. 소위 초승달 눈썹이라고 부르노라. 단지 과부만은 머리에 기름도 안 바르고 얼굴이 분도 안 바르고 게다가 그 눈썹을 가늘게 하지 않노라), 너무 여위어서 미인으로 보이지만 미인이 아니고 병자로 보이지만 병자가 아니더라.

과부는 구름을 바라보고 바람을 향하여 휴-하고 한숨을 내쉬었는데 저물어가는 하늘을 흐르는 구름에 무언의 한을 토로하는 모습이 무어라 해야 할는지 애처롭더라. 무엇 때문에 하늘의 구름을 바라보며 무슨 생각을 하고 있을는지. 봄기운을 띤 석양은 이윽고 서산에 숨어들고 석양빛이 남은 높은 조각구름은 타는 듯이 붉고 낮은 산의 구림자의 침흑(沈黑=짙은 흑색)과 함께 검어졌더라.

길게 꼬리를 끄는 구름 위에는 또한 부처의 모습을 띤 떼구름이 있어 보화전(寶華殿) 안에서 머리를 나란히 하여 하계(下界)를 바라보는 듯하더라. 소복차림을 한 부인의 한 없는 우수, 끝이 없는 생각, 비록 만천의 구름이 깊다 하더라도 이 흉중의 슬픈 생각의 깊고 많음에 미치지 못하더라.[8]

인용문을 살펴보면 각 문장이 모두 주인공의 내면 심리를 부각시키기 위해 긴밀하게 연결되어 있음을 알 수 있다. 먼저 원경을 묘사한 뒤 시선의 이동을 통해 근경으로 전환하면서 주인공인 부인의 모습을 묘사하는 기법은 메이지 시대의 일본에서 새롭게 창작되고 있었던 소설들에서 흔히 발견되는 것이다. 아울러 배경과 인물에 대한 묘사는 단순히 풍경과 외양

---

[8] 이인직, <寡婦の夢>, 『都新聞』, 1902.1.28. 참고로 이 번역문은 본 연구자가 해당 신문의 영인본 사본을 직접 입수하여 일본인 연구자인 타지마 데츠오와 공동 번역한 것이다. 국내에 소개된 바 있는 다지리의 번역문은 종결 어미가 모두 '-다'로 처리되어 있어 원문의 발표 당시의 문체적 실감을 제대로 살리지 못하고 있다고 판단했기 때문이다.

만을 그리는 것이 아니라 주인공의 내면심리를 간접적으로 형상화함과 동시에 작품 전체의 주제인 고독과 비애의 정서를 상징적으로 암시하고 있다. 다시 말해 구체적인 사건의 전개와 갈등의 형성을 통해 주제를 형상화하는 방식이 아니라 인물과 배경에 대한 초점화된 묘사를 통해 서정성을 강력히 환기하는 방법으로 주제를 드러내고 있는 것이다. 이러한 서두의 기법적 특징은 고소설에서 흔히 볼 수 있는 인물과 시공간의 요약적 제시 기법과는 확연하게 구별된다.

그리고 뒤이어 제시되는 이웃집 노파와 하녀 사이의 대화는 앞에서 언급했듯이 부인의 과거 내력과 현 상황을 요약하여 간접적으로 제시하는 서사 내적 장치로서 기능하고 있다. 이는 장편이 아닌 단편소설에 적합한 기법과 구성 방식이 사용된 것으로 볼 수 있을 것이다.

「정말 마님은 언제까지 저렇게 슬퍼하기만 하고 계시는가? 곤란하게 되었네」
「맞아요. 그런데 말이에요. 지금은 그렇지 않지만 서방님이 돌아가셨을 때는 그 상심하시는 모습은 그건 정말 대단했어요. 그때는 댁이 용산(용산은 경성 서쪽 한 10리쯤에 있는데 강상촌이 이곳이라.)에 있었고 인천의 선산(선산이란 조상의 분묘가 있는 땅을 가리키노라. 조선인은 고인을 산에 매장하고 절에 매장하지 않노라.)에 그날 새벽에 배로 발인을 치르게 되었어요. 마님은 댁의 창문에서 강상을 바라보고 노래를 읊고 계셨는데 정말 슬픈 노래였어요. 듣는 사람들은 모두 눈물을 흘렸어요. (조선 여성은 문을 나서지 않고 친척 집에 경적상문(慶弔相問)할 일이 있으면 지붕이 달린 가마를 타고 가며 남편의 발인이라 할지라도 스스로 갈 수가 없도다. 단지 집에서 배웅할 뿐이로다). 사모님이 슬픈 소리로 읊으신 그 노래는 이러했어요. 들으십시오.

강상의 배여 빨리 가지 마라. 낭군의 혼은 아직 강가에 있으니 강상의 배여 빨리 가지 마라. 한 번 떠나면 돌아오지 못하리니⋯⋯

어제는 병상에 있어 담소도 나눴는데 지금은 강상 단지 하나의 영거(靈車)뿐. 지척의 북망산은 끝이 없는 만리 길⋯⋯

바라건대. 내세에는 부부의 지위를 바꿔서 나는 남편이 되고 낭군은 아내가 되어 내가 먼저 떠나서 낭군에게 지금 슬픔을 뼈저리게 느끼게 하고 싶어라……
아니오. 아니오. 부처님. 바라건대 나의 이 무정한 말을 꺼낸 것을 벌주지 마시오……」
이웃집 노파는 다 듣고 나서 눈물을 훔치고 하녀도 새삼스레 슬픔을 느끼도다.
「서방님은 돌아가신 지 벌써 13년, 그 때부터는 웃으신 적도 딱 한 번도 없고 오늘은 점심도 안 드시고 저렇게 계시니 ……」9)

위 인용문을 살펴보면 작중 현재의 시점에서 주인공의 과거가 제시됨으로써 일종의 서술상의 역전이 이루어지고 있으며 이를 통해 스토리(story)는 자연스럽게 플롯(plot)의 형태로 전환된다. 이러한 구성 방식 또한 서사적 시간을 순차적으로 배열하고 이를 전지적 서술자의 요약을 통해 직접 제시하는 고소설의 그것과는 역시 근본적으로 다른 것이다. 뿐만 아니라 대화 중간에 삽입된 가요 또한 작품의 서정성을 강화하는 장치로서 효과적으로 사용되고 있다.

이처럼 <과부의 꿈>은 서두의 구성 방식 및 작중 상황을 제시하는 기법 등 모든 면에서 근대단편소설의 서사 문법을 충실히 구현하고 있다고 판단하기에 충분한 특징들을 보여주고 있으며, 그로 인해 고소설의 양식적 특징 혹은 서사 문법과는 전혀 이질적인 면모를 갖게 되었다고 말할 수 있다.

한편 작품의 후반부 또한 유기적인 구성의 원리가 지속적으로 작동되고 있음을 확인할 수 있다. 서두의 정조(情調)와 기법을 결말부에서 반복함으로써 작품 전체의 정서 및 주제의식을 더욱 강력하게 환기하는 수미상응 기법이 사용되고 있는 점을 그 근거로 들 수 있다.

---

9) _____, <寡婦の夢>, 『미야코신문(都新聞)』, 1902.1.28.

노파가 골마루에 나가보니 소복입은 부인이 난간에 몸을 기대어 깊이 잠들어 있더라. 한바탕의 수면(愁眠), 무슨 꿈을 꾸는 것인가. 병상에 누워 있는 낭군이 가장 사랑하는 아내의 손을 잡고 자신의 이마에 갖다 대면서 뜨겁소 하며 묻더라. (조선 사람들은 부부간에 이야기할 때 서로 존댓말을 쓰노라). 아내는 마치 신부처럼 수줍음을 타고 대답도 않는 그 사이에, 병든 남편의 모습은 어느덧 변하여 화려한 의관을 입고 엄연히 앉는 모습인데 마치 대장전(大藏殿) 속의 지장보살(地藏菩薩)과 대좌하는 것 같더라. 아내가 마음 속으로 놀라 말을 붙이려고 할 때 마침 이웃집 노파가 부르는 소리에 놀라서 잠을 깨보니 엄연한 남편의 모습은 사라지고 자기도 소복 입은 사람이 되더라.

오직 보더라. 서쪽 하늘의 구름, 비늘처럼 흩어져 지붕 모퉁이에 걸린 달은 차차 그 빛을 뚜렷하게 하더라. 낙양 빛이 머문 한 조각의 구름이 마치 사람 모양을 이루는 듯하면서 미풍을 타고 서산 너머로 숨어드니 박모(薄暮)가 친 처마 밑에 꿈보다 어렴풋한 소복부인.[10]

위의 인용문에서 확인할 수 있듯이 부인이 남편과 재회하는 꿈을 꾸는 장면이 제시됨으로써 일시적인 갈등의 해소가 이루어지지만, 곧이어 노파에 의해 꿈에서 깨어나고 부재의 현실이 재확인된다. 정서의 변화를 중심으로 서사 구조를 도식화하면 '고독과 비애의 현실 제시' – 입몽(入夢) – '고독과 비애의 일시적 해소' – 각몽(覺夢) – '고독과 비애의 현실 재확인'이라는 순환적 흐름이 포착되는 것이다. 이러한 서사 전개는 기승전결식 구성이라는 한시의 내적 형식을 연상시킨다. 뿐만 아니라 기법적인 측면에서도 일정한 대응 관계가 성립하고 있는데, 서두와 결말 부분에서 각각 배경과 인물에 대한 묘사(요약적 서술이 아닌)를 활용함으로써 작품 전체의 주제를 형상화하고 있다. 이는 전형적인 수미상응 기법의 구현이라고 할 수 있다. 이 외에도 결말부에서는 마지막 문장을 용언의 서술형이 아닌 "~素服婦人"이라는 명사 어구로 종결함으로써 서정적 여운을 남기

---

10) _____, <寡婦の夢>, 『미야코신문(都新聞)』, 1902.1.29.

는 기법이 사용되고 있다. 이것은 전개 부분에서 하녀의 발화에 삽입된, 부인이 남편을 잃었을 당시 불렀던 노래(시가)와 함께 작품의 서정성을 강화하는 기능을 한다고 볼 수 있다.

이와 같은 고찰 결과를 토대로 정서의 변화가 나타나는 지점을 기준으로 이 작품의 서사를 구조화한 뒤, 그 내용과 각 단계에서 사용된 기법상의 특징을 정리하면 다음과 같은 도표의 형태로 나타낼 수 있다.

표 5. <과부의 꿈>의 서사구조

구성단계		주요내용	서술기법	분량11)	비고	
기 (起)	고독과 비애의 현실	슬픔에 잠긴 부인의 등장	묘사	36행		수미상응
승 (承)	고독과 비애의 고조	부인의 내력 소개 - 슬픔의 연원 제시	대화	60행	시가 삽입	
전 (轉)	고독과 비애의 일시적 해소	입몽 - 꿈속에서의 재회	서사	12행		
결 (結)	고독과 비애의 현실 재확인	각몽 - 과부의 처지 확인	묘사	5행	서정적 여운	

결국 <과부의 꿈>의 서사 구조는 전체적으로 기-승-전-결의 4단 구성 방식을 통해 주제인 고독과 비애의 정서를 효과적으로 형상화하고 있다고 말할 수 있다. 뿐만 아니라 기법적인 측면에서도 요약적 서술이나 직접 제시와 같은 고소설적 기법에 의존하기보다는 대화와 묘사 등의 간접 제시 기법의 효율적 사용을 통해 작품의 내적 완성도를 높이고 있다고 평가할 수 있을 것이다. 이 외에도 시가의 삽입 및 명사형 종결 어미를 이용한 여운 있는 결말 처리 등 서정성을 강화하는 다양한 수법의 활용을 통해 근대적 단편소설의 미학을 상당한 수준에서 성취하고 있다고 보아도

---

11) 『미야코신문』 원문의 행수를 기준으로 함.

과언이 아니다.

이상의 논의를 종합해 볼 때 <과부의 꿈>은 이인직 소설의 성립 과정에서 단순히 습작의 위치에 머무르는 것이 아니라 상당히 정교하고 치밀한 구상을 거쳐 집필된 작품으로 평가받을 수 있으며, 이후 그의 작품 창작의 방법론을 형성하는 데에 지대한 영향을 미친 시원적 텍스트이자 근대적 단편소설의 미학에 근접한 완성도 높은 작품이라는 의의를 부여할 수 있다고 생각한다. 물론 결함이 보이지 않는 것은 아니다. 특히 전부(轉部)와 결부(結部)의 서술 비중이 기부(起部)와 승부(承部)에 비해 지나치게 짧아 양적인 측면에서 균형을 잃고 있는 것은 장면 대조를 통한 서정성의 환기 효과를 반감시키고 있다는 점에서 적지 않은 문제라 할 수 있다. 만약 작가가 입몽에 해당하는 전부의 확대를 통해 장면간 정서 대비의 효과를 극대화했다면 근대적 단편소설의 미학을 온전하게 구현한 완성도 높은 작품이라는 평가를 받을 수도 있었을 것이라는 점에서 이 부분의 결함은 큰 아쉬움을 남긴다. 그럼에도 불구하고 <과부의 꿈>이 과감한 생략과 압축을 통해 인생의 단면을 집중적으로 포착·묘사하는 근대적인 단편소설의 서사 문법에 일정 정도 근접한 면모를 보이고 있다는 사실은 부정하기 어렵다고 본다. 따라서 이 작품을 단순한 습작 정도로 간주해 오던 기존의 관점은 수정될 필요가 있다.

이러한 맥락에서 『만세보』 연재 <혈의루>의 특질을 고찰해보면 이 작품 또한 전래의 서사와도 뚜렷한 차별성을 보여주고 있을 뿐만 아니라 동시대의 다른 작품들과 구별되는 고유의 형식적 특질을 지니고 있다는 점은 분명하다. 실제로 이 작품은 기존에 소설로 명명되어 왔던 전래의 서사물들과는 여러 가지 측면에서 차이가 있었다.

먼저 역전적 서술 기법을 이용한 시공간 구성 방식의 변화는 열전체(列傳體)로부터 유래된 고소설의 서사문법, 즉 일대기에 기반한 순차적 구성 방식과 확연한 차이점을 드러내 보이고 있다는 점에서 일찍부터 연구자들의 주목을 받아 온 이인직 소설의 대표적인 특징 중의 하나다. 또한 비록 불완전하긴 했지만 언문일치에 가까운 근대적 문체[12]를 구사함으로써 고소설의 관용화한 언어들이 지닌 상투성을 상당 부분 극복하고 있다는 점도 그의 소설이 지닌 새로움 중의 하나라 할 수 있다. 아울러 당대의 독자들로 하여금 이인직의 소설이 전대의 소설들과 다르다는 인식을 갖게 만든 데에는 그의 작품에 내적 언설의 구별을 용이하게 만드는 새로운 장치들-들여쓰기 편집을 활용해 대화와 지문을 가시적으로 분리한다든지 혹은 대화 서술시 화자를 표시함으로써 발화의 주체가 누구인지 보다 명확히 알 수 있도록 한 것-이 도입된 사실도 일정한 영향을 미쳤다. 고소설(그것이 방각본이든 필사본이든 간에)에서는 찾아볼 수 없었던 이러한 장치들은 실제로 그러한 결과를 초래했다고 단언할 수는 없지만 적어도 표기의 측면에서 독자로 하여금 낭독이 아닌 묵독을 유도함으로써 소설을 수용·향유하는 전통적인 방식에 전환을 가져왔다고 볼 수 있는 측면이 존재하기 때문이다.

이 외에도 동시대적 현실을 제재로 하여 초월적 세계의 개입을 배제한 채 서사를 전개함으로써 아이디얼리즘보다는 리얼리즘을 추구하는 경향을 보다 뚜렷이 드러내고 있다는 점, 그리고 일본과 미국 등지로의 해외 유학을 소재로 함으로써 작품 내적 세계의 외연을 확장한 동시에 새로운 현실 인식을 내포하고 있는 이른바 문명 개화 담론을 작품의 전면에 배치함으로써 정형화되어 있던 고소설의 주제로부터 탈피하였다는 인상을 제공한 점 등도 <혈의루>가 지닌 '소설적 혁신성'의 근거로 지적된다.

---

12) 위에서 언급한 '언문일치에 가까운 근대적 문체'란 '-다'형 종결 어미를 두드러지게 사용함으로써 '-더라'로 대표되는 고소설의 종결 어미 사용법으로부터 일정 정도 탈피한 점과 역시 고소설의 상투적인 관용어 사용으로부터 벗어나 고유어에 기반한 개성적 표현을 이전의 서사물들에 비해 적극적으로 구사한 점을 지칭하는 의미로 사용하고자 한다. '불완전하다'는 표현은 그럼에도 불구하고 이러한 실천이 전면적이면서도 일관되게 관철되지는 못했다는 점을 지적하기 위함이다.

나아가 이러한 소설적 혁신의 추구가 일회성 시도로 끝나지 않았다는 사실, 다시 말해 <귀의성>·<치악산>·<은세계> 등 주요 작품의 창작을 통해 작가 자신에 의해서도 지속적으로 전개되었을 뿐만 아니라 이해조·김교제·최찬식 등 후발 작가들의 창작에도 직접적인 영향을 미침으로써 신소설이라는 문학사적 양식의 등장과 정착에 가장 결정적인 역할을 했다는 점을 고려할 때, <혈의루>의 연재는 전래의 서사물들로부터 형성된 소설에 대한 통념을 깨는 새로운 소설, 즉 '신소설(新小說)'의 등장을 알리는 가장 분명한 계기적 사건으로 규정될 수 있다고 본다.

무엇보다도 중요한 사실은 이 작품이 정론적 언술의 표명에만 치중하느라 소설 미학적 요청 혹은 규정들에 대해 별다른 자각 없이 집필되었던 당대의 서사물들과는 확연하게 구별되는 면모를 지니고 있었다는 것, 그리고 신문이라는 근대적 매체를 통해 조선인 작가가 실명으로 쓴 순수 창작소설을 연재한 최초의 사례인 동시에 이후 활판본으로 인쇄 출판됨으로써 전래 소설과는 구별되는 새로운 텍스트 생산·소비·유통 환경을 생성해냈다는 것이다.

요컨대 최초 연재 당시의 <혈의루>는 혁신적인 서사 문법의 창안을 통해 새로운 문학사적 양식의 등장을 견인한 동시에 전근대적이었던 기존 소설 텍스트의 생산·소비·유통 환경과 결별한 최초의 작품이라는 점에서 그 문학사적 의의가 결코 작지 않다고 할 수 있다.

이 점은 이 시기에 이 작품보다 다소 일찍 등장했던 여타의 연재 서사물들과의 비교를 통해서도 확인할 수 있다. 먼저 <혈의루>에 앞서 『대한매일신보』 등에 연재되었던 단형 서사물에 대해 검토해 보도록 하자. 이 서사물들은 정론적 언술과 허구적 이야기를 결합시킴으로써 서사의 형식을 일정한 정도로 혁신시킨 의의를 지니고 있지만 그러한 특징들이 문학사적 양식의 차원으로까지 고양되지는 못했다는 점에서 일정한 한계가 있다. 김영민[13]에 의해 '서사적 논설' 혹은 '논설적 서사'로 명명되었던 이 시기의 단형 서사물들은 거의 대부분 작가의 실명이 제시되지 않은 채 게재되었으며, 허구로서의 이야기가 정론적 언술의 표명을 위한 수단으로 기능하고 있는 측면이 강하다. 다시 말해 작품의 창작 주체로서 작가가 존재할 수 있다는 인식이 표면화되어 있지 않을 뿐 아니라 실제 작품 집필의 주된 목적 또한 주제의 전달에 있었기 때문에 미학적 장치로서의 서사, 즉 내러티브는 여전히 종속적인 위치에 머무르고 있는 형국이라고 할 수 있다.

이 시기 단형 서사물에서 이러한 특징이 나타나는 것은 다음과 같이 설명할 수 있다. 즉 신문이라는 근대적 문물의 도입으로 인해 창출된 지면의 등장을 계기로 공론 형성과 대중 계몽의 목적을 달성하려는 의도를 실현하기 위한 새로운 담론적 공간이 형성되기는 했지만, 당시의 저자들이 허구로서의 소설을 폄하하는 경향이 강한 전근대의 효용론적 문학관의 영향으로부터 여전히 자유롭지 못했고 미적 자율성을 기반으로 하여 개인의 예술적 목표를 추구하는 근대적 작가의 위치로까지 스스로를 밀고 나가지 못했기 때문이라고 할 수 있다. 무서명 게재는 이러한 사정과 인식이 반영된 결과라고 할 수 있으며, 이들의 저작이 단행본으로 출판된 사례를 찾아볼 수 없다는 사실 또한 이 점을 일정 정도 뒷받침한다고 말할 수 있을 것이다. 이처럼 이 시기의 단형 서사물은 아직은 내용과 형식의 유기적 결합의 수준에 이르지 못한 채 과도기의 양식적 특징을 내포하고 있었고, 근대적 문학 양식으로서의 소설을 창작한다는 저자들의 자각 또한 뚜렷했다고 볼 수 없기 때문에 <혈의루>가 도달한 소설적 혁신의 수준과 동일선상에서 비교하기는 어렵다고 판단된다.

한편 이 시기의 서사물들 중에는 위의 단형 서사들과 비교해 볼 때 상대적으로 소설 미학적 요구를 더 많이 충족시키고 있는 것으로 평가되

---

13) 김영민, 『한국근대소설사』, 솔, 1997 참조.

어 주목을 받은 일련의 작품군이 존재하고 있다는 사실을 주목할 필요가 있다. 일인(日人) 발행 신문인 『한성신보(漢城新報)』나 『대한일보(大韓日報)』에 <혈의루>의 발표에 앞서 연재되었던 소설들, 곧 <목동애전(木東崖傳)>[14]·<관정제호록(灌頂醍醐錄)>[15]·<일념홍(一捻紅)>[16] 등의 작품이 그것이다. 이 작품들은 비록 한문현토 형식에 가까운 국한문혼용체[17]로 집필되었다는 점에서 일정한 한계가 있기는 하지만, 혼사장애 및 가정 갈등을 모티브로 하고 있고 해외 유학으로 대표되는 근대의 제도와 문물을 작중 소재로 취하고 있으며 국내외를 넘나드는 공간적 배경이 제시되는 등 신소설의 양식적 특징을 일정 부분 선취, 공유하고 있는 것이 사실이다.

그러나 다음과 같은 사항들을 고려할 때 이 작품들은 조선인 작가에 의해 집필된 순수 창작물로 보기 어렵다. 먼저 <목동애전>은 그 주된 배경이 영국 런던이며 등장인물들의 이름[18] 역시 영문 성명의 한자 음차 표기일 가능성이 높다.[19] 이는 약간의 번안적 요소가 가미되기는 했지만 이 작품이 서구문학작품의 일역본(日譯本)을 대본으로 하여 중역(重譯)된 텍스트라는 것을 의미한다.[20] 다음으로 <관정제호록>의 경우는 "화설

---

14) 작가 미상, <木東崖傳>, 『한성신보』, 연재 시작 및 완료 일자 미상, 연재 일자 ① 1902.12.7. ② 1902.12.19. ③1903.1.15. ④ 1903.1.17. ⑤ 1903.1.23. ⑥ 1903.1.27. ⑦ 1903.2.3.

15) 작가 미상, <灌頂醍醐錄>, 『대한일보』, 회장체 형식, 제 1회(1904.12.10), 제 2회(1904.12.21), 제 3회(1905.1.7), 이후 연재분은 유실됨.

16) 一鶴散人, <一捻紅>, 『대한일보』, 1906.1.23~2.18 (총 16회 연재, 완결) 참고로 6회와 8회 연재분 원문은 『대한일보』해당호수의 유실로 인해 전하지 않으나 권영민이 발굴한 필사본(미국 버클리대학 아사미문고 소장)에는 유실 부분이 남아 있다.

17) 이 중 <관정제호록>은 현전하는 3회의 연재분 중 1회와 2회는 순국문체로 표기되었고 3회부터 국한문혼용체로 전환되었다는 점에서 일부 예외적인 측면이 존재한다.

18) "광경귀학", "완리공화", "완리만셔" 등이 이에 해당한다.

19) 유실 부분을 확인할 수는 없으나 현전하는 부분은 모두 런던을 배경으로 하고 있다. 따라서 내용이나 인물의 명칭 등을 함께 고려해 볼 때 등장인물들은 영국인으로 보는 것이 타당하다.

20) 이와 비슷한 사례로 1913년에 발행된 <홍보석>이라는 작품을 들 수 있다. 이 작품은 국립중앙도서관에만 소장되어 있는데 그 동안 학계에는 그 존재가 알려지지 않았다. "<사경소설(寫情小說) 홍보석(紅寶石)>"이라는 표제를 달고 있는 이 작품은 보급서관에서

동화국은 티평양 동부에 일부 문명국이니"21)로 시작되는 서두에서도 알 수 있듯이 '화설'과 같은 일부 고소설적 요소가 발견되기는 하지만 '태평양'이라는 근대 이후에 도입된 어휘가 등장하는 것으로 보아 전래의 소설을 대본으로 한 것이 아니라는 점은 명확하다. 마지막으로 <일념홍> 또한 혼사장애를 겪는 두 주인공이 일본 공사의 도움으로 일본 유학을 가거나 러일 전쟁에 종군하는 내용이 등장하는 것으로 보아 메이지 시대의 일본 소설을 대본으로 한, 번역에 가까운 번안물일 가능성이 매우 높다.22)

요컨대 이 작품들은 대체로 순수 창작물이라기보다는 서구문학작품의 일역 텍스트 혹은 일본문학작품을 대본으로 하여 집필된, 번역에 가까운 번안물일 가능성이 더 높다고 할 수 있다. 사실이 그러하다면 이 작품들에서 나타나고 있는 신소설적인 특징들은 대본이 되었던 외래 텍스트로부터

출판되었으며 첫 페이지에 "보급서관 편역(編譯)"이라고 표기되어 있어 정확한 번역자를 알 수는 없지만 번안소설이 확실하다. 영국인 남성 희중달과 인도인 여성 림봉미가 등장하는 이 작품 또한 런던을 배경으로 주인공 남녀의 이별과 재회를 그리고 있으며 정탐(추리)소설적인 요소가 가미되어 있다. 비록 10여 년의 시차가 있긴 하지만 번안소설 <홍보석>의 존재는 <목동애전>이 번안 텍스트일 가능성을 강력히 뒷받침한다.

(학위논문 집필 이후 필자가 이 작품의 원작 및 대본(臺本)을 추적한 결과, <홍보석>이 메이지 시대의 대표적인 작가인 기쿠치 유호(菊池幽芳, 1870~1947)가 작자 미상의 영국소설을 대본으로 하여 번안한 <신문팔이(新聞賣子)>(1900)라는 일본어 소설의 중국어 번역본인 <전술기담(電術奇談)>(1905)을 대본으로 하여 중역된 작품이라는 사실을 밝혀낸 바 있다. <전술기담>은 중국 만청시대(滿淸時代)의 대표적인 작가인 오견인(吳趼人, 1867~1910)의 출세작이기도 하다. 자세한 논의는 졸고, 「번역소설 <홍보석(紅寶石)> 연구 - 일본소설 <신문팔이(新聞賣子)> 및 중국소설 <전술기담(電術奇談)>과의 연관성을 중심으로 -」, 『국어국문학』 제 159호, 국어국문학회, 2011, 179~203쪽 참조)

21) 작가 미상, <관정제호록> 제 1회, 『대한일보』, 1904.12.10, 송민호 『한국개화기소설의 사적 연구』, 일지사, 1975, 48쪽에서 재인용.

22) 기존의 연구에서는 이 작품을 조선인 작가에 의해 창작된 것으로 보아 친일 사상이 반영된 텍스트로 이해하는 경향이 있었으나, 작품을 자세히 살펴보면 도입부를 중심으로 한 일부분에서만 번안의 흔적이 발견될 뿐 주인공의 유학과 종군 체험이 그려지는 장면은 메이지 시대의 일본을 배경으로 하고 있어 사실상 번역에 가깝다는 점을 알 수 있다. 물론 대본으로 사용되었을 원문 텍스트의 발굴을 통해 확증이 이루어져야 하겠지만 여러 가지 정황 증거들을 살펴볼 때 이 작품이 조선인 작가의 창작물이라기보다는 일본소설의 번안물일 가능성이 더 높다고 할 수 있다.

유래된 것이지 조선인 작가의 창의의 소산은 아니기 때문에 <혈의루>와는 그 성격과 범주가 다르다고 할 수 있다. 게다가 이 작품들은 일인 발행 신문이라는 매체의 성격상 조선인 독자들에게 널리 수용되었을 가능성 또한 희박하다. 따라서 이러한 여러 가지 상황을 고려할 때 이 작품들은 한국근대소설사의 맥락에서보다는 번역문학사의 맥락에서 다뤄져야 온당하다고 판단된다.

이처럼 『만세보』 연재 <혈의루>에 선행해 등장했던 이 시기의 서사물들은 대체로 문학적 양식으로서 근대적인 소설의 미학적 요청에 온전히 도달하지 못하였거나 혹은 비교적 근대소설의 형식에 근접한 것처럼 보이는 작품들이라 하더라도 저작자의 창의성의 발현에 따른 것이 아닌 외래 문학의 번역에 의해 도입된 혁신의 결과물이라는 점에서 적극적인 의미를 부여하기 어렵다. 이에 비해 <혈의루>는 동시대적 현실로부터 제재를 취하여 당대의 사회적 의제들을 소설 내적 담론으로 끌어들임으로써 단형 서사물이 성취한 문학적 혁신의 성과를 공유하고 있으면서도, 전대의 소설들과는 다른 구성과 기법을 활용하여 완결에 가까운 서사 구조를 창안함으로써 이후에 등장한 작가들에게 새로운 소설쓰기의 방법적 전범을 제공하였고, 그 결과 신소설이라는 문학사적 양식의 등장을 견인해 냈다는 점에서 우리 문학사에서 근대적인 소설 형식의 첫 출발점을 제공한 작품이라는 평가를 내릴 수 있다. 또한 이러한 소설사적인 혁신을, 신문이라는 근대적 제도가 제공한 매체 환경 속에서 번역·번안이 아닌 조선인 작가의 순수 창작을 통해 그것도 실명으로 연재함으로써 달성했다는 점 또한 높게 평가할 만하다. 따라서 당대의 문학사적 현실을 고려할 때 이 시기에 등장한 다양한 서사물들 중에서 조선인 작가에 의해 실명으로 발표된 창작소설인 동시에 형식적 혁신의 면모를 가장 많이 보여줌으로써 문학사적 전환의 계기를 제공한 작품은 단연 『만세보』 연재 <혈의루>라고 하지 않을 수 없는 것이다.

이상의 논의를 종합해 볼 때 『만세보』 연재 <혈의루>는 이인직이 <과부의 꿈> 창작 당시부터 시도했던 다양한 양식적 실험을 거쳐 얻은 소설 창작의 방법적 도구들을 일정한 미학적 기준에 의거해 활용함으로써 고안해 낸 서사물 중 내용적 완결성을 확보한 첫 번째 장편23)에 해당한다고 할 수 있다. 이 작품에서는 가족의 이산과 상봉이라는 서사적 모티브를 기반으로 격변하는 현실 속에서 운명의 격랑에 휘말려 들어가는 인간상을 그리고 있다. 물론 서사의 구조만을 놓고 보았을 때는 전쟁을 배경으로 가족의 수난과 그 극복(재결합)과정을 그리는 고소설의 그것과 크게 다르지 않아 보일 수도 있다. 그러나 주인공의 가계와 출생 내력의 서술로부터 시작하여 성혼(成婚)과 죽음에 이르는 과정을 연대기적으로 배열하는 열전(列傳) 양식에 기반해 있는 고소설과 달리, <혈의루>는 가족의 이산을 초래한 사건의 현장을 먼저 묘사한 뒤 이러한 사건의 발생 내력을 뒤에 서술함으로써 독자로 하여금 고소설의 문학적 관습에 의거한 독해가 아닌 인과율에 의거해 스토리를 파악하는 방식으로 독서가 이루어지도록 유도한다. 이와 같은 고소설과 <혈의루>의 전개 방식 사이에는 로망스(romance)와 노블(novel)의 차이, 나아가 전근대와 근대로 표상되는 근본적인 인식론상의 차이가 존재한다고 할 수 있다.

　　이에 비해 앞에서 언급한 『대한매일신보』의 단형 서사들이나 일인(日人) 발행 신문의 소설들에서는 이러한 특징이 발견되지 않는다. 이 점이 『만세보』 연재 <혈의루>가 고안해 낸 새로움이자 소설적 혁신의 본령 중의 하나라고 할 수 있다. 비록 전적으로 이인직 개인의 창의의 소산은 아니라 하더라도 우리 문학사상 처음으로 전래의 고소설의 서사 전개 방식과 다른 원리에 기반해 창작된 장편을, 역시 고소설 텍스트 생산의 일반적인 형태인 방각본 출판 방식을 따르지 않고 대중적 파급력이 큰

---

23) 최초의 작품은 <백로주강상촌>이라고 할 수 있으나 미완인 상태로 연재가 중단되었기 때문에 실질적인 첫 장편은 <혈의루>로 보아야 할 것이다.

신문이라는 근대적 매체에 연재함으로써 그 존재 양태 및 향유 방식에도 전환을 가져온 것은 그 이전의 어떤 작품의 사례에서도 찾아볼 수 없었던 소설 혁신의 기념비적 이정표라 할 수 있을 것이다.

　다음으로 『만세보』 연재 <혈의루>가 갖는 두 번째 의의는 흔히 부녀자 계층을 중심으로 향유되는 저급한 완롱물 정도로 치부되던 소설의 위상에 획기적인 변화를 가져왔다는 데에 있다. 이 작품이 당대의 독자들에게 강력한 반향을 불러일으킴과 동시에 소설의 현실 환기력에 대한 인식의 전환을 이끌어낼 수 있었던 것은 바로 정치성을 띤 비판 담론의 전면화라는 특징에 기인한다고 할 수 있다. 하인 막동의 반항적 언사를 활용해 양반 지배 체제의 폭압성을 직설적으로 비판하는 장면과 김관일의 입을 빌려 국가적 몰락의 위기를 타개하기 위해 신문명의 습득(習得)이 필요하다는 점을 역설하는 장면, 그리고 엄연히 대한제국이라는 정체(政體)에 소속된 신민(臣民)이면서도 연방제라는 전혀 다른 정체를 이상으로 추구하는 구완서의 지향이 서술된 장면은 그 대표적인 사례라고 할 수 있다. 물론 이러한 작중 언설들은 외세의 제국주의적 속성에 대한 통찰이 결여되어 있다는 점에서 분명한 한계를 지니고 있기는 하다. 그럼에도 불구하고 그것이 과거가 아닌 '지금-여기'의 현실에 대한 적극적 가치 평가와 대안적 사고, 즉 정치적 진보성을 지향하고 있는 것은 사실이다.

　결국 『만세보』 연재 <혈의루>는 논설의 형식이 아닌 허구적 서사의 틀 안에서 정치적 담론을 표명함으로써 소설이 시대적 상황에 대한 적극적 의사표현의 수단으로 활용될 수 있다는 점을 보여준 최초의 사례라고 할 수 있다. 다시 말해 신문연재소설이라는 형식이 독자 대중들에게 미칠 수 있는 영향의 방향성을 제시했다는 평가가 가능한 것이다.

　그러나 『만세보』 연재 <혈의루>는 단행본화 과정을 거치면서 적지 않은 변화의 양상을 보이게 된다. 여기에는 수록 매체의 변화와 작가의 개작 시도라고 하는 두 가지 요인이 복합적으로 작용하고 있다. 물론 가장 결정적이면서도 중요한 변화의 국면은 한일강제병합이라는 정치적 상황의 변화 이후에 출판된 동양서원본에서 주로 발견되지만 광학서포본의 발간 당시부터 시작된 <혈의루>의 텍스트 변형 현상은 <귀의성>과 <은세계> 등 다른 작품들에서도 유사한 형태로 나타나고 있다. 따라서 종합적인 고찰을 위해서는 이 시기의 텍스트 변형 현상의 구체적인 특징과 그것이 갖는 의미에 대해 분석할 필요가 있다. 이에 다음 절에서는 이 세 작품의 단행본 텍스트들을 중심으로 매체 변화와 개작으로 인해 형성된 텍스트의 다중성에 대해 살펴볼 것이다.

2) 단행본 출판과 다중적 텍스트의 형성

앞서 언급했듯이 광학서포본 <혈의루>는 우리 문학사에서 신문연재소설을 단행본으로 발간한 최초의 사례이며, 대한 제국 시기에 발표된 이인직의 주요 신소설 작품은 이렇듯 모두 신문 연재를 거친 후 단행본으로 출판되었다. 그런데 이 과정에서 신문 연재 텍스트가 지니고 있던, 새로운 소설로서의 양식적 혁신성이라는 특질에 일정한 변화가 초래되기 시작한다. 그 양상은 기본적으로는 개작을 통한 문장 표현상의 심미적 완성도 향상이라는 목표 의식의 추구로 요약될 수 있지만 그러한 목표가 성공적으로 달성되었다거나 일관되게 추구되었다고 보기 힘들게 만드는 측면 또한 존재한다.

사실 그 동안에는 이 단행본 텍스트들이 신문 연재 텍스트와 거의 동일한 텍스트라는 인식이 지배적이었다. 그러나 이는 사실과 다르기 때문에 이제 수정되어야 할 필요가 있다. 물론 이 시기의 단행본 텍스트에서 나타나는 내용상의 변화가 그 정도와 성격에 있어 1912년의 동양서원본 <목단봉>의 개작에 견줄 수 있을 만큼 뚜렷하지는 않다. 그럼에도 불구하고 신문 연재 텍스트의 단행본화는 처음부터 일정한 목적의식을 지닌 작가의 개작 시도로 인해 작품의 성격에도 일정한 변화를 초래하였고, 이 외에도 우연적이고 외부적인 요인 즉 매체 전환의 물리적인 과정에서 발생한 교열상의 오기로 인해 애초의 의도와 다른 방향으로의 변화를 초래하기도 하였다. 말하자면 단행본 출판은 이인직 소설의 텍스트에 일정한 다중성을 형성하게 만든 중요한 계기로서 작용하였다고 할 수 있다.

이 절에서는 신문 연재를 거쳐 작가 생존 당시에 단행본의 출판이 이루어진 네 편의 작품 중 비교·대조가 불가능한 <치악산>을 제외한 세 편의 작품, 즉 <혈의루>·<귀의성>·<은세계>를 대상으로 하여 텍스트 다중성의 구체적인 양상과 그 의미에 대해 살펴보고자 한다.

먼저 <혈의루>의 경우 앞 절에서 살펴보았듯이 이 작품에 대한 서지적 고찰을 통해 원문 텍스트가 모두 5종에 이른다는 점을 확인할 수 있었다. 먼저 상편은 1906년에 최초로 연재된 『만세보』 텍스트와, 1907년과 1908년에 걸쳐 두 차례 간행되었고 1차 개작본으로서의 성격을 지니고 있는 광학서포본(초판과 재판은 동일함), 그리고 1912년에 대폭 개작되어 발간된 <목단봉>이라는 표제의 동양서원본 등 3종의 텍스트로 이루어져 있다. 그리고 하편은 1907년 광학서포본 초판의 발간 직후 『제국신문』에 연재된 텍스트와 동양서원본의 발간 이후 집필된 1913년의 『매일신보』 연재 <모란봉> 등 2종의 텍스트가 존재한다. 이 다섯 편의 텍스트는 동질성보다는 이질성을 노정하고 있으며 그 자체로 <혈의루>가 매우 복잡한 과정을 거쳐 형성된 작품이라는 사실을 보여주고 있다. <혈의루>의 변천 과정은 곧바로 이인직 소설의 중요한 변화의 계기와 의미를 이해하는 데에 필요한 결정적인 단서를 제공하고 있기 때문에 정확한 서지 정보를 토대로 한 원전비평적이면서도 통시적인 고찰이 병행되어야 한다.

그러나 그 동안 이 작품의 텍스트 일체에 대한 종합적 고찰은 이루어지지 않았다. 지금까지는 주된 비교의 대상이 최초 단행본인 광학서포본과

『문장』 수록 텍스트로 한정되어 있었다. 여기에는 『만세보』 연재 텍스트와 광학서포본 사이에 표기 방식을 제외하고는 별다른 차이가 없다는 인식과, 『문장』 수록 텍스트가 동양서원본을 대본으로 했을 것이라는 인식이 전제되어 있었기 때문이었던 것으로 볼 수 있다.24) 이러한 두 가지 전제 중 후자는 어느 정도 사실과도 부합된다는 점이 확인되었지만 전자에 대해서는 사라진 연재 47회분의 예에서도 알 수 있듯이 두 텍스트 사이의 확연한 차이로 인해 전적으로 동의하기는 어렵다. 게다가 한일강제병합 이전과 이후에 각각 따로 집필된 이질적인 하편의 존재를 감안할 때 <혈의루>의 변화는 모든 텍스트 간의 비교를 통해 종합적으로 고찰되어야 할 것이다.

이 절에서 주목하려는 부분은 단행본의 출판 과정에서 초래된 <혈의루> 텍스트의 다중적 성격이다. 물론 대한 제국 시기에 연재 및 출판된 2종의 상편 텍스트는 결코 동질적인 성격을 지니고 있지 않다. 하지만 이 논문에서 다루려는 두 텍스트 간의 차이는 기존의 연구에서 제기되었던 문체의 측면이 아니라 내용 및 표현상의 변화다. 사실 두 텍스트의 문체는 동일하다고 볼 수 있기 때문에 단순히 부속국문과 순국문이라는 표기방식의 차이는 문체 전환의 근거로 제시될 수 없다. 그럼에도 불구하고 이 표기방식의 차이가 연구자들로 하여금 문체적 전환의 근거로 이해된 측면 또한 엄연히 존재하고 있다. 때문에 엄밀히 말해 문체의 전환이라고 볼 수 없는 표기방식상의 차이가, 사실상 문체상의 변화인 것처럼 이해될 수밖에 없었던 사정을 먼저 설명할 필요가 있다.

일반적으로 두 텍스트는 내용상으로는 별다른 차이가 없는 데 비해 문체면에서는 부속국문체에서 순국문체로의 질적인 전환이 이루어진 것으로 설명되어 왔다. 확실히 『만세보』 텍스트의 부속국문표기는 이 두

---

24) 최원식과 다지리의 논의는 그 대표적인 사례다.

가지 문체와 확연하게 구별될 뿐만 아니라 적어도 외관상으로는 일본어 문장의 표기방식을 닮아 있다. 때문에 기존의 논의에서는 부속국문표기를 일본어 문장에 기반을 둔 제 3의 문체로 규정해 왔던 것이다. <혈의루>의 문장에 대해 "무국적의 문장"[25]이라든가 "일본식 언문일치 문체"[26]라고 평가하는 입장은 비록 폄하적인 인식이 전제되어 있기는 하지만 부속국문 표기를 하나의 문체로 규정한 대표적인 사례라고 할 수 있다.

그러나 이러한 관점에는 중대한 논리적인 결함이 존재한다. 부속국문 표기를 일종의 번역문체로 본다면 <혈의루>의 최초 연재 당시만 해도 이인직의 문장 구사 능력이 일본식 문체를 모방하거나 역어화하는 정도 의 수준에 불과했다는 얘기가 된다. 그런 그가 연재 종료 후 불과 5개월여 만에 단행본을 출판하면서 유창한 순국문체 문장을 구사한다는 것은 상식적으로 불가능에 가깝다. 실제로 광학서포본의 문장은 대부분의 연 구자가 동의하고 있는 바와 같이 거의 완벽에 가까운 순국문체가 구사되 고 있기 때문이다. 결국 단행본 발간을 계기로 <혈의루>의 문체적 전환이 이루어졌다는 주장은 짧은 기간 동안에 이인직의 모국어 문장 구사 능력 이 획기적으로 향상되었다는 말과 크게 다르지 않다는 점에서 설득력이 떨어진다.[27]

이에 대해 가장 적극적인 반론을 제기한 바 있는 김영민[28]의 합리적인 해명을 주목할 필요가 있다. 그에 따르면 『만세보』에 사용된 부속국문표 기는 일본의 후리가나식 표기와 외형은 같아 보여도 실제 활용법은 전혀

---

25) 조연현, 앞의 글, 178쪽.
26) 김윤식 · 정호웅, 『한국소설사』, 예하, 1993, 36쪽.
27) 굳이 광학서포본을 예로 들지 않더라도 <혈의루>에 이어 바로 연재된 <귀의성> 역시 부속국문표기방식이 아닌 사실상의 순국문체로 집필된 점을 고려할 때 이러한 추론에 동의하기는 어렵다. 그러므로 표기방식의 변화를 문체의 전환으로 간주하는 권영민(「이 인직과 신소설 <혈의루>」, 『이인직 혈의루』, 서울대출판부, 2001, 487~488쪽 참조)의 논의는 전적으로 동의하기 어려운 측면이 있다.
28) 김영민, 『한국 근대소설의 형성과정』, 소명출판, 2005 참조.

다르기 때문에 분명한 차이가 있다는 것이다.[29] 실제로 <혈의루>에서 부속국문이 표기된 어휘들의 한자를 빼고 읽으면 단행본과 동일한 순국문체 문장이 성립하게 된다는 점에서 부속국문은 일종의 표기방식일 뿐 문체로 보기 어렵다. 그러므로 이 작품은 애초부터 순국문체로 집필된 것으로 볼 수 있다는 것이 그가 내린 결론이다. 김영민의 고찰은 실증적 근거에 기반하여 기존의 문체 전환론이 지닌 논리적 결함을 해결하고 있을 뿐만 아니라 이인직의 소설이 이미 출발 당시부터 확고한 순국문체에 기반하고 있었다는 점을 입증함으로써 <혈의루>를 국문소설의 관점에서 다뤄야 한다는 주장의 당위성을 뒷받침한 바 있다.[30]

그렇다면 이인직은 애초부터 순국문체로 쓴 작품을 왜 굳이 부속국문표기방식을 활용하여 연재했을까? 이러한 의문에 대해 김영민은 그 원인이 <혈의루>가 연재된 『만세보』의 편집 방침에 있다고 지적한다. 『만세보』는 서로 다른 두 독자층, 즉 국한문혼용체 독해층과 순국문체 독해층을 동시에 포섭하려는 취지에서 부속국문표기라는 실험적인 방식을 시도하였으며, 이러한 매체의 편집 방침에 의해 순국문체로 집필된 <혈의루>가 표기방식만을 바꾼 채 연재된 것으로 볼 수 있다는 것이 그의 결론이다.[31] 말하자면 표기방식의 변화는 작품이 어떤 매체에 수록되었느냐의 여부와 긴밀한 연관이 있다는 것이다.

---

29) 김영민은 『만세보』의 부속국문표기를 자세히 살펴보면 성격이 크게 다른 두 부류로 구성되어 있음을 알 수 있다고 한다. 하나는 원래 국한문혼용체로 쓰여진 글에 한글을 달아 부속국문체로 만든 문장이고 다른 하나는 원래 순국문체로 쓰여진 글에 한자를 병기해 부속국문체로 만든 문장이다. 논설 및 일반 기사는 전자에, 그리고 소설은 후자에 속한다는 것이다. 김영민, 위의 책, 96~107쪽 참조.

30) 이는 분명 타당한 지적이기는 하지만 그럼에도 불구하고 실제 논의 과정에서는 연구자 자신도 부속국문표기를 종종 '부속국문체'로 언급하고 있어 다소 아쉬움을 남긴다. 『만세보』 연재 텍스트가 애초부터 순국문체로 집필된 작품이라면 부속국문은 이를 외화하는 표기상의 방법일 뿐 문체로 볼 수는 없기 때문이다.

31) 이인직이 애초부터 순국문체로 자신의 작품을 집필했을 가능성이 높다는 점은 <백로주강상촌>의 문체에 대한 앞 절에서의 고찰을 통해서도 뒷받침될 수 있다고 본다.

이와 관련하여 문체면에서 두 텍스트 간에 별다른 차이가 나타나지 않는다는 점은 광학서포본에 나타난 종결 어미 사용 양상의 변화에 대한 고찰을 통해서도 뒷받침될 수 있다. 흔히 『만세보』 연재 텍스트에 비해 광학서포본의 고소설적 퇴보의 근거로 지적되었던 문체적 후퇴 현상, 즉 '-더라'형 종결 어미의 증가 현상이 실제로는 유의미한 수준에서 나타난다고 보기 어렵기 때문이다. 이러한 사실 또한 두 텍스트 사이에 표기방식의 전환은 있었지만 '문체의 변화'로 명명할 만한 현상은 나타나지 않았다는 주장을 보다 객관적으로 뒷받침할 수 있다고 본다.

주지하다시피 『만세보』 텍스트에는 현재형 종결 어미 '-다'가 사용된 문장이 많이 발견된다. 물론 철저하게 관철되지 못했고 또 이인직에 의해 최초로 사용된 것도 아니지만 <혈의루>를 포함한 그의 소설 전반에 걸쳐 고소설에서 주로 사용되어 왔던 회상 시제 선어말 어미 '-더-'가 포함된 '-더라'형 종결 어미의 사용 빈도가 확연하게 줄어든 것은 사실이다. 앞서 제시한 바 있듯이 이인직의 주요 신소설 작품에서 '-다'형 종결 어미의 평균 사용 비율은 30~35%로서, 비슷한 시기에 발표된 이해조의 소설들[32]의 평균 사용 비율인 20%에 비해 매우 높은 수치를 보이고 있다. 때문에 이인직의 작품에서 더욱 두드러지게 확인되었던 '-다'의 잦은 사용은 그 타당성 여부는 차치하더라도 적어도 연구자들로 하여금 고소설의 세계에

32) 이해조의 작품 중 이인직이 <혈의루>, <귀의성>, <치악산>, <은세계> 등을 발표하던 시기와 비슷한 시기에 『제국신문』을 통해 연재된 5편의 총문장 중 종결 어미별 사용 빈도 통계는 다음과 같다. 이들 중 <빈상설>을 제외하고는 대체로 비슷한 비율을 보이고 있음을 알 수 있다.

작품명	발표 시기	총 문장수	'-더라' 사용 문장수	'-다' 사용 문장수	총 문장 중 '-다' 사용 문장 비율
<고목화>	1907.6.5.~10.4.	215	165	50	23.3%
<빈상설>	1907.10.5.~1908.2.12.	194	117	77	39.7%
<원앙도>	1908.2.13~4.24.	113	96	17	15.0%
<구마검>	1908.4.25.~7.23.	131	109	22	16.8%
<홍도화>	1908.7.24.~9.17.	219	181	38	17.4%

대한 결별을 상징하는 신소설의 문체적 표지로 간주하게 만들었다 해도 과언이 아니다.

그런데 광학서포본의 문장을 살펴보면 실제로『만세보』텍스트에 비해 '-다'형이 줄고 '-더라'형이 일부 늘어난 사실을 확인할 수 있다. 일부 연구자들은 이것을 근거로 광학서포본에서 문체적 퇴보가 나타났다는 주장을 하기도 했지만 이러한 주장은 받아들여지기 어렵다고 판단된다. 다음 표에서도 알 수 있듯이 종결 어미의 사용 비율을 실제로 확인해보면 그 차이가 미미하기 때문이다.

표 6. <혈의루> 상편의 텍스트별 종결 어미 사용 현황

작품명		총 문장수	'-더라' 사용 문장수	증감분	'-다' 사용 문장수	비율	증감분
<혈의루>	(『만세보』)	371	238		133	35.8%	
	(광학서포본)	361	243	+5	118	32.7%	-15
	(동양서원본)	349	241		108	30.9%	

위의 표에서도 알 수 있듯이『만세보』연재 텍스트의 총 371개의 문장에 쓰인 종결 어미들 중 '-더라'형은 238개, '-다'형은 133개(35.8%)였는데, 이것이 광학서포본(총 361개)에서는 '-더라'형은 243개, '-다'형은 118개(32.7%)로 변화한다. 총량을 기준으로 할 때 '-더라'형이 5개 늘고 '-다'형이 15개 줄어든 것이다. 우선 '-더라'형의 증가량이 5개에 불과하다는 점에서 이를 문체적 퇴보의 근거로 삼기는 어렵다. 그리고 감소한 15개의 '-다'형 중 2개는『만세보』연재 텍스트 47회의 삭제로 인해 없어진 것이고, 4개는 종결 어미가 '-는데', '-어서'와 같은 연결 어미로 바뀐 것이어서 실제로 '-다'형이 '-더라'형으로 직접 바뀐 경우는 총 9개에 불과하다.

표 7. 『만세보』 연재 텍스트와 광학서포본의 종결 어미 변화 양상 비교

『만세보』 연재 텍스트	광학서포본
① 겁이 날 찌는, 숨도 크게 못 쉬다가, 악이 느면, 반벙어리갓튼 사람도, 말이 물 퍼붓듯, 나오는 일도 **잇다**33)	겁이 늘 찌는 숨도 크게 못 쉬다가 악이 느면 반벙어리갓튼 사름도 말이 물 퍼붓듯 나오는 일도 **잇는지라**34)
② 말 흔 마듸가, 엄두가 아니 나던 위인이, 불갓튼 욕심에, 말문이 함부루 **열렷다**35)	물 흔 마듸가 엄두가 아니 나던 위인이 불갓흔 욕심에 물문이 홈부루 **열럿더라**36)
③ 그 부인이 죽어셔, 이 욕을 아니보리라 ㅎ는 마음쑨이느, 어늬 틈에 죽을 겨를도 **업다**37)	그 부인이 죽어셔 이 욕을 아니보리라 ㅎ는 마음쑨이느 어내 틈에 죽을 겨를도 **업는지라**38)
④ 부인은 그 소리를 듯고, 죽엇던 부모가, 사라온 듯이, 깃분 마음에 마쥬 소리를 **질럿다**39)	부인은 그 소리를 듯고 죽엇던 부모가 사라온 드시 깃분 마음에 마쥬 소리를 **질럿더라**40)
⑤ 무슨 경황에, 늬 손으로, 저 방문을 열고, 늬 발로 저 방에로 드러갈가, ㅎ는 혼ㅈ말을, 다 맛치지 못ㅎ고 정신을 **이럿다**41)	무슨 경황에 늬 손으로 저 방문을 열고 내 발로 저 방으로 드러갈가 ㅎ는 혼자말을 다 맛치지 못ㅎ고 정신을 **이럿더라**42)
⑥ 減ㅎ지 아니홀 쑨 아니라 日이 갈수록 심느흔 마음이 **깁퍼근다**43)	금ㅎ지 아니홀 쑨 아니라 날이 갈수록 심느흔 마음이 **깁허가더라**44)
⑦ 崔氏가 그 쓸 기를 씌의 일을, 말하자 하면 蘇秦의, 혀를, 두셋식, 이여놋코, 三四月 긴긴 히를, 몃식 포기노흘지라도, 다 말홀 슈 업는 **일이 만타**45)	최씨가 그쓸 기를 씌의 일을 말하자ㅎ면 소진의 혀를 두셋식 이여놋코 삼수월 긴긴 히를 멧식 포개노흘지라도 다 말홀 슈 업는 **일々 러라**46)
⑧ 히는 점점 지고 빈 집에 쓸쓸한 긔운은 날이 저물쇼록 형용하기 **어렵다**47)	히는 졈々 지고 빈 집에 쓸々한 긔운은 늘이 저물쇼록 형용하기 **어렵더라**48)
⑨ 옥연이는, 그 쇼리를, 드를 적마다, 남 모르는, 서름이 **싱긴다**49)	옥년이는 그 소리를 드를 적마다 남 모르는 서름이 **싱기더라**50)

---

33) 이인직, <혈의루>, 제 3회, 『만세보』, 1906.7.25.

34) 광학서포, 5쪽.

35) 같은 회.

36) 광학서포, 같은 쪽.

37) 같은 회.

38) 광학서포, 6쪽.

이처럼 종결 어미 '-다'형이 다소나마 줄어들고 있는 점은 사실이지만, 그것이 '-더라'형의 직접적인 증가로 이어지지 않고 있을 뿐만 아니라 이인직 소설의 평균적인 '-다'형 문장 사용 비율을 고려할 때 사실상 큰 차이가 없음을 알 수 있다. 따라서 적어도 종결 어미의 사용 양상을 근거로 광학서포본에서『만세보』연재 텍스트에 비해 문체적 퇴보의 양상이 발견된다고 말하는 것은 설득력이 떨어짐을 알 수 있다.

이상의 논의를 통해 <혈의루>의『만세보』연재 텍스트가 처음부터 순국문체로 집필되었고 해당 신문의 편집 방침에 따라 표기방식에 있어서만 부속국문을 취한 것이라는 사실과 함께 적어도 문체상으로는 광학서포본이『만세보』연재 텍스트와 다르다고 말할 수 없다는 점을 확인할 수 있었다고 본다. 그럼에도 불구하고 그 동안 계속해서 두 판본 간의 문체적 특질이 다르다는 지적이 제기되어 온 이유는 무엇일까? 그것은『만세보』텍스트와 광학서포본이 서로 다른 표기방식을 취함으로 인해 적어도 이 작품이 수용되는 과정에서, 특히 후대의 연구자들에 의해, 그것이 전면적인 문체적 전환으로 이해된 측면이 엄연히 존재하고 있기 때문이다. 이점은 비교적 초기 연구자들의 논의에서도 확인할 수 있다. 앞서 인용했던 최서해의 이인직의 소설에 대한 평가를 다시 한 번 살펴보도록 하자.

---

39) 같은 회.
40) 광학서포, 같은 쪽.
41) 제 7회, 『만세보』, 1906.7.29.
42) 광학서포, 15쪽.
43) 제 9회, 『만세보』, 1906.8.1.
44) 광학서포, 18쪽.
45) 제 13회, 『만세보』, 1906.8.8.
46) 광학서포, 23쪽.
47) 같은 회.
48) 광학서포, 26쪽.
49) 제 27회, 『만세보』, 1906.9.1.
50) 광학서포, 48쪽.

다음으로 그의 문체로 보드라도 그는 위대한 공적자이다. 그는 그째에 벌서 어문일치를 쓰려고 애썻다. 지금가트면 문제도 되지 안치만 그째는 한문투가 상하계급을 지배하든 째요 쏘한 국문은 내서라 하야 배척하고 비천히 보든 째임에도 불구하고 그는 엄연히 모든 인습과 전설을 벗어나서 신문체를 지어 써다. **그의 소설이나 문체는 일본문단에서 배워가지고 짓고 쓴 것이라고 하는데 우리는 그의 작에서 일본냄새나 일문체식을 찾지 못한다.** 나는 여긔 잇서서 그를 우리 조선문학운동사상에 잇서서 첫사람으로 추앙한다.[51]

비록 명확한 근거를 제시하고 있지는 않지만 그는 이인직의 소설에서 일본 문장의 영향을 전혀 찾을 수 없다고 단언한다. 이러한 최서해의 평가는 김태준에 의해 그대로 계승될 뿐만 아니라 김동인과 임화 등 대부분의 식민지 시대의 연구자들 또한 <혈의루>의 문체에 대해 역어체의 흔적을 찾아볼 수 없다고 말하고 있다. 사실 이들의 반응은 매우 당연한 것이었다. 그들은 『만세보』 연재 텍스트를 보지 못한 채 오로지 순국문으로 표기된 광학서포본만을 접할 수 있었기 때문이다.[52] 따라서 해방 전의 연구자들에게 있어 <혈의루>는 국문으로 된 신소설의 효시이자 순국문체 문장의 전범으로 간주될 수밖에 없었다.

그러나 해방 이후 『만세보』 연재 텍스트를 접할 수 있게 되면서 이번에는 두 판본 간의 표기상의 차이가 주목의 대상이 되기 시작한다. 전광용과 조연현 등의 연구자들은 이러한 차이를 전면적인 문체의 전환으로 이해하였고 그로 인해 부속국문표기방식은 광학서포본과 확연하게 다른 하나의 문체, 그것도 일본식 문장의 모방 혹은 서투른 역어체 정도로 폄하되었던 것이다. 그 결과 앞서 언급한 김영민의 논의가 제출되기 전까지는 이러한

---

51) 최서해, 앞의 글.
52) 식민지 시대의 연구자들이 <혈의루>의 『만세보』 연재 텍스트를 볼 수 없었던 상황에 대해서는 졸고, 「<혈의루> 판본 비교 연구 - 형성과정 및 계보에 대한 비판적 고찰을 중심으로」, 『현대문학의 연구』 제 31호, 2007.3 참조.

인식이 수정되지 않은 채 통용되어 왔다고 할 수 있다. 이처럼 오해를 초래할 만한 사정이 있었던 것은 사실이지만 이상과 같은 사실들을 고려할 때 광학서포본 발간을 통해 근본적인 문체 전환이 이루어졌다는 가설은 이제 더 이상 성립하기 어렵다고 생각한다.

그럼에도 불구하고 광학서포본이 『만세보』 연재 텍스트와는 달리 처음부터 순국문표기방식을 취함으로써 이후 순국문체를 기본으로 한 신소설의 출판 관행을 확립하는 계기를 마련한 것은 사실이다. 이것은 기본적으로는 해당 출판사의 독자 확보를 위한 전략적 선택의 결과로 보는 것이 타당하겠지만 작가인 이인직의 국문 지향 의식이 일정 정도 반영된 결과로도 해석할 수 있다고 본다. 말하자면 수록 매체의 변화 자체는 문체의 전환을 초래한 것은 아니지만, 단행본으로 출판되는 과정에서 발생한 표기방식의 변화는 결과적으로 순국문체에 기반한 신소설 양식의 성립을 견인한 가장 중요한 원인이라고 할 수 있으며, 여기에는 이인직의 국문 집필 원칙 또한 영향을 미친 것으로 판단된다.

이러한 판단의 근거로는 광학서포가 원래 순국문 서적을 발행하던 출판사가 아니었다는 사실, 그리고 이인직 소설의 단행본 초판이 모두 순국문체로 발간된 사실 등을 들 수 있다. 광학서포는 주로 국한문혼용체로 집필된 교과서와 사류(史類) 및 수신 서적[53]을 발매하다가 <혈의루>에 이르러 처음으로 순국문체로 된 서적을 발간하였다.[54] 이는 전래해 오던 이야기책, 즉 고소설의 주요 독자층이 주로 국문 해독 가능자였다는 사실과 밀접한 연관이 있다. 비록 새로운 소설임을 의미하는 '신(新)-'이라는

---

53) 1907년에 광학서포에서 발간된 국한문서적으로는 『증수무원록대전(增修無冤錄大全)』, 『대한신지지(大韓新地志)』, 『신찬소박물학(新撰小博物學)』, 『(초등)위생학교과서(初等衛生學敎科書)』, 『이태리건국삼걸전(伊太利建國三傑傳)』, 『초등윤리학교과서(初等倫理學敎科書)』 등을 들 수 있다.

54) <혈의루>의 발간 이후 비로소 <애국부인전>(1907.10.3), 『녀자독본』(1908) 등의 순국문 도서들이 발행되기 시작한다.

접두어가 붙어 있긴 했지만 <혈의루>의 예상 독자 역시 기존의 소설 독자층과 크게 다르지 않았던 것으로 보인다.[55] 출판사로서는 이 점을 무시할 수 없었을 것이다. 따라서 순국문체로 소설을 출판한 것은 판매를 촉진하기 위한 필연적이면서도 자연스러운 선택의 결과로 보아야 한다.[56] 이처럼 단행본 출판이라는 매체의 변화 상황은 독자층의 변화라는 상황과 맞물리면서 작품의 표기방식에 변화를 가져왔던 것이다.

또한 애초부터 순국문으로 집필되었음에도 불구하고 서로 다른 두 개의 독자층을 염두에 두고 부속국문으로 표기되어야 했던 『만세보』 텍스트와 달리, 국문 해독자를 수요자층으로 하고 있는 단행본 출판에 있어서는 <혈의루>의 전면적인 순국문 표기 전환(문체의 전환이 아닌)은 별다른 어려움 없이 이루어졌던 것으로 보인다. 실제로 이후에 광학서포에서 출판된 도서 목록을 조사해 보아도 <혈의루> 이래로 이인직의 작품이 아니라 하더라도 신소설은 순국문체로, 기타 서적은 국한문혼용체로 발간되었을 뿐만 아니라 다른 출판사들 역시 신소설을 발간할 때 순국문 표기 체제를 따랐음을 알 수 있다. 이러한 상황을 고려할 때 광학서포본 <혈의루>는 결과적으로 표기 체제로서의 순국문을 신소설의 전형적 문체로 정착시킨 계기를 제공한 텍스트로 보아도 지나치지 않다. 결국 이러한 정황들은 당대 소설의 문체가 해당 작품이 어떤 매체에 수록되는가의 여부와 밀접한 연관이 있다는 점을 시사함과 동시에 출판사의 독자 확보 전략과도 긴밀하게 결부되어 있다는 점을 잘 보여준다고 생각한다.

---

55) 천정환의 고찰에 의하면 1910년대 이전만 하더라도 고소설과 신소설의 독자층이 확연하게 구분되지 않았을 뿐만 아니라 이 복합독자층은 이후에 등장한 신문예 작품들(본격적인 근대소설들)의 독자층보다도 숫적으로 많았다고 한다.(천정환, 「한국 근대 소설 독자와 소설 수용양상에 대한 연구」, 서울대 박사, 2002, 28~34쪽 참조)

56) 물론 부속국문활자를 일본으로부터 직접 수입해서 사용했던 『만세보』사(社)를 제외한 여타의 출판사에서는 이 활자를 이용할 수 없었던 것이 사실이고, 이것이 순국문체 소설 출판의 보다 현실적인 이유일 수도 있다. 그러나 이는 문체 선택의 본질적인 변수는 아니라고 본다.

한편 독자 확보 전략과 결부된 매체 전환이라는 요인 외에도 작가의 국문 지향 의식이 일정한 영향을 미쳤다고 보는 근거는 다음과 같다. 그는 <혈의루> 초판의 발간으로부터 2달여 후 역시 순국문체로 집필된 <귀의성> 상편을 또 다른 출판사인 중앙서관을 통해 출판하였고, 각각 다른 출판사에서 간행된 <치악산> 상편과 <은세계> 역시 순국문체로 집필되어 출판된 것은 주지의 사실이다. 이 세 작품들은 연재 당시에도 순국문체로 집필되었거나(<귀의성>) 그랬을 가능성이 매우 높기는 하지만(<치악산>, <은세계>), 적어도 이인직 소설의 경우에는 단행본으로 발간된 모든 작품들이 일관되게 순국문체를 취하고 있다는 사실을 지적하지 않을 수 없다. 물론 매체에 따라 표기방식의 변화가 전혀 없었던 것은 아니지만, 이인직이 적어도 소설의 문체로는 처음부터 순국문체를 선택했으며 이를 일관되게 실천했다는 점을 잘 보여준다. 이는 그가 소설을 제외한 여타의 글들을 모두 국한문혼용체로 작성했던 점을 고려할 때 매우 전향적인 일이라 하지 않을 수 없다.

나아가 그의 뒤를 이어 신소설을 창작한 이해조의 경우도 단행본을 발간할 때 이인직의 순국문체 소설 단행본의 출판 방식을 그대로 따르고 있다는 사실은, 소설 창작에 있어서 이인직의 국문 지향 의식이 이후의 작가들의 창작에도 일정한 영향을 미쳤음을 보여주는 근거로도 볼 수 있을 것이다. 물론 초기 이해조의 작품은 애초부터 순국문체 관행을 확립하고 있었던 『제국신문』에 연재되었기 때문에 해당 신문사의 편집 방침을 따라 순국문체 집필이 이루어졌을 가능성이 높다. 그렇다 하더라도 이해조의 첫 작품인 <고목화>가 보여주고 있는 <혈의루>와의 형식적 유사성 (역전적 서술 기법의 활용과 언문일치 문장의 구사 등)을 감안할 때 그의 소설 창작에 이인직의 소설이 영향을 미치지 않았다고 보기는 어렵다. 따라서 문체 선택에 있어서도 일정한 영향을 받았을 것이라는 추론이 성립될 수 있다고 본다.

이로써 우리는 대한 제국 시기의 단행본 출판 과정에서 이루어진 표기 방식의 전환이 비록 그 자체로 문체의 전환을 의미하는 것은 아니지만 적어도 신소설의 순국문체 집필 관행을 정착시킨 계기가 되었다는 점과, 여기에는 작가의 국문 지향 의식 또한 중요한 하나의 요인으로 작용하고 있다는 점을 확인할 수 있었다. 이러한 고찰을 토대로 단행본 텍스트의 출판으로 인해 초래된 내용적인 측면에서의 변화를 본격적으로 살펴보도록 하겠다.

 이인직 소설의 단행본 텍스트의 변화 양상은 크게 개작과 교열상의 오기, 이 두 가지 유형으로 구분할 수 있다. 먼저 개작은 작가에 의해 직접 수정 및 첨삭된 부분을 가리킨다. 이에 비해 교열상의 오기는 출판 과정에서 발생한 원문의 오식 및 부당한 누락으로 정의내릴 수 있다. 이인직 소설의 변화와 관련하여 보다 중요한 고찰의 대상은 당연히 개작 부분이지만 이의 분석에 앞서 오기를 보정하는 작업 또한 전자에 못지않은 중요성을 지니고 있다. 이인직 소설의 원문을 판본별로 대조해보면 오기로 인한 텍스트의 훼손 및 왜곡 현상이 초래되고 있음이 확인되며 이로 인한 오독의 가능성 또한 간과할 수 없는 문제가 되기 때문이다. 말하자면 이인직 소설의 단행본 출판이라는 물리적 과정은 의도된 변화와 함께 교열상의 오기라는 예기치 않은 결과를 동반함으로써 텍스트 자체의 분화를 초래한 원인이 되고 있다고 할 수 있다. 실제로 <혈의루>·<귀의성>·<은세계> 등과 같이 복수의 텍스트로 존재하는 작품을 하나의 판본만을 취하여 읽을 때에는 오기의 인지(認知) 자체가 쉽지 않을 뿐만 아니라 인지했다 하더라도 정확한 표현이 무엇인지 알기 어려운 경우가 적지 않다.57) 이는 작품의 내용을 온전히 이해하는 데에 적잖은 지장을 초래할

---

57) 한편 비록 원문 텍스트 자체의 문제는 아니지만 해방 이후 간행된 다양한 종류의 현대어 교열본들에서도 이러한 문제는 고스란히 답습되고 있다. 참고로 본 연구자는 <귀의성>을 대상으로 현대어 교열본의 난맥상을 고찰한 바 있다.(졸고, 「<귀의성> 판본 연구」, 『현대소설연구』 제35호, 한국현대소설학회, 2007.9 참조) 이 교열본들은 원문 텍스트의 다중성

수 있다는 점에서 큰 문제가 아닐 수 없다. 따라서 이와 같은 문제점을 해결하기 위해서는 작가 생존 당시에 간행된 판본들 간의 비교 · 대조를 통해 오기의 사례들을 빠짐없이 찾아낸 후 원문을 정확하게 복원해야 할 필요가 있다.

그런데 원문의 보정을 위해 이인직 소설의 각 판본을 비교 · 대조해 보면 판본 간 차이점이 개작으로 인해 생겨난 것인지 혹은 오기 때문에 발생한 것인지의 여부를 정확하게 판단하기가 결코 쉽지만은 않다는 점을 알 수 있다. 그러면 양자 간의 구분을 어렵게 만드는 가장 대표적이면서도 문제적인 사례인 <혈의루> 『만세보』 연재 텍스트의 연재 47회분을 대상으로 그러한 난점이 무엇인지 구체적으로 살펴보도록 하자.

47회분이 편집 및 교열의 과정에서 부당하게 누락된 것인지 아니면 작가의 판단에 따라 삭제된 것인지를 규명하는 일은 다음과 같은 이유에서 매우 중요하다. 만약 이 부분이 단순히 편집 및 교열상의 실수 때문에 누락된 것이라면 이 부분이 빠진 단행본, 즉 광학서포본과 동양서원본은 원문 텍스트로서 심각한 결함을 지니고 있다는 의미로 해석될 수 있다. 따라서 원전비평의 관점에서 단행본보다는 『만세보』 연재 텍스트를 신뢰할 만한 결정본으로 규정할 소지가 생겨난다. 다시 말해 이 47회분의 부재를 교열상의 오기, 즉 부당한 누락으로 판정할 경우에는 판본 간에 일정한 위계가 형성된다고 할 수 있다. 이와 반대로 이 부분이 작가의 의도적인 개작의 결과로 삭제된 것이라면 이는 이인직이 단행본을 발간할 때 작품에 변화를 가하기 위해 매우 적극적으로 개입했을 뿐만 아니라 실제로 두 텍스트 사이의 차이 또한 매우 크다는 추론을 뒷받침하는 강력한 근거가 될 수 있다. 즉 개작으로 인해 두 판본은 우열 관계가 아닌

을 고려하지 않은 채 특정 판본만을 대본으로 하는 경우가 대부분이었기 때문에 원문 텍스트의 오기들이 제대로 수정되지 않았을 뿐만 아니라 원문의 정확한 표현을 오히려 왜곡 · 훼손한 사례들도 적지 않게 발견되고 있다.

각각 고유의 독립성과 양자간 이질성을 지닌 다중적 텍스트로서의 위상을 갖게 되며, 나아가 해당 부분의 개작이 작가 의식 및 작품 성격의 변화와 어떤 연관을 맺고 있는지를 분석해야 할 필요성이 생겨나게 된다. 요컨대 이 47회분이 개작과 오기 중 어떤 유형에 속하는지 규명된 후에야 비로소 <혈의루>의 텍스트 변화 양상에 대한 분석의 방향을 결정지을 수 있는 것이다.

보다 정확한 판단을 위해 앞 절에서 확인한 바 있는 판본에 대한 서지적 정보를 토대로 먼저 텍스트 변화의 과정을 통시적으로 고찰해 보자. 작가에 의해 직접 집필된 <혈의루> 상편은 『만세보』 연재 텍스트와 광학서포본, 그리고 동양서원본을 포함한 3개의 판본으로 이루어져 있으며, 이 세 판본의 해당 부분을 대조한 결과 광학서포본의 초판 발간 당시부터 47회분이 부재했다는 점 또한 사실로 확인되었다. 만약 이 부분이 초판의 발행 과정에서 출판사 측의 실수로 누락된 것이고 또 작가가 이를 인지하여 시정을 요구했다면 재판의 발행 당시 원문의 복원이 이루어졌어야 한다. 작가가 광학서포본과 동양서원본을 포함한 모든 단행본의 발간 과정에 직접 개입했다는 점은 분명하고 그로 인해 이 부분의 누락을 인지하지 못했을 가능성 또한 희박하기 때문이다. 그럼에도 불구하고 그러한 조치는 단행되지 않았다. 그러므로 적어도 이와 같은 서지적 고찰의 결과를 토대로 논리적으로만 판단한다면 47회분의 부재는 오기 즉 실수에 의한 누락이라기보다는 작가에 의한 의도적 개작의 결과로 이해될 수밖에 없다.

그러나 이와 같은 서지적 고찰을 바탕으로 한 잠정적 결론은 실제 판본 간의 내용을 대조하여 분석한 결과와 상반되는 측면이 존재하기 때문에 47회분의 정확한 부재 원인을 파악하는 데에 난점으로 작용하고 있다. 보다 구체적인 논의를 위해 다소 길지만 해당 원문을 인용해 보도록 하겠다.

그 쌀의 입든 옷 한 가지를, 착착 기여셔, 그 쌀이 가지고 노든 손괴에, 너어셔, 그 괴 우에는, 부인의 글시로 옥연의 관이라 써서, 모란봉, 산비탈에 무더놋코, 흔식 츄셕굿한 명일이 되면, 부인이 가셔 울고 도라오는지라 / 그 쌔 맛참 팔월 보름날을 당하야 / 부인이 고장팔의 어미를 부른다

여보게 할멈, 오늘이 츄셕일세그려 / 우리 옥연의 뫼에는, 가셔 보고 오세 / 셰월이 덧업는 것일세, 옥연이는 쥭고, 셔방님은, 미국 가신 지가, 아홉 히가 되얏네 / 미국이, 머다 하더릭도, 사라게신 셔방님은, 다시 만나 뵈우려니와, 쥭어 속졀업는, 옥연이는 ……

말긋을 맛치지 못하고, 목이 머여서, 아무 소리 업시, 안졋는듸, 그 부인이 일쳥견징, 눈리 이후로, 날마다, 근심과 눈물로, 세월을 보닌 사름이라, 눈도 변하얏던지, 지금은, 셔른 싱각이 나더릭도, 눈물도 아니는고 가슴만 압풀쑨이라 / 눈에는, 옥연의 모양이, 보이는 듯하고, 귀에는 옥연의 소릭가, 들리는 듯하야, 싱각을 하면, 밋칠 듯하다 / 그 싱각이, 늘 쌔는, 입에 음식도 아니 드러가고, 눈에 잠도, 아니 오고 몸을 쑴져거려셔, 거름겻기도, 시른지라, 고장팔의 어미가, 풋밤, 풋딕츄, 풋빅,를 사서 가지가, 드러와셔, 부인압헤, 노흐면셔

앗씨, 실과 사와슴니다 어셔 옥년 익기 뫼에, 가십시다 / 앗씨,앗씨,앗씨,앗씨,

그럿케 부르는듸, 부인은, 듯는지 못듯는지, 싱불 안졋드시, 감안이 안졋스니, 고장팔의 어미가, 부인의 얼골를 쳐어다보다가, 비쥭비쥭 울며, 하는 말이

에구 앗씨게셔 쏘 져리하시네 / 앗씨 앗씨, 쥭은 옥연 익기를, 그럿케 싱각하시면, 쓸쩌 잇슴닛가 / 어셔 마음을, 돌리시오 / 에그, 염라딕왕도, 무졍하지, / 닉가 염라딕왕 갓흐면, 옥년익기를 다시 살려닉여, 이 셰상에 도로 보닉셔, 우리 앗씨가 져러케, 쳘쳔지원이, 되는 마음을, 위로하여 드릴터이지 / 앗씨게셔, 옥년익기를 져럿케 싱각하실 쩌에, 옥연 익기가, 다시 사라셔, 이 마당으로, 아장 아장 거러 드러왓스면 앗씨가 엇더케 조아하실는지 에그, 그런 일 좀 보앗스면 ……58)

인용된 47회분은 내용상 크게 두 부분으로 나눌 수 있다. 옥련이 죽었을 것으로 생각하고 있는 최춘애가 모란봉 산비탈에 가묘(假墓)를 만들어

---

58) 이인직, <혈의루>, 제 47회, 『만세보』, 1906.10.6.

명절 때마다 그곳에 가서 울고 돌아오곤 했다는 요약적 서술 부분과 때마침 추석을 맞아 성묘를 가려다 딸을 여읜 비통한 심정을 토로하는 최춘애의 독백 및 심리 묘사 부분이 그것이다.[59] 다시 말해 47회분은 <혈의루>의 전체 작품 속에서 작중 상황에 대한 정보를 일정 부분 제공함과 동시에 가족 이산의 비극성을 환기하는 기능을 담당하는 장면이라고 평가할 수 있다. 특히 이 부분은 김관일 부녀와 구씨가 상봉하여 환담을 나누는 장면(46회분)의 바로 뒤에 위치하고 있어 두 장면 사이에 정서적으로 명징한 대조의 효과가 나타나고 있다.

그런데 <혈의루>의 단행본 텍스트에는 이 부분의 부재로 인해 두 가지 변화가 초래된다. 하나는 도입부에 제시되었던 요약적 서술의 부재로 인해 작품 내적 사실 관계의 모순이 발생한다는 점이다. 『만세보』 텍스트의 49회에는 장팔어미의 오해로 화가 난 우체사령을 달래기 위해 최춘애가 "옥년의 뫼(묘)에 가지고 가려 하던, 슐(술)과 실과를"[60] 가져다 먹이는 장면이 제시되는데, 이는 47회가 온전히 남아 있을 경우에는 전후 맥락의 연결에 아무런 문제가 없다. 반면 광학서포본과 동양서원본에서는 47회의 부재로 인해 옥련의 무덤을 만들었다는 작중 서술이 없는 상태에서 동일한 장면이 제시됨으로써 서사 내적 모순이 발생하고 있다. <혈의루>의 다른 개작 부분은 물론 다른 작품들의 개작 부분에서도 이러한 내적 모순이 발견되지는 않는다는 사실을 감안할 때 이 47회분의 부재를 전적으로 작가의 판단에 따른 의도적 삭제, 즉 개작으로 규정하기는 어렵다.

또 다른 변화는 내용적인 측면에서 지적될 수 있다. 즉 단행본에서는 47회분의 부재로 인해 『만세보』 연재 텍스트에서 구현되었던 비극적 정서의 환기 및 장면 대조의 효과가 약화되는 결과를 초래하고 있다는 점이다.

---

59) 물론 이어지는 장팔어미의 대화 부분은 모녀 상봉을 암시하는 일종의 복선으로 해석될 여지를 지니고 있기는 하다. 하지만 인물간 재회 장면은 하편에 가서야 등장하기 때문에 적어도 상편 안에서는 직접적인 복선으로 기능하고 있다고 보기 어렵다.

60) _____, <혈의루>, 제 49회, 『만세보』, 1906.10.9.

만약 부재의 원인이 오기로 판명될 경우에는 작가의 의도가 충실히 반영되어 있는 『만세보』 연재 텍스트를 단행본보다 신뢰도가 높은 결정본으로 규정하게 만드는 근거가 되는 반면 개작으로 판명될 경우에는 작가에 의한 작품 변화 시도가 그리 성공적이지 못했다는 평가를 내리게 만드는 근거가 될 수 있다. 비록 작품의 주제 변화와 직접적인 연관이 있는 것은 아니지만, 그 원인이 무엇이든 간에 이러한 변화가 결과적으로 최초 연재 당시에 작품이 지니고 있던 장점을 일정 정도 퇴색시키고 있다는 평가로부터 자유롭기 어렵다.

이처럼 47회의 부재는 서사 내적 모순의 초래와 함께 정서 환기 및 장면 대조 효과 등과 같은 텍스트 내적 기능의 상실 내지는 약화로 이어지고 있다는 점에서 문제적이며, 때문에 이를 전적으로 개작의 결과라고 단정할 만한 근거도 명확하지 않은 게 사실이다. 오히려 출판사 측의 실수로 인해 부당하게 누락되었을 가능성, 그리고 작가가 이 부분의 누락 사실을 인지하지 못했거나 혹은 인지했다 하더라도 당시의 어떤 사정으로 인해 이의 시정이 이루어지지 않았을 가능성이 보다 높다고 할 수 있다. 현재로선 47회분 부재의 원인을 명확히 규명하기란 사실상 불가능하지만 그럼에도 불구하고 연재 한 회분의 부재로 인해 『만세보』 연재 텍스트와 단행본 사이에 간과할 수 없는 차이점이 노정되고 있다는 점은 부정할 수 없다.

이와 마찬가지로 이인직의 작품에서는 오기 혹은 개작인지의 여부를 판별하기 쉽지 않은 어구 및 어절 단위의 사례들이 종종 발견되는데, 이로 인해 텍스트 간 차이가 노정되고 있다는 점에서 주목을 끈다.

거름거리는, 허동지동ᄒᆞᄂᆞᆫ딕, **쪽진 머리는 흘러ᄂᆡ려셔, 등에 짊어지고, 옷은** 흘러ᄂᆞ려셔[61]

---

61) 이인직, <혈의루> 제 1회, 『만세보』, 1906.7.22.

거름거리는 허둥지둥ᄒᄂᄃᆯ 옷은 흘러ᄂᆯ려서[62]
거름거리는 허둥지둥ᄒᄂᄃᆯ 옷은 흘너ᄂᆯ려셔[63]

위 인용문 중 『만세보』 연재 텍스트에만 수록되어 있는 강조 부분은 딸을 찾아 헤매는 최춘애의 경황없는 모습을 강조하기 위한 수식 어구의 기능을 담당하고 있다. 때문에 광학서포본에서 이 부분이 사라진 것에 대해 우리는 이를 묘사의 효과를 반감시키는 부당한 누락, 즉 교열상의 오기로 볼 수도 있다. 그러나 다른 한편으로는 '흘러ᄂᆯ(ᄂᆯ)려셔'라는 단어의 중복으로 인한 표현상의 부자연스러움을 해소하고 문장을 간결하게 만들기 위한 의도적인 개작의 결과로 볼 수도 있다. 그럼에도 불구하고 변하지 않는 사실은 47회분의 누락과 마찬가지로 이 부분에서도 텍스트 간 차이가 발생하고 있다는 점이다.

한편 이인직이 광학서포본에서 발생한 오기들을 2차 개작본인 동양서원본에서 상당 부분 교정하고 있다는 사실도 확인할 수 있다. 아래의 사례를 살펴보도록 하자.

그 사공과 高^고가는 **各^각어미 各^각아비** 子息이ᄂ^{주식} 性情^{셩졍}은 엇지 그리, 쪽갓던지[64]
그 사공과 고가는 **ᄀ어미 ᄌ식이ᄂ** 성정은 엇지 그리 쪽갓던지[65]
그 사공과 고가는 **각어미 각아비** ᄌ식이나 성정은 엇지 그리 쪽갓던지[66]

위의 인용문 중 강조된 부분을 비교해 보면 『만세보』 연재 당시에 정확히 지켜졌던 대구 표현인 "各^각어미 各^각아비"가 광학서포본 발행 때 훼손된

---

62) <혈의루> 광학서포본 1쪽.
63) <목단봉> 동양서원본 2쪽.
64) 제 11회, 『만세보』, 1906.8.4.
65) 광학서포본 20쪽.
66) 동양서원본 31쪽.

양상을 확인할 수 있다. 두 판본만 비교할 경우에는 개작[67])으로 이해될 수도 있지만 이 누락 부분이 동양서원본에서 다시 복원된 것으로 보아 작가가 이전 판본의 서술을 오기로 인식하고 교정을 가했다고 보는 것이 타당하다. 이러한 교정의 사례 역시 결과적으로 <혈의루>의 텍스트 간 차이가 작지 않다는 점을 드러내 주고 있다.

이와 같은 판본별 차이로 인한 텍스트 내적 분화의 양상은 <귀의성> 상편의 판본의 경우에도 동일하게 나타나고 있다. 이 작품의 원문 텍스트 역시 『만세보』 연재 텍스트와 중앙서관본, 그리고 동양서원본 등 3개가 존재하기 때문이다. 그러므로 이 판본들 전체의 비교·대조를 통해 텍스트 간에 어떤 차이점이 나타났다면 오기 및 개작 여부 등을 포함하여 이에 대한 정밀한 분석이 수행될 필요가 있다.

그런데 <귀의성> 하편과 <은세계>는 비교 대상 판본이 2개뿐이기 때문에 3개의 판본을 지니고 있는 앞의 작품들과 달리 두 판본 간의 차이가 나타난 경우 그것이 오기인지 혹은 개작인지의 여부를 판단하기 어려운 상황이 발생할 수 있다. 그렇다 하더라도 이러한 텍스트 간 차이의 발생은 작품의 성격 변화와도 일정한 연관을 지닐 수 있다는 점에서 분석의 대상이 되어야 한다. 다만 그 유형이 무엇인지 판별하기 어려울 경우에는 문맥을 고려해 본래의 의도에 부합되게 표현된 원문이 무엇인지 따져보고 이를 복원하는 작업이 수반되어야 한다고 본다.

이상의 논의를 통해 우리는 이인직 소설의 단행본 텍스트에는 개작이 시도된 부분과 교열상의 오기가 발생한 부분들이 혼효됨으로써 왜곡과 훼손, 그리고 굴절이라는 부정적 결과를 초래하고 있을 뿐만 아니라 텍스트 자체의 성격 변화에도 영향을 미친 복잡한 양상들이 존재한다는 사실을 알 수 있었다. 이러한 사실을 근거로 우리는 세 작품에 대해 다음과

---

67) 광학서포본의 표현대로라면 사공과 고가의 관계는 어머니만 다른, 즉 이복 형제지간으로 오해될 수도 있다.

같이 규정할 수 있다.

　우선 <혈의루>의 경우 최초 단행본 텍스트인 광학서포본을 『만세보』 연재 텍스트와 동일한 것으로 볼 수는 없으며 사실상 1차 개작본으로 규정하는 것이 타당하다. 여기에 동양서원본 발간 당시 이루어진 개작 사실을 종합하면 <혈의루> 상편은 총 2차례의 개작본이 발간됨으로써 복잡한 변화의 양상을 노정하게 된 다중적 텍스트로서의 성격을 지니고 있다고 말할 수 있다. 이로 인해 <혈의루>는 어느 하나의 판본만을 결정적인 원문 텍스트로 규정하기 어려운 존재 양태를 갖게 되었다고 할 수 있다. 이 점은 비록 단행본 텍스트가 존재하지는 않지만 두 개의 신문 연재 텍스트가 존재하는 하편 역시 마찬가지다. 다시 말해 이인직이 직접 집필한 것이 확실함에도 불구하고 서로 다른 내용을 담고 있는 『제국신문』 연재 하편과 『매일신보』 연재 <모란봉> 또한 다중적 텍스트로서의 성격을 지니고 있는 것이다.

　이 두 개의 하편에 대한 주목할 만한 고찰은 이재선과 김해옥[68]의 연구에서 찾아볼 수 있는데, 이들의 논의는 어느 것이 하편으로서 더 보편적인 타당성을 지니고 있는가 하는 질문에 초점이 맞춰져 있다. 먼저 이재선은 "옥련의 귀국 이전의 생활이 그려져 있어서 소위 사건 시간으로서의 '이야기된 시간'의 단층이 없다"[69]는 점을 근거로 『제국신문』 연재 하편이 『매일신보』에 연재되었던 <모란봉>보다 더 보편적인 타당성을 지닌다고 주장한다. 이에 비해 김해옥은 앞서 언급한 내용상의 모순으로 인해 <혈의루> 상편 → 『제국신문』 연재 하편 → 『매일신보』 연재 <모란봉>을 선형적인 연속관계로 보기 어려운 상황에서 <모란봉>에 비해 상대적으로 『제국신문』 연재 하편의 줄거리 자체가 지리멸렬하다는 점을 근거로 상편의 예고대로 옥련의 귀국 후 사적을 그리고 있는 <모란봉>이 실질적인 하편

---

68) 김해옥, 「<혈의루>와 <모란봉>의 문학적 변모 양상 고찰」, 『연세어문학』 18집, 1986 참조.
69) 이재선, 앞의 책, 52쪽.

으로서 더 중요한 텍스트라는 입장을 취하고 있다. 이처럼 상반된 입장을 보이고 있는 두 사람의 논의는 각각 일정한 타당성을 지니고 있지만 <혈의루> 텍스트 계보의 복잡성을 더욱 증대시킨 동양서원본의 존재로 인해 논점 전환의 필요성이 형성되었다고 할 수 있다.

이 책의 II장에서 재정리된 서지적 정보에 의거하면 『제국신문』 연재 하편은 대한 제국 시기에 발표된 상편의 후속으로 집필된 텍스트이고 『매일신보』 연재 <모란봉>은 한일강제병합 이후의 개작본인 동양서원본의 후속으로 집필된 텍스트라고 할 수 있다. 이 상편 텍스트들 간의 차이가 큰 것만큼 『제국신문』 연재 하편과 『매일신보』 연재 <모란봉>의 차이 또한 작지 않다는 사실은, 식민지화를 계기로 이인직이 애초에 의도했던 <혈의루>의 서사 전개 방향을 대폭 수정·변경하였다는 지적이 상편뿐만 아니라 하편에도 적용될 수 있다는 것을 의미한다. 그러므로 이 두 개의 하편 역시 내용상의 상호 모순에도 불구하고, 아니 오히려 그러한 상호 모순으로 인해 어느 것이 하편으로서의 보편적 타당성을 지니는가를 따지기보다는 그 자체로 다중성을 형성하고 있는 복합적 텍스트라는 관점에서 비교되어야 한다. 다시 말해 양자택일적 논리에 기반해 특정한 판본을 배제하는 것은 <혈의루> 텍스트의 다중적 존재 양태를 고려할 때 온당한 접근 방식이 되기 어렵다고 본다. 결국 <혈의루>의 전체적인 변화의 성격을 보다 정확하게 파악하기 위해서는 상편의 개작본인 광학서포본과 동양서원본의 차이점을 분석하는 작업과 함께 이 두 개의 하편 간의 차이점을 분석함으로써 작가가 추구했던 <혈의루>의 주제가 어떻게 변화했는가를 묻는 방향으로 대체되는 것이 더 적절하다고 할 수 있다.

이상과 같은 <혈의루> 하편 텍스트가 지닌 다중성에 대한 고찰 결과를 더하면 <혈의루> 텍스트 전체의 다중성은 다음과 같이 정리할 수 있다. 먼저 <혈의루> 상편의 경우는 신문 연재 텍스트 외에도 작가에 의해 직접 개작된 것이 확실한 2개의 개작 텍스트가 존재하며, 각각의 텍스트는 일정 정도 내용상의 차이를 보이고 있음이 확인된다. 특히 동양서원본은 대폭적인 개작으로 인해 작품의 성격 자체에 변화를 초래하고 있다는 점에서 문제적인 텍스트라고 할 수 있다. 이러한 상편 텍스트의 이질성은 하편의 성립에도 영향을 미쳐 『제국신문』 연재 하편과 『매일신보』 연재 <모란봉> 사이에 상호 모순된 내용까지 나타나게 만들었을 정도로 적지 않은 변화를 초래하였다. 이러한 두 개의 하편의 이질성은 식민지화 이전과 이후의 <혈의루>의 창작 방향이 크게 달라졌음을 뒷받침하는 근거가 될 수 있기 때문에 상편과 함께 이 작품의 텍스트 전체에 대한 종합적 고찰의 대상이 될 필요가 있다. 이 책에서 사용된 텍스트 다중성의 개념은 이러한 <혈의루> 텍스트의 복잡한 성립 양상을 지칭하기 위해 고안된 것이다. 따라서 작품에 대해 <혈의루>라는 단수 개념의 지시어를 쓰는 것보다는 <혈의루> 텍스트군(群)이라는 복수 개념의 지시어를 사용하는 것이 보다 적합하며, 연구자가 <혈의루>를 다룰 때에는 5개의 텍스트군 중 어떤 것을 대상으로 한 것인지를 명확히 언급해야 한다고 생각한다.

이러한 텍스트의 다중성은 <혈의루>에서만 나타나는 것이 아니다. 이 인직의 또 다른 작품인 <귀의성>과 <은세계>에서도 비록 변화의 정도에 있어서는 약간의 차이가 있기는 하지만 이와 같은 텍스트 다중성이 유사한 양상을 띠면서 나타나고 있다.

이미 앞에서 살펴보았듯이 <귀의성>의 경우도 신문 연재 텍스트를 단행본으로 발간하는 과정에서 3단락에 달하는 연재분 일부의 삭제를 포함해 단어 및 어절 이상의 단위에서 상당수의 개작 사례가 발견된다는 점을 그 근거로 들 수 있다. 때문에 신문 연재 텍스트와 단행본 사이에 별다른 차이가 없다는 기존의 통념은 수정될 필요가 있으며, 단행본의 초·재판 발간 과정에서도 작가에 의해 지속적인 개작이 시도됨으로써 텍스트 간 차이를 노정하게 되었기 때문에 <귀의성> 또한 <혈의루>와 마찬가지로 개작으로 인한 변화의 양상 및 성격에 대한 고찰이 필요한 다중적 텍스트로서의 성격을 지니게 되었다고 할 수 있을 것이다. 특히 그 중에서도 중요한 의미를 지니는 텍스트는 신문 연재 텍스트와 비교해 볼 때 가장 많은 변형이 이루어진 중앙서관본(단행본 초판)이라 할 수 있다. 이 텍스트에서의 주요 변화 사례를 대상으로 다중성 적용의 타당성 여부를 검토해 보도록 하자.

중앙서관본에서 삭제된 『만세보』 연재 51회분의 마지막 3단락은 김승지의 우유부단함을 조롱하는 내용을 서술하고 있으며, 서술자의 편집자적 논평에 해당한다.

> 셰상에결긔도잇고결단셩도잇고잇다 목이부러져죽더린도 져ᄒ고시푼딕로ᄒᄂ사름과한번작졍한마암이잇쓰면 작졍한딕로 ᄒᄂ 사름들은 김승지의 이약이를드르면 셰상에그ᄯ위로 즁무소쥬한 놈이어딕잇깃ᄂ냐 그ᄯ워로 벤벤치아니한ᄌ식이 어딕잇깨ᄂ냐ᄒ면셔 핀잔쥬ᄂ 사름도 우리눈으로만이보앗고 그이약이ᄒ다가 핀잔밧ᄂ사름도 우리눈으로 만이보앗스ᄂ 그럿케고지듯지아니ᄒᄂ 사름들은 셰상을널니보지못한사름이라
>
> 만일김승지집일이 남다른 일이업셧더면 이약이될것도업고 **소셜칙될것도 업셧슬터이라**
>
> 그날밤에 김승지의 일은누가듯던지 쥬먹으로방바닥을 칠만도ᄒ고 긔가막혀셔 쌀쌀우슬만도ᄒ다[70)]

이 부분의 삭제는 서술의 간결화를 통해 서사 전개의 진행 속도를 높이기 위한 차원에서 이루어졌다고 볼 수도 있다. 서술된 내용 자체는 작중 사건과는 직접적인 연관이 없기 때문이다. 그런데 여기에서 우리는 앞의 51회 삭제 부분 중 강조 처리된 구절을 눈여겨 볼 필요가 있다. 이 부분에서 서술자는 자신이 쓰고 있는 이야기가 허구임을 직접적으로 드러내고 있다. 이인직의 작품 전체를 통틀어 보아도 이와 같이 작중 상황이 실제

---

70) 이인직, <귀의성>, 제 51회, 『만세보』 1906.12.19.

현실이 아닌 극적 가상임을 환기하는 언술은 거의 사용되지 않았다. 주인 공 등 인물에 대한 동일시를 통해 감정 이입이라는 기제를 작동시킴으로 써 작품이 창출한 가상에 몰입하게 만드는 것이 고소설 독자층의 일반적 인 수용 행태였던 점을 고려한다면 당대의 독자들에게 이와 같은 언술은 매우 이질적인 것으로 여겨졌을 가능성이 매우 크다. 때문에 이 부분의 삭제는 작가가 고소설의 문학적 관습에 익숙한 단행본 독자들을 고려해 취한 조치일 수 있다. 따라서 <귀의성>의 이와 같은 텍스트 변화는 작가가 개작을 시도할 때 수록 매체의 변화와 이에 따른 독자층의 변화를 고려해 개작에 임했음을 시사하는 근거로 삼을 수 있다고 본다.

이번에는 개작으로 인해 인물 형상의 변화가 나타나고 있는 장면을 살펴보도록 하자. 이러한 변화는 다음 표에서 알 수 있듯이 특히 김승지와 그의 종인 작은돌의 인물 묘사 부분에서 두드러지게 나타나고 있다.

표 8. 『만세보』 연재 텍스트와 중앙서관본의 인물 묘사 부분 비교

『만세보』 연재 텍스트	중앙서관본
① 김승지는그부인이 마암이느 변후야 투긔를아니후는줄로알고 지긔를펴이고 도동츈쳔집을 풀방구리에쥐 드느듯 한다[71]	김승지는그부인이、마암이느、변하야、투긔를아니하는쥴로알고잇스느、원틱그부인의게、쥐여지닉는사롬이라、도동을가려면、죄수의특사너리드시、그부인의게、허락밧기젼에、감히제마음틱로가지는、못하는모냥이러라、[72]
② 춘쳔집은 병이 드러 여러날 정신업는 중으로 지닉는딕 건일에는 김승지가 지긔를 폐고 당기는 터이라 춘쳔집을 보러 밤낫업시 오더니 침모와 시경이 싱겻더라[73]	춘쳔집이 홀연이 병이 드러、려여놀 경신、업는 즁으로 지닉는딕、그쪄는、김승지가、그 그부인의게、수유느 어더던지、춘쳔집의 병을 보러 밤낫업시、오더니 침모와 시경이싱계더라[74]

―――――――――

71) 제 56회, 『만세보』 1906.12.25.

72) 중앙서관본, 103쪽.

73) 제 56회, 『만세보』 1906.12.25.

③ 그씨 자근돌이가、은 부억문 엽혜、셧두가、쥬먹으로 부억 문설쥬를、싹、치고 부억으로 드러가면셔 이런경칠...... 나갓흐면싱......75)	그씨 자근돌이가、은 부억문 엽혜、셧두가、쥬먹으로 부억 문설쥬를、싹、치고 부억으로 드러가면셔 이런경칠...... 나갓흐면싱...... **자근돌의 입에서、무슨 말이、느올듯、느올듯흐고、말을 못흐는 모냥인듸、상젼의 일에、눈골이 잔득 틀려셔、제 계집을 노려보는듸、참、싱벼락이 늬릴듯흐더라**76)
④ 흐면셔 힝낭으로 느가는듸、김승지가 자근돌이를 부른다 이이자근돌으、네- 어듸 가지 말고 잇거라 (자근돌)네- 아무 듸도 아니 감니다 흐는 목소리가、버릇업시 컷다 자근돌이는、그 길로 막걸리집으로 가셔、77)	흐면셔 힝낭으로 느가더니 그 길로、막걸리집으로 가셔、78)

인용문 ①과 ②를 보면 『만세보』 연재 텍스트에서는 부인의 진의를 파악하지 못한 채 약간의 상황 변화의 기미만 보여도 자신의 욕망을 채우기 위해 분별력 없이 행동하는 김승지의 어리석음이 강조됨으로써 풍자의 효과를 거두고 있는 데 비해, 중앙서관본에서는 부인에게 쥐여지낼 뿐 아니라 부인의 눈치를 보느라 소심하게 행동하는 인물로 서술되어 있다. 물론 단행본에서도 김승지에 대한 풍자의 효과가 발생하고 있다는 점에서는 동일하지만 그 풍자의 대상인 인물의 성격이 다르게 그려짐으로써 판본에 따라 해당 인물의 성격에 대해 각각 다른 해석을 초래하고 있다는 점에서 이 차이는 중요한 의미를 지닌다.

이러한 인물 형상의 변화는 작은돌이에 대한 묘사 부분에서도 발견된다. ③과 ④를 분석해 보면 『만세보』 연재 텍스트에서는 작은돌이가 상전

---

74) 중앙서관본, 104쪽.
75) 제 15회, 『만세보』 1906.10.31.
76) 중앙서관본, 29쪽.
77) 제 16회, 『만세보』 1906. 11. 1.
78) 중앙서관본, 30쪽.

의 못나고 줏대 없는 행동에 대해 반항 섞인 분노를 표출하는 인물로 그려져 있지만, 중앙서관본에서는 그러한 분노를 자신의 아내인 점순에게로 전이시켜 과도하게 표출하는 양상으로 수정되어 있음을 알 수 있다. 이러한 변화는 직접적인 현실 비판을 통해 새로운 주제의식의 일단을 보여준 <혈의루>와 달리, 가정소설적인 성격이 강한 <귀의성>의 내적 일관성에 충실하기 위한 노력의 일환으로 해석될 수도 있다. 하지만 <혈의루>에서 최항래에게 양반의 행태에 대해 직설적인 언사로 분노를 표출하던 막동이를 묘사한 장면과 일정한 유사성을 보여주고 있는 위의 인용 부분이 단행본에서 '아내에 대한 분풀이'로 전환된 것은, 현실에 대한 비판 의식이 약화된 결과 '양반에 대한 반항심의 표출'이라는 최초 연재 당시의 인물 형상화 경향으로부터 후퇴한 것이라는 판단을 불러일으키는 측면 또한 존재한다. 그럼에도 불구하고 김승지와 작은돌이를 묘사한 위의 두 사례를 통해 우리는 <혈의루> 뿐만 아니라 <귀의성>을 집필할 때에도 신문 연재 텍스트의 단행본 발간 과정에서 작가가 상당한 고심을 한 끝에 개작을 시도했다는 점과 그로 인해 인물의 성격 면에서 적지 않은 변화가 발생했다는 점을 확인할 수 있다.

이상의 고찰을 통해 <귀의성>의 단행본화 과정이 결코 동일한 텍스트의 반복적 재생산 과정이 아니라는 점을 다시금 확인할 수 있으며, 두 텍스트는 단순한 수정의 차원을 넘어 내용 면에서 질적으로 다른 성격을 띤다고 할 만한 변화가 나타나고 있다고 할 수 있다. 하지만 이러한 변화의 양상은 지금까지 별다른 논의의 대상이 되지 않았다. 때문에 이 작품 또한 다중적 텍스트라는 관점 하에 원전비평적 고찰의 대상으로 다뤄져야 할 필요가 있다. 물론 개작 부분이 주로 어구의 수정 및 문장 표현의 변화에 집중되어 있고, 특히 1912년에 출판된 동양서원본의 경우는, 같은 해 검열을 의식하며 대폭적인 개작이 이루어졌던 <혈의루>의 개작본에 비해서는 상대적으로 변화의 폭이 작은 게 사실이다. 그럼에도 불구하고 작가의 개작 시도에 의해 일정한 수준에서 텍스트 간의 차이를 노정하게 되었다는 점에서 <귀의성> 또한 <혈의루>와 유사한 속성, 즉 다중성을 지닌 텍스트로 규정할 수 있다고 본다.

마지막으로 <은세계> 또한 다중적 텍스트로 규정될 수 있는 조건을 갖고 있다고 말할 수 있다. 앞 절에서 확인하였듯이 새로 발굴된 선행 필사본으로 인해 이 작품이 1907년 가을부터 1908년 초엽 사이에 『대한신문』을 통해 처음 연재된 후 현재의 동문사본으로 출판되었을 가능성이 매우 높고, 또한 필사본의 내용을 고려할 때 이 연재 텍스트가 현전하는 동문사본과 일정한 차이점을 보이고 있었을 것이라는 점 또한 거의 확실하기 때문이다. 두 텍스트 사이에 비록 서사 구조 자체는 별다른 차이가 없다 하더라도 개작의 결과로 볼 수 있는 어휘와 문장 단위의 차이가 상당수 발견되고 있고, 일부 장면의 경우 동문사본 8쪽 분량에 해당하는 큰 폭의 변화가 나타나고 있는 것은 사실이다. 특히 <은세계>의 텍스트 변화는 애초부터 연극 상연을 전제로 집필되었을 가능성이 높은 이 작품의 본래적 모습에 대해 일정한 단서를 제공해 줄 수 있다는 점에서 정밀한 고찰의 대상이 될 필요가 있다. 그 양상을 구체적으로 살펴보면 다음과 같다.

표 9. <은세계> 필사본과 동문사본의 장면 도치 부분 비교

필사본
① 김졍수의 ㅈ는, 치일이니, 최병도의, 지긔ㅎ던 친구라, 뇌몸을 가븨엽게 녀기고, 나라롤, 소즁ㅎ게 아는, 스룸인틱, 김씨가 현셩이, 그럿튼 스룸이 아니라, 최씨의게, 텬하형셰롤, 자셰히 드러 안 이후로, 어지러운, 꿈쌔드시, 완고의 ㅁ음을, 버리고, 세상을, 쟈셰히 슬펴,보는 스룸이오 최씨는,김옥균의, 고담쥰론을, 어더 드른 후에, 크게 쌔다른 일이,잇셔서, 나라롤 붓들고, 빅셩을, 술닐 싱각이, 도져ㅎ나, 일긔 강릉, 최셔방이라,
지혜가 죳치 못ㅎ면, 스룸축에, 드지못ㅎ는 ,조션 스룸되야, 아모리 경텬위디ㅎ는, 직주가 잇기로, 엇지홀 수 업는 고로, 고향에 도라가셔, 직물 모흐기롤, 시작ㅎ얏는 틱, 그 직물 모흐려는 뜻은, 호의호식ㅎ고, 호강ㅎ려는 거시, 아니라, 그 직물을,

모흘 만치, 모흔 후에, 유지흔 스름, 몃치던지, 다리고, 외국에 가셔, 공부도 시키고, 최씨는, 김옥균과 갓치, 우리나라, 졍치 기혁ᄒ기를, 경영ᄒ려 ᄒ던 최병도라,

김씨가, 최병도 죽은 후에, 빅아(白牙)가, 종주긔 죽은후에, 거문고 줄을, 슨트시, 셰상일을 단망ᄒ고, 잇는 즁에, 본평부인이, 그 남편의, 유언을 젼ᄒ는 거슬 듯더니, 김씨의 눈에셔, 강기흔 눈물이 써러지고, 최씨의 부탁을, 져바릴 ᄆ음이, 업섯더라,

최씨가, 셰 가지 유언이, 잇셧는ᄃᆡ, ᄒ나는, 셰상을, 원망흔 말이오, 쏘, 하나는, 그 친구 김졍슈의게, 젼ᄒ야 달라는 말이오, 쏘, 하나는 ,그 부인의게, 부탁흔 말이라,

셰상을 원망흔 말은, 최병도가 마지막, 셰상을 버리는, 스름이 되야, 말을 가리지, 아니ᄒ고, 함부루 흔 터이라, 인구젼파(人口傳播)ᄒ기가, 어려운 마듸가, 만히 잇섯는ᄃᆡ, 누가 듯던지, 최씨와 김씨의, 교분을, 부러워ᄒ고, 칭찬흔다,

김씨의게 젼ᄒ라는 말도, 쏘흔, 셰상에 계관되는, 일이 만흔 고로, 그 말을, 어더 들은 스름들이, 순군々々ᄒ고, 쉬-々々ᄒ다가, 그 말은 필경 졍금, 동늬셔, 스러지고, 셰상에 젼ᄒ지 아니ᄒ얏고, 다만, 그 부인의게, 부탁흔 말만, 젼ᄒ얏더라,

최씨유언, 나는, 쳔셕 츄수를 ᄒ는, 스름이오, 치일이는, 조셕을 굼는 스름이라, 늬가 죽은 후에, 늬 진물로, 치일이와, 갓치 먹고, 살게 ᄒ고, 늬 셰간을, 느리던지, 주리던지, 치일의, 지휘ᄃᆡ로만 ᄒ고, 쏘, 마누라가, 산월이, 머지 아니ᄒ니, ᄌ녀간에, 무엇을 ᄂᆞᆺ던지, ᄌ식 부탁을, 치일의게, ᄒ라,

ᄒ면셔, 마지막 눈물을, 써터리고, 운명을 ᄒᆞ얏ᄂᆞᆫ지라,

본평부인이, 실진ᄒ기 젼부터, 김씨가, 최씨의 집일을, 졔 집일보다, 십빅빅비를, 심셔서 보던 터인ᄃᆡ, 본평부인이, 실진흘 ᄯᆡ는, 옥슌이가, 불과 여덜살이라,

최씨의 집일이, 더욱 망창ᄒ게 된 고로, 김씨가, 최씨집 논문셔신지, 자긔의 집에, 옴겨다두고, 최씨집에셔 쓰는, 시량범졀신지라도, 김씨가 차하ᄒ는 터이라,

형셰가 늘면, 엇지 그럿케, 쉬느던지, 최병도 죽은지, 일곱 희만에, 최병도집 형셰는, 삼스빅가, 더 느럿더라,

최씨는 죽고, 그 부인은, 그런 병이, 드러쓰니, 화픽가, 연쳡흔 집에, 패가ᄒ기가, 쉬울 터인ᄃᆡ, 형셰가, 그럿케, 는 거슨, 이샹흔 일이나, 김씨가, 최씨집 진물을 가지고, 셰근사리, ᄒ는 거슬 보면, 그 셰근이, 늘 슈밧게, 업는지라, 가령, 쳔셕 츄슈를 ᄒ면, 빅셕쯤 가지고, 최씨와 김씨 두 집에셔, 먹고 사라도, 남는 터이라, 구빅셕은 파라셔, 논을 사니, 년々이 츄슈가, 늘기 시쥭ᄒ야, 그 형셰가 불, 이러나듯 ᄒ얏는ᄃᆡ, 옥남이, 일곱 술 되던 희에, 그, 어머니 를, 만나본 후로, 옥슌의 남믹가, 밤ᄂᆞᆺ 울기만 ᄒ고, 셔로 써러져 잇지 아니ᄒ랴는 고로, 김씨가, 최병도 싱젼에, 모흔 진산만, 닝겨두고, 김씨의 손으로, 느린 젼장은, 다, 파라셔, 그 돈으로, 옥남의 남믹를, 미국(美國)에, 류학식키러, 가는 길이라,

② 태평양, 너른물에, 크고 큰, 화륜션이, 살가듯, 써나가는ᄃᆡ, 돗쳐밧게, 보히는 거슨, 파란 하날뿐이오, 물밋헤, 보히는 거슨쏘흔, 파란하날, 그림자뿐이라, 희는 어듸셔 써셔, 어듸로 지는지, 빈는, 어듸셔 와셔, 어듸로, 가는지, 오던 곳을, 슬펴보아도, 하날에셔, 온 것갓고, 가는 곳을 슬펴보아도, 하날로, 향ᄒ야, 가는 것만 갓다, 바룸은, 괴々ᄒ고, 물결은, 잔々하고, 셕양은, 묘々ᄒ듸, 화륜션 상등실에셔, 급판

우흐로, 왼 스름 세히, 나오는듸, 읍헤 션 거슨, 옥남이오, 뒤에, 션 거슨, 옥슌이오, 그 뒤에는 김씨라, 옥남이가, 갑판 우흐로, 쒸여당긔면셔, 누님, ㅅㅅㅅ, 누님이, ㅅ런 조흔, 구경을 마다고, 집에셔, 쎠늘 쩨, 오기 실타ᄒᆞᆺ지, 집에 드러, 안졋스면, 이런 구경을, ᄒᆞᆺ깃소, ᄒᆞ면셔, 흥이 나셔, 구경을 ᄒᆞᄂᆞᆫ듸, 옥슌이는, 아모 경황업시, 빈머리에셔, 오던 길만, 바라보고 셧다, 옥슌이가, 슈심이 쳠ㅅ ᄒᆞ야, 남의게, 형언ᄒᆞ지 못ᄒᆞᄂᆞᆫ, 흔탄이라, 어머니는, 엇더케, 되셧누, 늬가 집에, 잇슬 쩌도, 어머니 병구원ᄒᆞᄂᆞᆫ, 홀미들이, 어머니를, 딕ᄒᆞ야, 쇼리를, 쌕ㅅ지르며, 욱지루는 거슬 보면, 늬 오쟝이 무어지는 듯, ᄒᆞ지마는, 그 홀미들더러, 애쓴다, 고맙다, 층찬ᄒᆞᄂᆞᆫ 거슨, 빈-말이, 아니라 그러케 되신, 우리 어머니를, 밤ㅊ업시, 그만치, 보아 드리기도, 어려운 터이라, 그러나, ㅅ도 업스면, 엇더케들, 홀는지, ㅅㅅㅅ, ㅅㅅㅅ, 그런 싱각을, ᄒᆞ다가, 구슬갓흔, 눈물이, 쌍으로, 뚝ㅅ, 쎠러지는듸, 고기를, 슈겨보니, 만경창파에, 근곳업시, 스러졋다, 근심에 근심이, ㅅ여나고, 싱각에 싱각이, ㅅ여는다

갈모봉이, 어듸로 가고, 대관령은, 어듸간누, 아버지, 도라가실 쩌에, 대관령을 넘는듸, 텬하에는, 산뿐이오, 이 산에, 올나셔면, 원텬하가, 다, 보히는 줄, 아룻더니, 에그, ㅅ산이, ㅅㅅㅅ, ㅅㅅㅅ, 그럿케 싱각ᄒᆞ고 셧는듸, 대관령이, 옥슌의, 눈에, 션ᄒᆞ게 보히는듯, ᄒᆞ다, 산은 무졍물이라, 옥슌이가, 산에, 무슨 졍이, 드러셔, 그리 근졀히, 싱극ᄒᆞᄂᆞᆫ고, 대관령상ㅅ봉에는, 눈 못 금고 도라가신, 아버지가, 말업시 누흐셧고, 대관령밋, 경금 동늬에는, 스라잇는, 어머니가, 도라가신, 아버지 신셰만, 못ᄒᆞ게되야, 계시니, 그, 어머니 형상은, 이질 쩌가, 업지라, 잠들면, 쑴에 보히고, 잠이 쌔히면, 눈에 어린다, 거-지를, 보더리도, 본졍신으로 당기는, 스름을 보면, 우리 어머니는, 져 신셰만, 못ᄒᆞ거니, 십흔 싱각이 나고, 병신을, 보더리도, 본졍신 가진, 스름을 보면, 우리 어머니가, 차라리, 눈이 머럿던지, 귀가, 먹던지, 팔이나, 다리나, 병신이, 되얏더리도, 옥남이나, 아라보고, 셰상을, 지늬시면, 조흐련마는 ᄒᆞ며, 흔탄ᄒᆞᄂᆞᆫ, ᄆᆞ음이 싱기는, 옥슌이라, 옥슌이가, 스름을, 보는 듸로, 그 어머니가, 남과 갓지 못흔, 싱각이, 나는 거슨, 오히려, 례스이라, 날짐승, 걸버레를, 보더리도, 쳐량흔, 싱각이 든다,

져거슨, 짐승이지마는, 깃버ᄒᆞᄂᆞᆫ ᄆᆞ음, 셩늬는 ᄆᆞ음, 슬퍼ᄒᆞᄂᆞᆫ ᄆᆞ음, 질거ᄒᆞᄂᆞᆫ ᄆᆞ음, 사랑ᄒᆞᄂᆞᆫ ᄆᆞ음, 미워ᄒᆞᄂᆞᆫ ᄆᆞ음, 욕심나는 ᄆᆞ음, 그런 ᄆᆞ음이, 다, 잇슬 터인듸, 엇지ᄒᆞ야, 우리 어머니는, 스름으로, 그런 ᄆᆞ음을, 이르셧누, 아버지는, 셰상을 버리시고, 어머니는, 셰상을, 모르시는듸, 의지업는, 우리 남미를, 즈식갓치 사랑ᄒᆞ고, 불상히, 녀기는 스름은, 히오골, 아졋씨늬외라, 형겁붓치나 되야, 그러ᄒᆞ면, 우리도, 오히려, 례스로 알 터이나, 과갈지의도 업는, 김가 최가라, 우리 남미가, 자라셔, 그, 은혜를, 어더케 굽흘는지 ㅅㅅㅅㅅㅅㅅ, 부모갓흔, 은혜가 잇스나, 아버지라, 부를 수 업는 고로, 아졋씨라, 부르지마는, 우리 남미 ᄆᆞ음에는, 아버지갓치, 알고 쓰루는 터이라, 그러나, 눈치보고, 톄면차리는 거슨, 아모리흔들, 친,부모와 갓흘 슈는, 업지라, 늬 근심을, 다 감추고, 조흔 긔식만, 보히는 거시, 늬도리에, 오를 터이라 ᄒᆞ고, 옥슌이가, 그런 싱각을 ᄒᆞ면셔, 다시 아니, 울 듯시, 눈물을, 썩ㅅ 씻고, 고기를, 드러셔, 오던 길을, 다시 바라보니, 망ㅅ흔, 바다 우에, 화륜션 연긔만,

> 빗겻더라, 잠시간, 화륜션 갑판우에, 나와 구경홀 씨라도, 그런 근심, 그런 싱각을, ㅎ는 터이라, 고요흔 밤, 벼기 우와, 젹々흔, 곳, 혼자 잇슬 씨는, 더구나, 々々々, 옥슌의, 근심거리라,[79]
>
> 동문사본[80]에서는 ②→①의 순으로 장면 도치가 이루어짐
> (내용은 동일함)

위의 표를 통해 알 수 있듯이 동문사본에서는 태평양으로 가는 배에 올라탄 옥슌·옥남 남매의 현재가 먼저 제시된 후 그들이 그 배를 타게 되기까지의 과정, 즉 최병도 사후 김정수의 경영으로 재산을 늘리고 친구의 유지를 따라 두 주인공의 유학을 준비하게 된 내력이 서술되고 있다. 이렇듯 동문사본에서는 역전적 서술 기법을 통해 작중 상황이 제시되고 있는 데 비해 필사본에서는 이 부분이 시간의 흐름에 따라 순차적으로 제시되고 있어 차이를 보이고 있다.

이러한 서사 전개의 순서 변화는 효과면에서 다음과 같은 속성을 지니고 있다고 볼 수 있다. 먼저 동문사본에 나타난 서사적 시간의 역전적 배치는 이인직이 작품의 서두를 시작할 때 거의 예외 없이 사용하던 방법이라고 할 수 있다.[81] 때문에 동문사본만을 놓고 보면 이 부분을 기점으로 마치 각각의 서두를 지닌 서로 다른 두 작품의 이질적 결합이 이루어진 듯한 인상을 주는 것이 사실이다. 이에 비해 필사본에서는 사건의 순차적 배열을 통해 서사의 연속적 전개가 이루어지고 있다. 다시 말해 필사본의 서술 순서대로라면 작중 장면의 순차적 전환이라는 자연스러운 결과가 나타나고 있는 셈이고 그 결과 통일성을 지닌 하나의 작품이라는 인상이 강화되고 있다고 할 수 있다.

---

79) 필사본 하.

80) 동문사본 95~98쪽.

81) 주지하다시피 <혈의루>와 <귀의성>에서도 모두 역전적 서술 기법을 이용해 서두를 제시하였고, 이는 다음 작품인 <치악산>에서도 마찬가지이다.

이인직이 자신의 작품에 대해 개작이나 교정을 시도할 때 세세한 부분까지도 꼼꼼하게 챙겼음을 알 수 있게 해 주는 이전 작품들의 사례를 감안할 때 필사본과 동문사본 사이에서 나타나는 이러한 변화를 교열상의 실수 혹은 필사본의 필사 오기로 보기는 어렵다. 즉 이 부분의 텍스트 변형은 최초에 창작·연재된 텍스트를 단행본으로 간행하는 과정에서 작가가 직접 개작에 개입한 증거로 볼 수 있다.

이러한 사실은 다음과 같은 두 가지 추론을 모두 가능하게 한다. 먼저 <은세계>가 처음에는 연극 상연을 염두에 두고 집필되었지만 이후 단행본화 과정에서 작가가 소설의 미적 형식에 대한 고려 때문에 장면 도치를 시도했고 그 결과로 지금과 같은 모습을 지니게 되었다는 추론이 제기될 수 있다. 혹은 정반대로 <은세계>가 처음에는 소설로서 구상되고 그에 따라 집필되었지만 이후 연극 상연을 준비하는 과정에서 희곡으로의 전환이 이루어졌고, 장면 도치가 이루어진 단행본은 이를 반영한 결과로서 완성된 것이라는 추론도 제기될 수 있다. <은세계>의 공연 당시 대본이 전하지 않는 관계로 『대한신문』 연재 당시의 텍스트와 동문사본 중 어느 것이 실제로 상연되었던 연극의 대본에 가까운 것인지는 확인할 수 없지만, 어떤 추론에 입각하더라도 동문사본의 개작 요인이 미학적인 고려와 연관되어 있다는 점은 분명하다. 다시 말해 그 성패 여부를 따지기에 앞서 <은세계>를 소설에서 연극으로 전환하는 과정에서 이인직이 장르 변환에 따라 작품의 서술 방식이나 장면의 배치 순서를 조정할 필요가 있다는 점을 간파하고 있었다는 점을 시사하기 때문이다. 따라서 적어도 <은세계>의 개작에 있어서는 작가가 정치적 압력과 같은 외부적 요인보다는 작품의 심미적 특질에 대한 고려라는 내적 기준을 보다 우선적으로 적용하고 있었다는 점을 읽어낼 수 있다. 이러한 맥락에서 <은세계> 또한 두 개의 텍스트 간 비교 대조를 통해 변화의 양상을 면밀히 추적할 필요가 있으며, 양자 간의 이질성 또한 결코 작지 않다고 판단되기 때문에 다중적 텍스트로서 규정하는 것이 타당하다고 본다.

이상의 논의를 종합해 보면 <귀의성>과 <은세계> 역시 신문 연재 후 개작을 거쳐 단행본을 출판했던 <혈의루>의 텍스트 형성 과정과 일정한 유사성을 보여주고 있다고 말할 수 있으며, 그 결과 노정된 텍스트 간 이질성이 단순한 수정이나 표현상의 변화를 넘어 주제를 포함한 작품 성격의 근본적인 변화로까지 이어지고 있다는 점에서 역시 다중적인 텍스트로 규정할 수 있다고 본다. 따라서 이인직의 소설의 전반적인 변화 과정에 대한 종합적 조망의 시각을 확보하고 창작 과정에서 나타난 작품 변화의 양상과 의미를 보다 명확히 설명하기 위해서는 이들 작품에 대해서도 원문 텍스트의 다중성을 작품의 특수한 존재 양태로 인정함과 동시에 이를 전제로 하여 각 텍스트에 대한 새로운 고찰이 이루어질 필요가 있다고 생각한다.

다음 절에서는 대한 제국 시기 이인직 소설의 구체적인 변화의 양상들을 각 작품의 텍스트별로 살펴보면서 주요 특징 및 그 의미에 대해 본격적으로 분석해 볼 것이다.

2. 텍스트의 변형 양상 분석

1) 작품별 오기 사례의 보정(補正)

이 절에서는 이인직 소설의 개작 부분에 대한 본격적인 분석을 수행하기에 앞서 텍스트군의 형태로 존재하는 작품인 <혈의루>·<귀의성>·<은세계>의 판본들에서 나타난 수많은 변화의 양상 중 오독을 초래할 소지가 있는 주요 오기 사례들을 제시한 후 원문을 바로잡을 것이다. 그리고 이러한 텍스트 변형 현상으로 인해 각각의 판본들이 결코 동일하지 않으며, 개별적인 고유성을 지니고 있다고 말할 수 있을 만큼 유의미한 수준에서 차이점이 나타나고 있다는 점을 입증해 보이고자 한다.[82]

① 〈혈의루〉

앞 절의 논의를 통해 검토된 오기 판별의 기준을 바탕으로 먼저 <혈의루> 상편의 텍스트군, 즉 『만세보』 연재 텍스트 · 광학서포본 · 동양서원본 간의 비교를 통해 확실한 오기로 규정될 수 있는 사례들을 제시한 후 이를 보정한 결과는 다음과 같다.

玉蓮이는 井上婦人의 쓸쓸흔, 모냥에 縮氣가 도야 苦役치르듯, 싸라단인다[83]

옥년이는 정상부인의 쓸쓸흔 모양에 죽긔가 도야 고역치르듯 싸라든인다[84]

옥련이는 정상부인의 쓸々흔 모양에 축긔가 되야 고역치르듯 싸라단인다[85]

朝鮮風俗갓트면 靑孀寡婦가, 시집가지 아니흐는 것을, 가쟝, 잘흐는 일로 알고, 일평싱을 愁中으로 지니느[86]

조선풍속갓흐면 청상과부가 시집가지 아니하는 것을 가장 잘는일 알로 알고 일평싱을 근심즁으로 지니느[87]

---

82) 참고로 1955년에 간행된 정음사본 <혈의루> · <귀의성> · <은세계>의 경우는 일부 오기의 교정이 있었으나 충분하다고는 볼 수 없다. 아울러 2001년에 간행된 서울대출판부본 <혈의루>(권영민 감수)에서는 『만세보』 연재 텍스트와 광학서포본의 원문을 함께 수록하면서 현대어 교열본을 제작하였으나, 오기 사례의 일부 누락이 발견될 뿐만 아니라 심지어 원문 훼손 현상까지 발생하기도 하였다.(이에 대해서는 졸고, 「<혈의루> 판본 비교 연구 - 형성과정 및 계보에 대한 비판적 고찰을 중심으로」, 『현대문학의 연구』 제 31호, 2007.3 참조) 그리고 무엇보다도 이 교열본에서는 동양서원본과의 비교 작업이 이루어지지 않았다는 점에서 분명한 한계가 있다. 이에 이 책에서는 세 개의 상편 텍스트를 모두 비교함으로써 최대한 정확성을 기하고자 하였다.

83) 제 23회, 『만세보』, 1906.8.25.

84) 광학서포본 41쪽.

85) 동양서원본 65쪽.

86) 제 25회, 『만세보』, 1906.8.29.

조선풍속갓흐면 청상과부가 시집가지 아니ᄒᆞᄂᆞᆫ 거슬 가장 **잘ᄒᆞᄂᆞᆫ 일로 알고**
일평싱을 근심중으로 지ᄂᆞ나[88])

위의 사례들은 한눈에 봐도 오식으로 인해 오기가 발생했음을 어렵지
않게 확인할 수 있다. 첫 번째 인용 부분은 '쥭긔'가 오식이라는 점은
바로 인지되지만 다른 판본을 대조해보지 않으면 본래의 정확한 표기가
무엇이었는지 알기 어렵다.[89]『만세보』 연재 텍스트의 부속국문표기를
통해 우리는 '무섭거나 두려워 기운이 움츠러짐'[90])이라는 뜻을 지닌 '縮氣
(축기)'가 정확한 표현임을 알 수 있다. 동양서원본에서 '축긔'로 표기된
것 또한 광학서포본의 표기를 오식으로 보고 바로잡았다는 것을 의미한
다. 두 번째 인용 부분에서도 비록 오식이긴 하지만 '잘ᄒᆞᄂᆞᆫ 일'이 '잘ᄂᆞᆫ
일'로 개작된 것으로 오해될 소지를 안고 있다.[91]) 그러나 동양서원본에서
다시 『만세보』 텍스트의 원문과 동일하게 수정된 것으로 보아 '잘ᄒᆞᄂᆞᆫ'이
정확한 표현임을 알 수 있다.

이처럼 명확한 오기라 할지라도 광학서포본만을 참고할 경우에는 정확
한 표현이 무엇이었는지 알기 어렵고 그로 인한 오독의 가능성도 발생한
다. 위의 사례들은 부속 국문으로 표기된 『만세보』 텍스트의 정확한 원문
을 통해 광학서포본의 오기 여부를 곧바로 확인할 수 있을 뿐만 아니라
최종 개작본인 동양서원본에서 다시 『만세보』 텍스트와 동일하게 수정이
이루어졌기 때문에 오기라는 점이 비교적 명확하게 인지된다. 게다가

---

87) 광학서포본 45쪽.
88) 동양서원본 70쪽.
89) 실제로 을유문화사전집(1968)의 경우 "죽 기가 도야"라는, 전혀 그 의미를 알 수 없는
    표현으로 고쳐놓았다. 이것은 이 전집이 광학서포본만을 대본으로 하여 출판되었기 때문
    에 나타난 결과다.
90) 표준국어대사전 참조.(이하 동일)
91) 이 역시 을유문화사 전집에는 "잘난 일"로 표기되어 있다.

이러한 오기들이 현재 연구자들로부터 주로 인용되는 경향이 있는 광학서 포본에서 가장 빈번하게 발견된다는 점에서 판본 대조를 통해 오기를 바로잡는 일은 단순한 보정의 차원을 넘어 작가의 본래적 의도에 부합하는 방향으로 원문 텍스트를 복원하는 의미를 지닐 수 있다. 특히, 지금까지는 비교 대상 판본이 『만세보』 텍스트와 광학서포본뿐이었지만, 동양서원본의 발굴로 인해 이러한 작업의 정확도를 높이는 데에 크게 기여할 수 있게 되었다. 아래에 인용된 사례들 또한 동양서원본을 포함한 3개 텍스트의 비교를 통해 비로소 오기임을 확증할 수 있게 된 경우에 해당한다.

① 萬國公法에 戰地에셔 赤十字旗 셰운 데는 危티치 아니ᄒ다더니[92]

(萬國公法)만국공법에 젼시에셔 (赤十字旗)젹십ᄌ긔 셰운 데는 위티치 아니하다더니[93]

만국공법(萬國公法)에 젼지에셔 젹십ᄌ긔(赤十字旗) 셰운 데는 위티치 아니ᄒ다더니[94]

② 우리 어머니가, 날더러 죽지말라 ᄒ시던, 소리가 아무리, 꿈일씨라도, 녁녁 ᄒ기가 常時ᄀ흔 故로[95]

우리 어머니가 날더러 죽지말라 ᄒ시던 소리가 아무리 꿈일씨라도 녁ᄉ ᄒ기가 셩시ᄀ흔 고로[96]

우리 어머니가 날더러 죽지말나 ᄒ시던 소리가 아무리 꿈일씨라도 녁녁ᄒ기가 상시갓흔 고로[97]

---

92) 제 25회, 『만세보』, 1906.8.29.
93) 광학서포본 44쪽.
94) 동양서원본 69쪽.
95) 제 40회, 『만세보』, 1906.9.23.
96) 광학서포본 74쪽.
97) 동양서원본 116쪽.

③ 우리 처음 볼 씌에, 네가 ㄴ히 어린 故로 닉가, 희라,를 ㅎ얏더니, 지금은 나히, 열여섯 살이 되야, 저럿케 **셕뒤ㅎ니**, 희라ㅎ기가, 셔먹셔먹ㅎ고나[98]

우리 처음 볼 씌에 네가 ㄴ히 어린 고로 닉가 희라를 ㅎ얏더니 지금은 나히 열여섯 살이 되야 져럿케 **체뒤ㅎ니** 희라ㅎ기가 셔먹셔먹ㅎ고나[99]

우리 처음 볼 씌에 네가 나히 어린 고로 닉가 희라를 ㅎ얏더니 지금은 나히 열여섯 살이 되야 저럿케 **셕뒤ㅎ니** 희라ㅎ기가 셔먹々々ㅎ고나[100]

①에서 『만세보』 연재 텍스트의 "戰地(전지)"는 광학서포본 발간 때 "전시"로 표기됨으로써 전시(戰時)로 개작된 것으로 이해될 소지가 있었다. 하지만 그럴 경우 조사 '-에서'의 결합이 부자연스러운 것이 사실이다.[101] 동양서원본에서 『만세보』 연재 텍스트의 표현대로 되돌아간 것으로 보아 작가가 광학서포본의 표현을 오기로 파악하고 수정한 것으로 볼 수 있다. 따라서 원문의 정확한 표현은 전지(戰地)임을 알 수 있다.

②의 "常時(상시)" 또한 광학서포본에서 "싱시"로 표기됨으로써 생시(生時)로 개작된 것이라는 오해를 불러일으킬 수 있다. 물론 두 어휘 간의 의미 차이가 그리 크지 않고 실제 현대 국어에서는 "싱시"가 더 관용적으로 쓰이는 것은 사실이다. 하지만 동양서원본의 표기로 보아 이는 오식으로 볼 수 있으며 원래의 의도에 부합하는 표현은 "常時(상시)"임을 알 수 있다.

③의 "셕뒤ㅎ니"는 "몸집이 굵고 크다"는 의미를 지닌 '석대(碩大)하다'라는 어휘의 활용형인데 이것이 광학서포본에서는 "1 몸집이 큼. 또는 큰 몸집. 2 몸의 크기"를 의미하는 '체대(體大)하다'의 활용형으로 변형되

---

98) 제 38회, 『만세보』, 1906.9.21.

99) 광학서포본 71쪽.

100) 동양서원본 111쪽.

101) 부사격 조사 '-에서'는 처소 개념어는 결합 가능하지만 시간 개념어는 결합이 불가능하기 때문이다.

었다. 이 사례 또한 단어 간의 의미 차이는 그리 크지 않은 것이 사실이다. 그럼에도 불구하고 동양서원본에서 다시 "셕딕ᄒ니"로 바뀐 것은 두 단어 사이의 뉘앙스 차이가 엄연하다는 인식을 바탕으로 교열된 것으로 볼 수 있다. 그러므로 이 사례 또한 개작이 아닌 광학서포본의 오기로 보아야 한다.

이처럼 만약 동양서원본이 부재했다면 위의 사례들은 광학서포본에서 개작된 것으로 오해될 수밖에 없으며, 설령 개작이 아닌 오기라는 점을 인지했다 하더라도 원래의 의도에 부합되는 정확한 원문이 무엇인지 확정하기 어려웠을 것이다. 이러한 상황 속에서 새로 확인된 동양서원본과의 대조를 통해 비로소 우리는 『만세보』 연재 텍스트의 표현이 작가의 의도에 부합하는 정확한 원문이라는 사실을 알 수 있게 된 것이다. 이것이 최근에 이루어진 동양서원본의 실물 확인의 의의라고 할 수 있다.

이번에는 오기로 판단되지만 앞의 것들과는 다소 성격을 달리하는 또다른 사례들, 즉 예외적인 성격을 지닌 것들을 살펴보도록 하자.

④ 書生의게 向ᄒ야 허리를 구푸며, 또 日本말로 作別인ᄉᄒ면셔 汽車에 ᄂ려가니, **구름ᄀᆺ치 드러오고**, 구름ᄀᆺ치 ᄂ려가는 人海中에 下駄 소리ᄲᆫ이라[102]

셔싱의게 향ᄒ야 허리를 구푸며 또 일본말로 작별인ᄉᄒ면셔 긔차에 ᄂ려가니 구름갓치 ᄂ려ᄀᄂ는 **횡인즁에** 나막신 소리ᄲᆫ이라[103]

셔싱의게 향ᄒ야 허리를 굽히며 또 일본말로 작별인ᄉᄒ면셔 긔차에 나려가니 구름갓치 나려가는 **인히즁에** 나막신 소리ᄲᆫ이라[104]

⑤ 어미가 자식 부르는 소리, **ᄌ식이 어미 부르는 소리**, 셔방이 계집 부르는 소리, 계집이 셔방 부르는 소리, 이러케 ᄉ람 찬는 쇼리ᄲᆫ이라[105]

---

102) 제 35회, 『만세보』, 1906. 9. 16.
103) 광학서포본 63쪽.
104) 동양서원본 98쪽.

어미가 자식 부르는 소리 셔방이 게집 부르는 소리 게집이 셔방 부르는 소리 이러케 스름 찻는 쇼리쑨이라[106]

어미가 자식 부르는소리 셔방이 게집 부르는 소리 게집이 셔방 부르는 소리 이러케 사름 찻는 쇼리쑨이라[107]

위의 두 사례는 최종 판본인 동양서원본의 원문 표현을 기준으로 삼을 경우에는 개작으로 볼 수도 있겠지만 문맥을 고려할 때에는 사실상 오기로 규정된다고 할 수 있다. 먼저 ④를 보면 광학서포본의 '힝인'은 앞의 사례들과 마찬가지로 『만세보』 텍스트의 '人海'가 동양서원본에서 다시 복원되고 있기 때문에 당연히 수정이 아닌 교열상의 오기로 볼 수밖에 없다. 이에 비해 『만세보』 텍스트에서 대구법이 구사된 부분인 '구름ᄀᆺ치 드러오고, 구름ᄀᆺ치 ᄂ려가는'은, 광학서포본에서 앞 부분이 누락됨으로써 대구는 사라진 채 'ᄂ려ᄀ다'가 반복되는 다소 어색한 표현으로 변하고 만다. 그럼에도 불구하고 이 부분은 동양서원본에서도 별다른 수정이 이루어지지 않았다. 이 경우에는 대구법이 정확하게 지켜지고 있는『만세보』 연재 텍스트의 표현을 작가의 의도에 부합하는 정확한 원문이라고 해야 할 것이다. 따라서 이는 개작으로 규정하기보다는 교열상의 오기가 수정되지 않은 사례로 보는 것이 타당하다.

⑤의 경우도 이와 유사하다. 『만세보』 텍스트의 원문은 대구법이 정확하게 지켜지고 있는데 비해 광학서포본에서는 대구의 짝을 이루는 한 구절이 부당하게 누락됨으로써 문장의 호흡이 부자연스러워진 것이다. 이 역시 후자에 비해 전자의 원문이 더 정확하고 원작의 의도에 부합되는 표현이라는 점을 부정하기 어렵다. 그럼에도 불구하고 이 부분은 동양서

---

105) 제 5회, 『만세보』, 1906. 7. 27.
106) 광학서포본 10쪽.
107) 동양서원본 17쪽.

원본에서도 여전히 수정되지 않았다. 이에 대해서도 일종의 예외로 규정할 수밖에 없다. 즉 앞의 사례와 마찬가지로 교열상의 오기가 수정되지 않은 경우로 보는 것이 타당하다. 따라서 이 경우에도 『만세보』 텍스트를 기준으로 원문을 복원하는 것이 바람직하다고 할 수 있다.

마지막으로 최종 판본인 동양서원본에서 발견된 오기의 대표적인 사례를 제시하도록 하겠다. 아래의 인용문은 <혈의루>의 마지막 문장이다.

⑥ 그 편지 붓치던 늘은 광무 뉵연 (음녁) 칠월 십일일인딕 부인이 그 편지 브더보던 늘은 임인연 음녁 팔월 십오일이러라[108)

그 편지 붓쳐던 늘은 광무 뉵년 (음녁) 칠월 십일일인딕 부인이 그 편지 바더보던 늘은 임인년 음녁 팔월 십오일이러라[109)

이 그 편지 바더보던 늘은 임인년 음녁 팔월 십오일이러라 그 편지 붓쳣던 늘은 광무 뉵년 (음녁) 칠월 십일일인딕 **부인**[110)(원문 표기 그대로 옮김)

※ 어순에 맞게 기호를 부기(附記)함

→ ⓒ이 ⓓ그 편지 바더보던 늘은 임인년 음녁 팔월 십오일이러라
　　ⓐ그 편지 붓쳣던 늘은 광무 뉵년 (음녁) 칠월 십일일인딕 ⓑ**부인**

인용 사례 ⑥에서 동양서원본 원문은 그대로 읽으면 의미의 연결이 부자연스럽지만 이를 어순에 맞게 기호를 부여하여 ⓐ→ⓑ→ⓒ→ⓓ의 순으로 읽으면 선행 판본과 동일한 문장이 되는 것을 알 수 있다. 그러므로 이는 교열상의 오기임이 확실하다.

이처럼 사례들을 종합적으로 검토한 결과 <혈의루>의 교열상의 오기는 1차 개작본인 광학서포본에서 가장 많이 발견된다는 사실을 알 수 있다. 만약 『만세보』 연재 텍스트와 광학서포본, 이 두 텍스트만을 상호 비교했

---

108) 제 50회, 『만세보』, 1906.10.10.
109) 광학서포본 93쪽.
110) 동양서원본 145쪽.

을 경우에는 이러한 사례들이 오기가 아닌 개작으로 오해되거나 아예 오기로 인지되지 못할 가능성이 크다. 그런 점에서 동양서원본은 해당 사례의 오기 여부를 판별하는 데에 가장 유력한 근거를 제공하는 텍스트로서 중요한 의의를 지니고 있다고 하겠다. 아울러 두 개의 단행본 텍스트보다는 최초 연재본인 『만세보』 텍스트의 원문이 상대적으로 정확도가 높다는 사실도 확인할 수 있다. 물론 이 텍스트에서도 오기의 사례가 발견되지 않는 것은 아니지만 단행본 텍스트에 비해 그 수가 확실히 적은 것 또한 사실이다. 그 사례들 중 유의미한 것들을 일람하면 아래와 같다.

① 평양 사름이 **일병 일병** 일병은 엇더흔지 임진亂離에 平壤 싸홈, 이이기흐며111)

평양 사름이 **일병 드러온다는 소문을 듯고** 일병은 엇더흔지 임진란리에 평양 싸홈 이이기흐며112)

평양 사름이 **일병 드러온다는 소문을 듯고** 일병은 엇더흔지 임진란리에 평양 싸홈 이약이흐며113)

② 말를 멈치고 具氏를, 처어다보는딕, 옥년의 근심잇는, 긔식을 언듯 짐작흐얏스나114)

말를 멈치고 구씨를 처어다보는딕 **구씨가** 옥년의 근심잇는 긔색을 언듯 짐작흐얏스나115)

말을 멈치고 구씨를 처어다보는딕 **구씨가** 옥련의 근심잇는 긔색을 언듯 짐작흐얏스나116)

---

111) 제 5회, 『만세보』, 1906.7.27.
112) 광학서포본 9쪽.
113) 동양서원본 15쪽.
114) 제 39회, 『만세보』, 1906.9.22.
115) 광학서포본 73쪽.
116) 동양서원본 115쪽.

③ 그썩 맛참 엇더흔 淸人이, 히빗에 윤이 **질 흐르고, 흐르**는, 비단옷을 입고 馬車를 타고 風雨又치 달려가는뒤[117]

그썩 맛참 엇더흔 청인이 히빗에 윤이 **질 흐르고 흐르**는 비단옷을 입고 마차를 타고 풍우갓치 달려가는뒤[118]

그썩 맛참 엇더흔 청인이 히빗에 윤이 **질질 흐르**는 비단옷을 입고 마차를 타고 풍우갓치 달녀가는뒤[119]

①과 ②는 『만세보』 텍스트의 원문 오기를 광학서포본에서 바로잡은 뒤 그것이 동양서원본에서도 동일하게 유지된 경우이고 ③은 『만세보』 텍스트와 광학서포본에서도 수정되지 않았던 부분을 동양서원본에서 비로소 바로잡은 것이다. 이에 비해 『만세보』 텍스트의 원문 오기가 두 단행본의 출판 과정에서 여전히 수정되지 않은 경우도 있다. 이러한 사례들에 대해서는 판본 간 대조를 통해 작품의 문맥에 가장 충실한 표현으로 바로잡을 필요가 있다.

① 茨木停車場까지 가는, 汽車票를 사셔, 一番 氣車를 타니,[120]

찬목졍거장까지 가는 긔차표룰 사셔 (一番)일번 긔차를 타니[121]

찬목졍거장까지 가는 긔차표를 사셔 일번(一番) 긔차를 타니[122]

② 피란갈 째에 팔숭 **무영을**, 강풀 흔 되박이는 먹엿던지, 장작갓치, 풀셴 치마를 입고는근 터이오[123]

---

117) 제 36회, 『만세보』, 1906.9.19.
118) 광학서포본 67쪽.
119) 동양서원본 105쪽.
120) 제 32회, 『만세보』, 1906.9.12.
121) 광학서포본 59쪽.
122) 동양서원본 93쪽.
123) 제 2회, 『만세보』, 1906.7.24.

피란갈 째에 팔승 **무명을** 궁풀 흔 되박이ᄂ 먹엿던지 장작갓치 풀센 치마를 입고 ᄂ근 터이오124)

피란갈 째에 팔승 **무영에** 강풀 되박이나 먹여셔 장작갓치 풀센 치마를 입고 나간터이라125)

③ 本來(본릭) 부인이, **넙흔** 언덕에서, 쭈여 ᄂ려쩌면, 물이 깁고, 얏고 간에, 살기가, 어려윗슬 터이나, **모릭틈**에셔, 물로 쒸여, 드러가니, 그 물이 흔두ᄌ 깁피가, 되락말락흔 **물이라**126)

본릭 부인이 **놉흔** 언덕에셔 쭈여 ᄂ려쩌면 물이 깁고 얏고 근에 살기가 어려 윗슬 터이나 **모릭틈**에셔 물로 쒸여 드러가니 그 물이 흔두자 깁피가 되락말락흔 **물이라**127)

본릭 부인이 **놉흔** 언덕에서 쒸여 나럿드면 물이 깁고 얏고 간에 살기가 어려 윗슬 터이나 **모릭틈**에셔 물로 쒸여 드러가니 그 물이 한두자 깁히가 되락말락흔 **물ㅅ가이라**128)

④ 너는 저 모냥으로, 빅년만, 더 살어라 ᄒ더니, 다시 **머리 돌녀** 井上婦人(정상부인)을 보면, ᄒᄂ 말이129)

네는 져 모양으로 빅년만 더 살러라 ᄒ더니 다시 **머리 들러** 정상부인을 보며 ᄒᄂ 말이130)

너는 저 모양으로 빅년만 더 살어라 ᄒ더니 다시 **머리를 둘너** 정상부인을 보며 ᄒᄂ 말이131)

---

124) 광학서포본 4쪽.

125) 동양서원본 6쪽.

126) 제 11회, 『만세보』, 1906.8.4.

127) 광학서포본 21쪽.

128) 동양서원본 33쪽.

129) 제 31회, 『만세보』, 1906.9.8.

130) 광학서포본 55쪽.

131) 동양서원본 86쪽.

①의 '茨木'은 오사카 인근 소도시인 이바라키(いばらき, 오늘날의 茨城)로서 '자목'으로 수정되어야 하나 단행본에서는 모두 '찬목'으로 잘못 표기되었다. 이 외의 부분에서는 해당 지명이 모두 '자목'으로 표기되어 있기 때문에 이 부분은 오기가 수정되지 않은 사례로 볼 수 있다.

②의 '무영'은 광학서포본에서 '무명'으로 수정되었으나 이후 다시 동양서원본에서 '무영'으로 바뀌었다. 물론 문맥상으로는 '무명실로 짠 피륙'을 뜻하는 '무명'이 맞다. 따라서 이 경우에는 광학서포본의 표기를 정확한 원문 표현으로 선택하여 바로잡아야 할 것이다.

③의 '넙흔'은 단행본 발간 당시 '놉흔(높은)'으로 교정되었고 '물이라'는 동양서원본에서 '물ㅅ가이라'로 개작된 것으로 보아야 한다. 그러나 이 문장에서 '모래틉(모래톱)'은 광학서포본에서는 '모래톰'으로, 그리고 동양서원본에서는 '모래틈'으로 표기됨으로써 세 판본 모두에서 표기상의 오기가 발생하였다. 이는 '모래톱'으로 바로잡아야 한다.

④은 『만세보』 텍스트와 문맥을 고려할 때 '머리를 돌려'가 가장 자연스럽다. 이것이 광학서포본에서는 '머리 들러(들어)'로 수정된 뒤 동양서원본에서는 다시 '머리를 둘너(둘러)'로 변화되었다. 이를 개작으로 본다면 '돌려'를 '들어'나 '둘러' 등으로 바꾼 것으로 볼 수도 있으나 문맥을 고려할 때에는 '돌려'가 가장 자연스러움을 알 수 있다. 따라서 이 경우에는 『만세보』 연재 텍스트 표기를 원문으로 복원하는 것이 가장 타당한 조치라고 생각한다.

이처럼 『만세보』 연재 텍스트에서도 오기가 일부 발견될 뿐만 아니라 세 판본을 동시에 비교할 때에만 비로소 정확한 원문 표현이 무엇인지 알 수 있게 되는 사례들이 있기 때문에 이러한 오기들은 결국 각각의 경우들에 대해 적절하고 합리적인 기준을 토대로 비교·대조함으로써 원문을 바로잡아야 할 것이다. 그럼에도 불구하고 종합적인 비교·대조 결과 <혈의루>의 판본들 중 정확도만을 기준으로 할 때에는 여전히 『만세보』 연재 텍스트의 신뢰도가 가장 높다는 사실을 확인할 수 있다.

② 〈귀의성〉

이번에는 <귀의성>의 오기 사례들을 살펴보도록 하겠다. 이 작품은 상편은 3개 판본(『만세보』 연재 텍스트·중앙서관본·동양서원본)이 존재하는 반면, 하편은 2개 판본(『만세보』 연재 텍스트·중앙서관본)이 남아 있어 비교·대조의 조건이 다르기 때문에 상편과 하편으로 각각 나누어 사례를 제시할 것이다.

먼저 상편의 경우는 판본 간의 비교·대조를 통해 특히 중앙서관본에서 오기가 많이 발견되는 양상을 확인할 수 있다. 조사 결과 중앙서관본에는 교열상의 오기가 확실한 것만 174개에 달했다.[132] 이에 비해 동양서원본에서는 중앙서관본뿐만 아니라 『만세보』 연재 텍스트의 오기까지 대부분 수정되고 있기 때문에 정확도 면에서는 가장 신뢰할 만한 판본이라고 판단된다. 아래의 인용문은 그러한 오기의 대표적인 사례에 해당한다.

> ① 츈쳔집은 병이 드러 **여러날** 정신업는 즁으로 지닉는디 건일에는 김승지가 지긔를 폐고 당기는 터이라 츈쳔집을 보러 밤낫업시 오더니 침모와 시졍이 **싱겻더라**[133]
>
> → 츈쳔집이 홀연이 병이 드러、 **려여놀** 정신、 업는 즁으로 지닉는디、 그쎠는、 김승지가、 **그그부인의게**、 수유느 어더던지、 츈쳔집의 병을 보러 밤낫업시、 오더니 침모와 시졍이 **싱계더라**[134]
>
> → 츈쳔집이 홀연이 병이 드러 **여러날** 정신업는 즁으로 지닉는디 그쎠는 김승지가 **그 부인의게** 수유나 어덧던지 츈쳔집의 병을 보러 밤낫업시 오더니

---

132) 자세한 사항은 졸고, 『<귀의성> 판본 연구』 참조.
133) 이인직, <귀의성>, 제 56회, 『만세보』 1906.12.25.
134) 상편 중앙서관본, 104쪽.

침모와 시정이 **싱겻더라**[135]

② 침모의 **마음**에는 인간에 늘갓치 팔자사납고 근심만흔 사람은 두시업거니 **싱각하며** 그 친정으로 가는되 거름이 걸리지 으니한다 무슨 곡절로 거름이 걸리지 으니하는고 그 친정에는 압못보는 늘근 어머니 흐느쑌이라[136]

→ 침모의 **마음**에는, 인간에 늘갓치 팔자사납고, 근심만흔 사람은, 두시업거니 **싱갹하며**, 그 친정으로 가는되, 거름이 걸리지 으니한다 그 친정에는, 압못보는 늘근, 어머니, 흐느쑌이라, [137]

→ 침모의 **마음**에는 인간에 나갓치 팔자사납고 근심만흔 사람은 다시업거니 **싱각흐며**, 그 친정으로가는되 거름이 걸이지 아니흔다 그 친정에는 압못보는 늙은 어머니 한아쑌이라[138]

③ 츈쳔집이 잠시 동안에 졈순이가 엇지 그리 고맙던지[139]
→ 츈쳔집이 잠시 동안에 졈순이가 엇지 그리 **정맙게 되얏던지**[140]
→ 츈쳔집이 잠시 동안에 졈순이**와** 엇지 그리 **정답게 되얏던지**[141]

④ 안아도 울고 **업어도** 울고 뉘여도 울고 젓을 물여도 우니[142]
→ 안아도 울고 뉘여도 울고 젓을 물여도 우니[143]
→ 안아도 울고 뉘여도 울고 젓을 물여도 우니[144]

①과 ②는 중앙서관본에서 교열상의 오기가 발생한 뒤 그것이 동양서원

---

135) 동양서원본, 104쪽.
136) 제 17회, 『만세보』 1906.11.3.
137) 중앙서관본, 32쪽.
138) 동양서원, 32쪽.
139) 제 56회, 『만세보』 1906.12.25.
140) 중앙서관본, 104쪽.
141) 동양서원본, 104쪽.
142) 제 17회, 『만세보』 1906.11.3.
143) 중앙서관본, 32쪽.
144) 동양서원본, 32쪽.

본에서 다시 수정되는 양상을 보여준다. 이러한 오기는 『만세보』 연재 텍스트를 통해서도 충분히 확인 가능하기 때문에 굳이 동양서원본까지 대조할 필요가 있겠는가 하는 의문이 제기될 수도 있다.

그러나 ③과 ④의 사례는 3개 판본의 대조가 필요한 이유를 잘 보여준다. ③을 『만세보』 연재 텍스트와 중앙서관본만을 대상으로 하여 비교할 경우 오기가 발생했다는 사실은 확인이 되지만 정확한 원문이 무엇인지는 확정하기 쉽지 않다. 즉 어구의 개작을 시도한 것은 확실해 보이지만 오기로 인해 그 개작된 표현이 무엇인지 알기가 다소 어렵게 되어 있는 것이다. 이때 동양서원본과의 대조를 통해 작가의 개작 의도와 수정된 표현이 무엇인지 정확히 알 수 있게 된다. 즉 원래 작가는 『만세보』 연재 텍스트의 '졈순이가 엇지 그리 고맙던지'를 중앙서관본 발행 당시 '졈순이와 엇지 그리 졍답게 되얏던지'로 개작하려던 의도를 갖고 있었으나, 조사 및 어휘의 오기가 발생함으로 인해 이의 파악이 어려워지게 되었던 것이다. 이 사례에 대해서는 동양서원본의 수정된 표현을 최종 원문으로 보아야 할 것이다.

반면 ④는 일종의 예외라 할 수 있다. 『만세보』 연재 텍스트의 표현을 보면 총 4개의 '-울고(우니)'형을 반복함으로써 대구법이 정확히 지켜지고 있으나 중앙서관본에서는 '업어도 울고'의 누락으로 인해 대구 표현에 부자연스러움이 초래되었다. 이러한 누락이 동양서원본에서도 수정되지 않았기 때문에 개작으로 볼 수도 있으나 이 경우에는 표현의 정확성에 결함이 발생한다는 점에서 사실상 오기에 가깝다. 따라서 대구법이 충실히 지켜진 『만세보』 연재 텍스트의 표현을 최종 원문으로 삼는 것이 타당한 조치라고 할 수 있을 것이다.

이처럼 <귀의성> 상편 또한 <혈의루>와 마찬가지로 3개의 판본이 존재하기 때문에 해당 텍스트를 모두 함께 비교할 때에만 오기 여부 및 원문의 정확한 보정이 가능하다는 것을 알 수 있다.

<귀의성> 상편의 오기 사례들을 종합적으로 검토해보면 다른 두 편의 텍스트에 비해 중앙서관본에서 훨씬 많은 수의 오기가 발견된다는 사실을 알 수 있다. 이는 『만세보』 연재 텍스트를 단행본으로 발간할 때 개작으로 인해 일정한 변화가 발생하기도 했지만 그 과정에서 교열이 제대로 이루어지지 않아 적지 않은 결함을 노정하게 되었음을 의미하는 것이기도 하다. 이 오기들은 재판인 동양서원본의 발행 때 거의 대부분 교정이 이루어졌다. 따라서 적어도 정확도만을 기준으로 할 경우 작가 생존 당시의 판본 중에서는 동양서원본이 가장 신뢰할 만한 판본에 가깝다고 할 수 있겠다.

이번에는 하편의 오기 사례들을 살펴보도록 하겠다. 앞에서 언급했듯이 <귀의성> 하편의 경우는 대상 판본이 『만세보』 연재 텍스트와 중앙서관본(초판)뿐이어서 현재로선 이 두 판본 간의 비교·대조를 통해 원문을 확정지을 수밖에 없다. 이로 인해 개작 및 오기의 구분이 쉽지 않은 상황이다. 이 중에서 먼저 중앙서관본의 대표적인 오기 사례를 제시하면 아래와 같다.

① 숀이 **복쇼리**를 크게 ᄒᆞ야 ᄒᆞᄂᆞᆫ 말이 / 「**숀**」 겸슌이가 엇지 하야 여긔 와셔 잇나냐
안악에 못볼 숀님 아니겨시냐 그ᄃᆡ로 드러가도 관계치 아니ᄒᆞ깃나냐
(겸)드러오십시오 **아무도 아니게심니다**
ᄒᆞᄂᆞᆫ 소리를 듯더니[145]
→ 숀이 **목쇼리**를 크게 ᄒᆞ야 ᄒᆞᄂᆞᆫ 말로 / 겸슌이가 엇지ᄒᆞ야 여긔 와셔 잇나냐
안악에 못볼 숀님 아니겨시냐 그ᄃᆡ로 드러가도 관계치 아니ᄒᆞ깃나냐
(겸)드러오십시오
ᄒᆞᄂᆞᆫ 소리를 듯더니[146]

---

145) 제 106회, 『만세보』, 1907.4.12.
146) 하편 중앙서관본, 69쪽.

② 거진 다 쓰러저가는 외짠 집 흙벽에 드리빗첫더라 **그러흔 거지** 움속 갓흔 집 속에 그런 죠흔 경치도 다 **압지** 못흔 일인듸[147]

→ 거진 다 쓰러저가는 외짠 집 흙벽에 드리빗첫더라 움속 갓흔 집 속에 그런 죠흔 경치도 다 **업지** 못흔 일인듸[148]

③ 오날은 정녕 츈천집을 업싀버린듯 흐던 년이 돈문 가저가고 쏘 소식이 업서‥‥[149]

→ 오날은 정녕 츈천집을 업싀버린듯 흐던 년이 돈문 가저가고 쏘 소식이 **입지**‥‥[150]

④ 소승의 절에셔는 살인정범을 도망이ᄂ 식힌드시 그 허물은 절에서 뒤집어 쓸 터이올시다[151]

→ 소승의 절에셔는 살인**정법**을 도망이ᄂ 식힌드시 그 허물은 절에서 뒤집어 쓸 터이올시다[152]

①에서는 『만세보』 연재 텍스트의 화자 표시와 대화 일부가 누락되었으며 ②에서도 문장 표현의 일부가 누락되어 있는데, 양자 모두 문맥을 고려할 때 『만세보』 연재 텍스트의 표현이 보다 정확하고 자연스러움을 알 수 있다. ③과 ④ 역시 오기에 해당한다. 단행본만을 참조했을 때에는 오기 여부를 확정하기 어려운 측면이 있지만 두 판본을 비교함으로써 무엇이 정확한 원문인지 바로 알 수 있다. 이들 사례는 모두 단행본 발간 당시 발생한 교열상의 오기로 보아야 할 것이다.

---

147) 제 131회, 『만세보』, 1907.5.25.
148) 중앙서관본, 116쪽.
149) 제 81회, 『만세보』, 1907.2.21.
150) 중앙서관본, 18쪽.
151) 제 134회, 『만세보』, 1907.5.31.
152) 중앙서관본, 121쪽.

그런데 하편에서는 상편과 달리 『만세보』 연재 텍스트에서 발생한 오기를 바로잡은 사례가 적지 않게 발견된다. 아래의 인용은 그러한 사례들 중 『만세보』 연재 텍스트의 불충분한 서술, 즉 문맥상 보충이나 수정이 필요한 부분을 보완한 것들에 해당한다.

① 그러ᄂᆞ ᄀᆞᆼ동지의 마누라ᄂᆞᆫ 어ᄃᆡ셔 고ᄉᆡᆼ을 ᄒᆞᄂᆞᆫ지 몰라셔 차지러 ᄂᆞ섯다가 공교히 츈쳔집 신체잇ᄂᆞᆫ 곳에서 ᄆᆞᆫᄂᆞ서 ᄀᆞᆼ동지 ᄂᆡ외 우ᄂᆞᆫ 통에 ᄯᆞ라우던 터이라[153]

→ 그러ᄂᆞ、 ᄀᆞᆼ동지의 마누라ᄂᆞᆫ、 어ᄃᆡ셔 고ᄉᆡᆼ을 ᄒᆞᄂᆞᆫ지、 몰라셔、 **홰불을 잡히고**、 차지러ᄂᆞ섯다가、 공교히、 츈쳔집 신체잇ᄂᆞᆫ 곳에서、 ᄆᆞᆫᄂᆞ서 강동지 ᄂᆡ외 우ᄂᆞᆫ 통에、 **김승지까지**、 ᄯᆞ라우던 터이라、[154]

② 부인의 마ᄋᆞᆷ에 점순이를 보면 눈이 ᄲᅡ지도록 ᄭᅮ지질 작졍이라 ᄉᆡ로 한점을 ᄯᅡᆼ치면셔 창밧게셔 사ᄅᆞᆷ의 블자취 소리가 ᄂᆞ니[155]

→ 부인의 마ᄋᆞᆷ에、 점슌이를 보면、 눈이 ᄲᅡ지도록、 ᄭᅮ지질 작정이라 **벽상에 걸린 자명종은** ᄉᆡ로 한점을 ᄯᅡᆼ치면셔、 창ᄇᆞᆺ게셔 사ᄅᆞᆷ의 블자취소리가 ᄂᆞ니、[156]

③ 계동 ᄆᆞᆨ바지에 쥭은 ᄇᆡᆨ부장집 뒤담을 훌쩍 너머 드러섯더라[157]

→ 계동 ᄆᆞᆨ바지에、 쥭은 ᄇᆡᆨ부장 **집을 차저가서** 뒤담을 훌쩍 너머 드러섯더라[158]

①에서는 의미를 보충하는 어구를 삽입하고 부당하게 생략된 주어를 보충해 주었다. ②와 ③ 역시 어구의 삽입이 문맥을 더 자연스럽게 만들어

153) 제 106회, 『만세보』, 1907.4.12.
154) 중앙서관, 69쪽.
155) 제 131회, 『만세보』, 1907.5.25.
156) 중앙서관, 116쪽.
157) 제 134회, 『만세보』, 1907.5.31.
158) 중앙서관, 121쪽.

주는 효과가 있음을 알 수 있다. 이처럼 중앙서관본 하편은 단행본의 출판 과정에서 비록 오기가 전혀 없는 것은 아니지만 최초 연재분의 오기나 결함 등을 비교적 적지 않게 바로잡고 있다. 따라서 상편의 초판에 비해 교열이 잘 이루어진 정확도 높은 판본이라는 평가를 내릴 수 있다.

이상 <귀의성> 상편과 하편의 오기 사례들을 검토한 결과는 다음과 같이 정리할 수 있다. 전반적으로 『만세보』 연재 텍스트는 단행본에 비해 원문의 정확도가 높은 편이다. 그럼에도 불구하고 일부 오기들이 존재하기 때문에 단행본과의 비교·대조를 통한 원문의 보정이 필요한 것은 사실이다. 이에 비해 단행본 텍스트는 발간 과정에서 적지 않은 오기가 발생하고 있다. 특히 상편의 초판인 중앙서관본은 오기의 발생 빈도가 높기 때문에 정확도 면에서 신뢰하기 어려운 측면을 갖고 있다. 각 판본을 모두 함께 비교·대조해본 결과 재판본인 동양서원본이 중앙서관본에 비해 오히려 신뢰도가 높은 판본이라는 점을 알 수 있다.159)

한편 하편의 경우는 상편에 비해 비교적 오기의 사례 자체가 적고 단행본 텍스트의 경우도 『만세보』 연재 텍스트의 오기들을 일정 부분 바로잡고 있다. 이 점을 고려할 때 저자 생존 당시 최종 간행 판본으로서 중앙서관본 하편의 의의는 일정 정도 인정될 만하다. 그럼에도 불구하고 두 텍스트 모두 각각 서로 다른 오기의 사례들이 존재하기 때문에 원문의 비교·대조를 통해 이를 바로잡을 필요가 있다.

③ 〈은세계〉

이번에는 마지막으로 <은세계>의 오기 사례들을 살펴보도록 하겠다.

---

159) 이러한 사실로부터 우리는 <귀의성> 상편의 중앙서관본 초판 발간 당시에는 『만세보』 연재 텍스트에 대한 개작도 일정 부분 이루어졌지만 교열 과정에서 작가의 의도와 부합하지 않는 오기들이 상당수 발생하였고, 이것이 이인직으로 하여금 다시금 단행본 재판의 간행을 계획하게 만든 요인으로 작용하였다고 추론할 수도 있다. 하지만 사실 관계의 확인은 불가능하므로 이 책에서는 그러한 가능성만을 언급해 두도록 한다.

앞에서 언급했던 필사본은 정식으로 출판된 텍스트는 아니지만 비교·대조를 통해 현존하는 유일한 단행본 텍스트인 동문사본의 오기들, 즉 문맥상 어색하거나 어법에 맞지 않는 표현들이 존재한다는 사실을 알 수 있게 해준다. 그러므로 필사본은 동문사본의 이러한 오기를 바로잡는 데에 필요한 근거자료의 성격을 갖고 있다는 점에서 중요한 텍스트라고 할 수 있다. 다시 말해 필사본을 통해 우리는 신문 연재 당시의 저자가 의도했던 정확한 원문이 무엇인지 추정하는 데에 도움을 얻을 수 있는 것이다. 물론 앞서 언급한 박장례의 논문에서도 이러한 고찰을 통해 판본 비교의 필요성이 환기된 바 있지만 그가 제시한 사례들 중에서도 일부 오류가 발견되는 등 미흡한 부분이 없지 않다. 이에 우선 이를 수정하도록 하겠다. 아래의 인용은 박장례가 "필사본에 존재하던 구절들이 인쇄본에서 없어진 경우"160)의 예로 든 것들을 그대로 나열한 것이다.

①(a) 흔 셤직이 **논농ᄉ** ᄉ흘가리 밧농ᄉ에161)
　　　 흔 셤직이 **농사** ᄉ흘가리 븟농ᄉ에162)

①(b) 수비디 일병**ᄉ오명**만 맛나면 수십명 의병이 져당치 못ᄒ고163)
　　　 슈비디 일병**ᄉ오십명**만 맛나면 슈십명 의병이 뎌당치 못ᄒ고164)

② 동요가 싱겻다 ᄒ는지라 이쩌 **강원감ᄉ가** 동요ᄂ 고ᄉᄒ고165)
　　 동요가 싱겻다 ᄒ는지라 이쩌 동요ᄂ 고사ᄒ고166)

③ 감영으로 잡혀갈 ᄆ음으로 **그 부인을** 죽별ᄒᄂ디167)
　　 최씨ᄂ 감영으로 잡혀갈 마음으로 죽별ᄒᄂ디168)

---

160) 박장례, 앞 논문, 14쪽 참조.
161) 이인직, <은세계>, 필사본 상.
162) 동문사본 42쪽.
163) 필사본 하.
164) 동문사본 138쪽.
165) 필사본 상.
166) 동문사본 31쪽.
167) 필사본 상.

④ 문을 **급히** 열고 동편 하날을 바라보니[169]

　문을 열고 동편 ᄒ늘을 바라보니[170]

⑤ 근심으로 날을 보뉘고 **근심으로 달을 보뉘고** 근심으로 히를 보뉘ᄂᄃᆡ[171]

　근심으로 날을 보뉘고 근심으로 해를 보뉘ᄂᄃᆡ[172]

⑥ 소인들만 드러갈 터이오니 **셔방님은 어ᄃᆡ로 피ᄒ시고** 소인 등이 이 동뉘
　에셔 무스히 잘 나가도록만 ᄒ여쥽시오[173]

　소인들만 드러갈 터이오니 이 동뉘에셔 무사히 잘 나가도록만 하여쥽시
　오[174]

⑦ 칭츈을 흔다 **옥남이가 하로ᄂᆞ 유모ᄅᆞᆯ 다리고 김씨집을 찻겨간다** 아젓씨
　나ᄂᆞ 아젓씨 보러왓소[175]

　칭츈을 한다 아젓씨 나ᄂᆞ 아젓씨 보러왓소[176]

　박장례는 해당 유형들을 단순 삭제로만 규정하고 있을 뿐 정확한 텍스
트 변형의 성격이 무엇인지, 즉 교열상의 오기인지 아니면 개작인지의
여부에 대해서는 별다른 언급을 하지 않았다. 게다가 그가 제시한 사례들
중에도 오류가 있는 점은 문제다.

　우선 ①(a)와 ④는 그가 지적한 대로 1음절 혹은 1단어가 삭제된 사례이
며, ⑤·⑥·⑦ 또한 필사본에 있었던 구절이 동문사본에서 삭제됨으로써
대구법 및 의미의 연결에 지장이 초래되었으므로 정당한 지적이자 오기
사례로 인정될 수 있다.

---

168) 동문사본 24쪽.
169) 필사본 하.
170) 동문사본 72쪽.
171) 필사본 하.
172) 동문사본 112쪽.
173) 필사본 상.
174) 동문사본 28쪽.
175) 필사본 하.
176) 동문사본 85쪽.

그러나 ①(b)의 경우는 오히려 1음절이 늘어났다는 점에서 삭제라기보다는 첨가에 가깝다. 게다가 필사본의 '사오명'이 동문사본에서 '사오십명'으로 바뀜으로 인해 본래 "일병 4~5명 대(對) 의병 수십 명"의 전투에서도 의병이 일병을 당해내지 못한다는 비판의 진의가 왜곡되는 결과를 낳고 있다. 따라서 이 부분은 삭제 유형은 아니지만 동문사본에서 발생한, 명백하면서도 중요한 오기 사례로 볼 수 있다.

또한 ②는 확인 결과 강조 부분, 즉 문장 주어의 위치만 변동되었을 뿐 삭제된 것은 아니다.[177] 물론 이는 오기가 아닌 개작에 더 가까운 것이나 사실상 의미가 동일한 표현이기 때문에 유의미한 사례라고 보기는 어렵다. 그리고 ③은 확인 결과 필사본과 동문사본의 내용이 완전히 동일[178]하였기 때문에 아예 그가 제시한 유형의 사례에도 속하지 않는다. 이는 아마도 확인 과정에서 생긴 착오인 듯하다. 그러므로 ①(b)·②·③은 박장례가 제시한 삭제 유형에 포함될 수 없으며, 이 중 ①(b)만 교열상의 오기로 규정하는 것이 타당하다.

이처럼 박장례가 제시한 사례들은 정당한 지적에 해당하는 것 외에 일부 오류들이 발생하고 있다는 점에서 전반적으로 재검토되어야 할 필요가 있다.

이번에는 그가 "필사본에는 존재하지 않았던 어휘들이 인쇄본에 새롭게 첨가된 경우"[179]와 "같은 문장에서 어휘들이 다소 변모된 경우"[180]에

---

177) 해당 부분의 문장 전체를 인용하면 다음과 같다.

이쩍 **강원 감수가** 동요는 고스ᄒᆞ고 진남문 밧긔 익명셔가 흔들에 몟번식 걸려도 모르는 체ᄒᆞ고 져 홀일만 흔다	필사본
이쩍 동요는 고사ᄒᆞ고 진남문 밧게 닉명셔가 흔달에 몟번식 걸려도 **감사는** 모르는 체ᄒᆞ고 져홀일만 흔다	동문사본

178) 두 판본 모두 "최씨는 감영으로 잡혀갈 ᄆᆞ음으로 그 부인을 즉별ᄒᆞ는ᄃᆡ"라고 서술되어 있다.

179) 박장례, 앞 논문, 15쪽 참조.

180) 박장례, 앞 논문, 15쪽 참조.

속하는 사례로 든 것들을 그대로 인용해 보도록 하겠다.

⑧ 그럿케 될 줄은 꿈밧기라 제 무음이 글러셔 그럿케 된 것도 아니오[181]

그렇게 될 줄은 꿈밧기라 **제 마음으로 그렇게 되얏던가 남의 쇠임에 싸져셔 그렇게 되얏던가** 제 마음이 글러서 그렇게 된 것도 아니오[182]

⑨(a) 은혜를 갑고자 홀진딕 **널부신 하날이 망극ᄒ다** ᄒ얏스니 부모에 은혜를[183]

은혜를 갑고쟈 홀진딕 **호턴뭉극이라** ᄒ얏스니 부모의 은혜를[184]

⑨(b) **(可以人而不如鳥)** 가히 스룸이 되야 싟만 갓지 **못ᄒ리랴** 우리도 일곡ᄒ세 워허워허 애고애고 불샹ᄒ다 죽은스룸 불샹ᄒ다 (중략) 워허워허 **(斷腸天離恨天)** 창ᄌ가 하날레 싣허진 듯ᄒ 이 하날레 리별ᄒ 듯 그딕 집은 공규(空閨)로다 워허워허(含寃歸泉) 원통ᄒ을 머금고 황천에 도라간 그딕 일은 누가 아니 슬퍼홀가[185]

가이인이불여조아(可以人而不如鳥) 우리도 일곡ᄒ세 워허워허 이고이고 불샹ᄒ다 죽은사룸 불샹ᄒ다(중략) 워허워허 **든장텬리흔턴(斷腸天離恨天)**에 그딕 집은 공규(空閨)로다 워허워허 함원귀쳔(含寃歸泉) 그딕 일을 누가 아니 슬퍼홀가[186]

⑩(a) 옥슌이는 **사범학교**신지 졸업ᄒ 후에 근심을 이저버리기 위ᄒ야[187]

옥슌이는 **ᄉ법학교**신지 졸업ᄒ 후에 근심을 이졔바리기 위ᄒ야[188]

⑩(b) 최씨는 김옥균의 고담쥰론을 어더 드른 후에 크게 ᄱ다른 일이 잇셔셔 나라를 붓들고 빅셩을 슬닐 싱각이 도져ᄒ나 일기 강릉 **최셔방**이라[189]

최씨는 김옥균의 고담쥰론을 어더 드른 후에 크게 ᄱ다른 일이 잇셔셔

---

181) 필사본 하.
182) 동문사본 100쪽.
183) 필사본 상.
184) 동문사본 37쪽.
185) 필사본 하.
186) 동문사본 75쪽.
187) 필사본 하.
188) 동문사본 118~119쪽.
189) 필사본 하.

나라를 붓들고 빅셩을 살닐 싱각이 도져ᄒᆞ나 일기 강릉 **김셔방** 이라190)

⑧은 동문사본에서 내용이 추가된 거의 유일한 사례라고 언급하고 있으며, ⑨(a)와 ⑨(b)는 필사본에서 한자의 우리말 풀이가 제시되었던 것과 달리 동문사본에서는 그것이 독음으로 대체된 양상을 확인할 수 있다. 하지만 이 사례들은 개작 유형에 해당한다고 볼 수 있으므로 오기 유형을 보정하고 있는 이 절에서는 다루지 않는다. 이에 비해 ⑩(a)와 ⑩(b)는 박장례의 지적대로 동문사본의 오기로 보는 것이 타당하다.

결국 그가 제시했던 판본 간 변이의 주요 사례들 중 오기의 유형에 포함시킬 수 있는 것은 ①(a)·①(b), ④·⑤·⑥·⑦, 그리고 ⑩(a)·⑩(b) 등으로 압축된다.

그러나 이 8건이 동문사본의 오기 사례의 전부는 아니다. 다음의 사례는 필자의 비교·대조를 통해 새롭게 확인한 것들이다.

① 강원일도, **빅셩들의**, 먹고ᄉᆞ는 지물을 쎅서다가,191)

→ 강원일도에 먹고사는 지물을 쎅서다가192)

② 원주 감영에, 견인ᄒᆞ야, 아라보라 ᄒᆞ니, **그ᄯᅥ 최부인이**, 헷소문이라는, 말을 듯고, 엇더케, 깃부던지, 눈에는, 눈물이 쎠러지며,193)

→ 원주 감영에 견인ᄒᆞ야 아라보라 ᄒᆞ니 헷소문이라는 물을 듯고 엇더케 깃부던지 눈에는 눈물이 쎠러지며194)

③ 슐 취ᄒᆞ지 아니ᄒᆞ는 날이, 한둘 삼십일 동안에, **하로도 업고, 하로 스물**

---

190) 동문사본 95쪽.
191) 필사본 상.
192) 동문사본, 31쪽.
193) 필사본 상.
194) 동문사본, 52쪽.

네시 동안에, 몃시가 못되더니,[195]

　→ 슐 취ᄒ지 아니ᄒᄂ 늘이 흔달 슴십일 동안에 몃시가 못되더니[196]

　④ 그러나, 그즁에, 측은ᄒ 무움이, 죠곰도 업ᄂ 스룸은, 감수 ᄒ나쑨이라, 붓그러운, 싱각이 잇던지, **열이 나는, 일이 잇던지**, 얼골이 벌거지며, 두볼이, 축, 처지도록, 튤긔롤 잔쑥 쑵고, 안져셔, 블호령을 ᄒᄂ듸[197]

　→ 그러나 그즁에 측은ᄒ 마음이 죠곰도 업ᄂ 사룸은 감수 ᄒ나쑨이라 붓그러운 생각이 잇던지 얼골이 벌기지며 두 볼이 축 처지도록 튤긔를 준쑥 쑵고 안져서 불호령을 ᄒᄂ대[198]

위의 사례들 역시 동문사본의 누락으로 인해 의미의 연결이 부자연스러워지거나 표현의 정확성이 훼손된 오기들로 볼 수 있다. ①은 '먹고ᄉᄂ'의 의미상 주어인 동시에 '직물'의 수식어 기능을 하는 '빅셩들'의 누락으로 인해 연결이 부자연스럽다. ②의 경우 역시 동문사본만을 읽었을 때에는 '깃부던지'의 의미상 주어인 '최부인'이 누락된 사실을 알기 어렵다. 필사본을 참조할 때에야 비로소 정확한 원문이 무엇이었는지를 알 수 있다. ③의 사례에서는 필사본을 통해 원문이 '한 달 30일 동안에 하루, 하루 24시간 동안에 몇 시간'이라는 점층적 의미를 구현하는 대구법이 사용된 표현이었음을 알 수 있고 이것이 동문사본에서 부당하게 누락됨으로써 부자연스러워진 것이라는 사실을 확인할 수 있다. ④의 사례는 오기이면서 동시에 누락으로 인해 두 판본 간에 해당 부분의 문맥적 의미가 달라지게 되었다는 점에서 주목할 만하다. 동문사본을 읽었을 때는 정감사의 얼굴이 붉어진 이유가 수치심 때문이라고 이해하게 되지만 필사본의 원문을 참조하면 실제로는 그것이 분노 때문이라는 점을 알 수 있다.

---

195) 필사본 하.
196) 동문사본, 102쪽.
197) 필사본 상.
198) 동문사본, 38쪽.

이 표현은 작중 인물의 탐관오리적 면모에 더욱 부합될 뿐만 아니라 이어지는 서술과도 내용상 적절한 호응을 이룬다. 그러므로 ④는 개작이 아닌 동문사본의 오기로 보는 것이 타당하다.

이처럼 필사본과의 대조 작업을 거쳐 추가적으로 확인한 사례들을 통해서도 알 수 있듯이, 동문사본에도 작가의 의도와 부합되지 않는 표현 및 부당한 삭제 등을 포함하여 적지 않은 오기들이 존재한다. 비록 신문 연재 텍스트의 원본이 아닌 필사본과의 대조를 통해 얻은 결과이기는 하지만 위의 사례들은 『대한신문』 연재 당시의 텍스트가 작가의 본래적 집필 의도에 보다 부합되는 면모를 지니고 있었을 것이라는 점, 동시에 단행본보다 훨씬 정밀한 교열을 거쳐 게재되었을 가능성이 높다는 점을 시사하고 있다. 이로 미루어 보건대 필사본은 동문사본의 오기로 인해 그 동안 알 수 없었던 신문 연재 텍스트의 면모를 비교적 정확하게 추정할 수 있도록 하는 데에 상당 부분 기여하는 측면이 있다고 할 수 있다. 또한 위의 사례들은 동문사본에서 나타나는 어색하거나 부정확한 표현들이 작가의 문장 구사 능력의 미숙함 때문에 생긴 결과가 아니라 앞선 작품들의 사례에서 동일하게 확인하였듯이 단행본 출판 과정에서 발생한, 의도되지 않은 텍스트 변형의 결과라는 점을 뒷받침한다.

이상의 논의에서 알 수 있듯이 기존의 동문사본만을 통해서는 <은세계> 텍스트의 온전한 면모를 파악하는 데에는 엄연한 한계가 있다. 따라서 필사본과의 대조를 통한 원문의 보정은 <은세계>의 본래적 면모의 복원을 위해 필수적으로 요청되는 작업이라고 할 수 있다.

이상과 같은 세 작품의 오기 사례들에 대한 고찰 및 분석을 통해 우리는 다음과 같은 사실을 알 수 있다. 우선 세 작품 모두 우연적이고 외부적인 요인, 즉 교열 과정의 실수라는 요인에 의해서도 텍스트에 적지 않은 변화가 초래되었다는 점을 사실의 차원에서 확인하게 된다. 정확도라는 기준에 의거해 살펴본다면 <혈의루>와 <귀의성>의 경우 대체로 최초 연재 텍스트인『만세보』연재 텍스트의 정확성이 비교적 더 높으며, <은세계>의 경우에는 비록 20여 쪽 분량의 결락이 있기는 하지만 비교 결과 현전하는 동문사본에 비해 필사본의 정확도가 오히려 더 높다는 점도 확인되었다. 달리 말하자면 세 작품 모두 단행본 출판의 과정에서 간과할 수 없는 수준의 텍스트 훼손 및 왜곡이라는 결과가 초래되었다고 할 수 있다. 물론 오기의 발생 빈도와 정확도만으로는 텍스트 간의 위계를 결정할 수 없다. 오기와는 성격을 달리하면서도 텍스트 변화의 중요한 지점이라 할 수 있는 개작 사례들 또한 적지 않게 존재하고 있기 때문이다.[199) 그럼에도 불구하고 교열상의 오기에 대한 고찰을 통해 최초 신문 연재 텍스트를 단행본으로 발간하는 과정에서 발생한, 의도되지 않았던 텍스트 변형 현상이 텍스트 분화라는 결과를 초래할 정도로 유의미한 수준에서 나타나고 있다는 점은 분명하다. 즉 매체 전환의 과정은 말 그대로 단지 매체의 전환으로만 끝난 것이 아니다. 다시 말해 매체의 전환은 단순한 수록 지면의 변경이나 동일 작품의 반복적 재생산이 아니라 작품의 특질이나 성격 변화에도 일정한 영향을 미친 요인으로 작용하고 있는 것이다.

사실이 그러하다면 이러한 변화 양상의 확인으로 인해 새로운 문제가 제기된다고 할 수 있다. 즉 이러한 오기들이 연구자 및 일반 독자들로 하여금 작품에 대한 오독을 초래할 가능성이 크고 오독을 근거로 한 연구역시 오류를 발생시킬 가능성이 작지 않은 것이다. 따라서 이인직의 소설을 연구하기 위해서는 작품에 대한 내용 중심적인 접근에 앞서 각각의 작품마다 복수 판본 간의 엄밀한 비교·대조를 통해 원문 텍스트를 정확히 복원하기 위한 원전비평적 고찰이 선행될 필요가 있다.[200)

---

199) 개작 부분은 다음 절에서 자세히 살펴볼 것이다.
200) 나아가 이는 근대초기에 출판된 소설 전반에 걸쳐 적용되어야 할 방법이기도 하다. 이해조나 최찬식 등 유명 작가의 작품은 물론 작자 미상의 신소설 다수가 발표 당시는 물론이거니와 해방 이후 현대어로 교열되는 과정에서도 다양한 형태로 '변형'된 것이

다음 절에서는 이인직 소설의 변화 과정을 이해하는 데 있어 보다 핵심적 사안이라 할 수 있는 개작 부분의 고찰을 통해 변화의 양상 및 그것이 초래한 결과와 그 의미들을 분석해 보도록 한다.

2) 개작 시도의 양면적 성격

앞 절에서 다루었던 교열상의 오기로 인한 텍스트 변형 현상은 그 중요성에도 불구하고 작가의 의도와 직접적으로 관련이 있는 것은 아니라고 할 수 있다. 이에 비해 지금부터 다루게 될 개작으로 인한 변화는 작가 자신의 개입에 의한 결과이기 때문에 작품에 대한 평가를 달라지게 만들 수 있다. 따라서 개작은 교열상의 오기와 성격이 구별될 뿐 아니라 이인직 소설의 연구에 있어 매우 중요한 변인이라는 점에서 엄밀한 고찰을 필요로 하는 대상이라 할 수 있다.

지금까지 이인직 소설의 개작과 관련된 논의는 1912년에 발간된 동양서원본 <목단봉>을 중심으로 이루어졌다. 물론 실제로도 이때의 개작이 이인직 소설의 변화 과정에서 가장 중요한 의의를 지닌다고 할 수 있다. 하지만 이인직은 이미 대한 제국 시기에 발표된 작품 전반에 걸쳐 지속적인 개작을 시도했고 그 폭 또한 결코 작지 않다는 점을 앞에서 확인하였기 때문에 그 양상을 종합적이면서도 통시적인 관점에서 고찰할 필요가 있다. 특히 세 편의 작품에서 확인했던 대표적인 사례들을 살펴보면 어휘 및 문장의 수준을 넘어 단락 수준에서도 광범위하면서도 대폭적인 형태로 개작이 이루어졌음을 알 수 있다. 이에 이 절에서는 주요 사례들을 대상으로 먼저 대한 제국 시기의 단행본 출판 과정에서 시도되었던 개작이 이인직 소설의 작품 세계를 어떻게 변화시키고 있는지에 대해 구체적으로

사실이지만, 지금까지는 그 '차이'에 대해 별다른 관심을 갖지 않았다고 해도 과언이 아니기 때문이다.

살펴보도록 하겠다.

　① 〈혈의루〉

　〈혈의루〉의 개작 사례는 다음의 세 가지 유형으로 구분해 볼 수 있다. 즉 ① 『만세보』 연재 텍스트=광학서포본≠동양서원본 ② 『만세보』 연재 텍스트≠광학서포본=동양서원본 ③ 『만세보』 연재 텍스트≠광학서포본≠동양서원본이 그것이다.

　①은 이인직 소설의 개작 유형 중 가장 대표적인 것으로서 그 동안 『문장』 수록 텍스트를 대상으로 한 최원식과 다지리의 고찰에서 많이 언급되었으며 또한 최근 함태영의 연구를 통해 몇 가지 주목할 만한 특징들이 추가로 지적된 바 있다.[201] 이 유형은 식민 통치의 시작이라는 정치적 지형의 변화와 함께 〈혈의루〉에 대한 판금조치가 내려지면서 대체로 외적인 강제에 의해 불가피하게 텍스트 변형이 일어난 것으로 볼 수 있기 때문에 연구자들의 주목을 받아 왔다. 실제로도 이 유형은 가장 많은 변화가 나타났으며 작품의 성격 변화와도 가장 밀접한 관련이 있다. 그 동안에는 동양서원본이 확보되지 않아 이를 대본으로 하여 작성된 『문장』 수록 텍스트가 비교의 대상이 되어 왔으나 이제 〈목단봉〉이 확보됨으로써 보다 정확한 비교가 가능하게 되었다.[202]

　다음으로 ②의 유형은 『만세보』 연재 텍스트와 광학서포본 사이에도 문장 및 표현뿐만 아니라 연재 한 회분 전체의 삭제를 포함한 적지 않은 텍스트 변형이 있었다는 사실이 확인됨으로써 새롭게 고찰을 해야 할 필요성이 생겨난다. 이 유형은 〈귀의성〉과 〈은세계〉 등의 작품 또한 단행

---

201) 함태영은 그 특징으로 한국이라는 명칭을 빼면서 조선을 지역성의 범주로 다룬 점, 즉 조선이 독립국이라는 표지를 뺀 점, 조선에 대해 긍정적인 측면을 언급한 부분을 삭제한 점 등을 들고 있다.(함태영, 앞 논문 참조)

202) 이 유형의 개작 양상 및 그 의미에 대한 분석은 Ⅳ장에서 이루어질 것이다.

본으로 발간되는 과정에서 일정 정도 개작이 시도되었던 사실을 고려할 때 이인직이 반드시 정치적 환경의 변화라는 외부 요인에 의해서만 개작을 한 것이 아니라는 점을 뒷받침하고 있다. 이처럼 이인직이 신문 연재 텍스트를 단행본으로 발간하면서 자신의 작품에 대해 지속적인 개작을 시도한 것은 완성도를 높이기 위한 작가적 욕망이 전 작품에 걸쳐 작용했기 때문에 나타난 결과로 볼 수 있다. 그럼에도 불구하고 이러한 시도는 반드시 긍정적인 효과만을 거두었다고 보기만은 어려운 측면 또한 지니고 있다.

마지막으로 ③의 유형 역시 정치적 상황의 변화에 기인한 것이라기보다는 작가의 내적인 요구, 문장의 미적 세련성을 추구하는 과정에서 이루어진 개작의 성격을 지닌다는 점에서 ②의 연장선상에 있다고 하겠다. 물론 동양서원본의 개작 과정에 검열이라는 제약이 텍스트 변형의 가장 중요한 요인으로 작용한 것은 사실이지만 이때에도 ②와 마찬가지로 작가의 작품에 대한 예술적 완성도의 향상이라는 목표 의식이 지속적으로 작용했음을 보여주는 근거가 될 수 있다는 점에서 의의를 지닌다.[203]

이 절에서는 이 중에서 대한 제국 시기에 이루어진 개작에 해당하는 ②의 유형을 중심으로 그 특징을 살펴보고자 한다.

대한 제국 시기의 개작 과정에 작용한 주된 요인은 무엇이며 그 결과에 대해서는 어떻게 평가할 수 있을까? 먼저 잘 알려진 <혈의루>의 서두 부분의 개작 양상에 대한 고찰을 통해 논의를 시작해 보도록 하자. 이 부분에서는 비록 작품 전체의 주제나 서사 전개의 방향을 달라지게 하는 정도는 아니지만 도입부에서 환기하고 있는 정서의 변화가 초래되고 있는 것은 사실이다.

---

203) 이 유형의 개작 양상 및 그 의미에 대한 분석 역시 IV장에서 제시하도록 한다.

日淸戰爭의 총쇼리는, 平壤一境이 써노가는 듯ᄒ더니, 그 총쇼리가 긋치미

淸人의 敗ᄒ 軍士는 秋風에 落葉갓치 훗터지고, 日本군사는 물미듯 西北으로

向ᄒ야 가니 그 뒤는 山과 들에, 사람 죽은 송장ᄲᅥ이라[204]

　→ 일청전장의 총쇼리는 평양일경이 써노가는 듯ᄒ더니 그 총쇼리가 긋치미 사ᄅᆞᆷ의 ᄌᆞ취는 쓰너지고 샨과 들에 비린 ᄯᅬ쓸ᄲᅥ이라[205]

‘산과 들에 ~뿐이라’라는 문장의 구조는 동일하지만 『만세보』 연재 텍스트와 달리 광학서포본에서는 청일 양군의 상황에 대한 구체적 묘사가 삭제되고 있으며, 동시에 전쟁의 비극성을 생생하게 환기하고 있는 “사람 죽은 송장”이라는 구체적 표현이 “비린 ᄯᅬ쓸”이라는 ‘순화된’, 다시 말해 일반적이면서도 막연한 비극적 이미지로 대체되고 있다. 이러한 서두 장면의 변화는 상황의 핍진성을 감소시킴으로써 결과적으로 『만세보』 연재 텍스트에서 선명하게 제시되고 있던 청일전쟁의 비극성을 희석화하고 있다는, 다시 말해 현실 환기력이 반감되고 있다는 비판으로부터 자유롭기는 어렵다고 본다. 실제로 이런 지적[206]이 없는 것은 아니지만 광학서포본에서 이루어진 개작이 한일강제병합 이전의 일임을 감안할 때 이를 정치적인 압력의 결과로 볼 수는 없다. 그렇다면 작가로 하여금 이러한 형태로 개작을 시도하게 만든 원인은 무엇일까?

이러한 의문에 답하기 위해서는 광학서포본의 개작 사례들을 전반적으로 검토해 볼 필요가 있다. 다음의 도표는 주요 개작 사례들을 일람한 것이다.

---

204) 제 1회, 『만세보』, 1906.7.22.
205) 광학서포본 1쪽.
206) 최원식, 앞 논문 참조.

표 10. 『만세보』 연재 텍스트와 광학서포본의 개작 부분 비교

『만세보』 연재 텍스트	광학서포본
人의 愁心이란 것은 一日二日을 지니면 次次 減하ᄂᆞᆫ 것이ᄂᆞ	그럿케 적적ᄒᆞᆫ 집에
其 婦人이 其 家에 혼ᄌᆞ 잇셔셔, 一日二日十日一望을 지닐쇼록, 景況업고 心散ᄒᆞ고	그 부인이 혼자잇셔々 ᄒᆞ루잇틀열흘보름을 지닐ᄉᆞ록 경황업고
凄凉ᄒᆞᆫ 마음이, 조곰도 減ᄒᆞ지 아니ᄒᆞᆫ다207)	쳐량ᄒᆞᆫ 마음이 조곰도 곰ᄒᆞ지 아니ᄒᆞᆫ다208)
婦人의 마음에ᄂᆞᆫ 郞君이 玉連이와 ᄂᆞᆯ를 차저 단니다가 索지 못ᄒᆞ고 家에 도러와셔, 보고, 또 차지러 간 모냥이라 幼女 小妻가 何處 가셔 이를 쓰ᄂᆞᆫ지, 죽엇ᄂᆞᆫ지 모르고 차저 단니ᄂᆞ라고 오작 고싱을 할가 시푼 마음에209)	부인의 마암에ᄂᆞᆫ 남편이 옥년이와 날을 차저 ᄃᆞ니다가 ᄎᆞᆺ지 못ᄒᆞ고 집에 도라와셔 보고 또 차지러 ᄀᆞᆫ 쥴로 알고 그 ᄂᆞᆷ편이 방향업시 ᄂᆞ셔々 오작 고생을 할가 시푼 마암에210)
崔氏가 다리고 온 下人을 부르ᄂᆞᆫ딕 근력업ᄂᆞᆫ, 목소리가, 입박게, 겨오, ᄂᆞ오더라211)	최씨가 다리고 온 하인을 부로ᄂᆞᆫ딕 근력업ᄂᆞᆫ 목소리로212)
우리 父母가, 세上에 사라잇ᄂᆞᆫ 쥴만, 알면 남의게 이 신셰를 지히고도, 살려니와213)	우리 부모ᄂᆞᆫ 세상에 사라잇ᄂᆞᆫ지214)
女學生이 옥년의 방에셔, 괴상ᄒᆞᆫ 쇼리가 ᄂᆞᆫ다ᄒᆞ니215)	녀학싱이 ᄲᅩ이를보고 옥년의 방을 가르치며 이 방에셔 괴상ᄒᆞᆫ 소리가 ᄂᆞᆫ다ᄒᆞ니216)

---

207) 제 9회, 『만세보』, 1906.8.1.
208) 광학서포본 18쪽.
209) 제 9회, 『만세보』, 1906.8.1.
210) 광학서포본 18쪽.
211) 제 14회, 『만세보』, 1906.8.9.
212) 광학서포본 26쪽.

위의 사례들을 살펴보면 거기에는 일정한 경향성이 발견된다는 점을 알 수 있다. 즉 『만세보』 연재 텍스트에서 광학서포본으로 갈수록 대체로 서술 분량이 감소하는 경향이 뚜렷이 나타난다. 비록 약간의 예외가 존재하긴 하지만 대체로 내용을 새로 추가하기보다는 『만세보』 연재 텍스트의 기존 서술을 삭제 혹은 축약하는 경우가 보다 많이 발견되는 것이다. 이는 문장 및 표현을 간결하게 다듬음으로써 수사적인 세련미를 추구한 것으로 볼 수 있다. 즉 정치적인 상황에 대한 고려나 작가의식의 후퇴라기보다는 문장 표현상의 완성도의 추구라는 목적의식이 강하게 작용한 결과로 이해할 수 있는 것이다. 하지만 이러한 개작 시도는 대체로 수사적인 측면에 집중되고 있으며 서사의 구조나 주제면에 있어 변화를 초래하는 수준에서 나타났다고 보기는 어렵다.

② 〈귀의성〉

이와 같은 개작의 경향성은 〈귀의성〉의 단행본 텍스트에서도 유사한 형태로 나타나고 있다.[217] 이번에는 〈귀의성〉의 주요 개작 부분을 상편과 하편으로 나누어 살펴보도록 하자. 상편은 〈혈의루〉와 마찬가지로 3개의 판본이 존재하므로 앞에서 제시했던 유형과 동일한 방식으로 구분할 수 있다. 곧 ① 『만세보』 연재 텍스트=중앙서관본≠동양서원본 ② 『만세보』 연재 텍스트≠중앙서관본=동양서원본 ③ 『만세보』 연재 텍스트≠중앙서관본≠동양서원본이 그것이다. 그러나 실제로 〈귀의성〉에서는 특히 『만세

---

213) 제 40회, 『만세보』, 1906.9.23.
214) 광학서포본 74쪽.
215) 제 41회, 『만세보』, 1906.9.26.
216) 광학서포본 77쪽.
217) 하지만 〈은세계〉의 경우는 이러한 경향이 뚜렷이 나타난다고 보기 어렵다. 이 작품의 경우는 장르적 전환과 관련 있는 요소들에 대한 변형이 두드러진다고 할 수 있는데, 이에 대해서는 〈혈의루〉와 〈귀의성〉에 대한 고찰을 마친 후 살펴보도록 하겠다.

보』연재 텍스트와 중앙서관본의 차이가 크기 때문에 중요한 사례로는 ②의 유형이 가장 많이 발견되며, ①과 ③은 유의미한 사례가 사실상 거의 발견되지 않는다. 이에 비해 하편은 현전하는 판본이 『만세보』연재 텍스트와 중앙서관본뿐이므로 두 판본만을 비교·대조의 대상으로 삼을 수 있다. 하편은 상편에 비해 개작 사례의 수가 적은 편이며 작품의 성격과 관련이 있는 중요한 변화는 거의 나타나지 않는다. 따라서 이 절에서는 상편 중에서도 ②의 유형을 중심으로 개작으로 인한 변화의 양상을 고찰해 보도록 하겠다.

먼저 <귀의성>의 대표적인 개작 사례로 앞서 제시했던 『만세보』연재 51회의 마지막 3단락의 경우 <혈의루>와 마찬가지로 문장 서술의 간결화를 통해 서사 전개의 진행 속도를 높이기 위한 차원에서 삭제된 것으로 보는 것이 타당하다. 다음 비교표를 살펴보면 이와 같은 간결화 경향이 여타의 부분에서도 지속적으로 관철되고 있음을 알 수 있다.

표 11. 『만세보』 연재 텍스트와 중앙서관본의 개작 부분 비교

『만세보』 연재 텍스트	중앙서관본
그러흔부자득명ㅎ는터이라、먹을것 밋혜는、사람이꼬이는고로、집도큼즉 ㅎ고、사람도들석들셕흔다218)	그러흔부자득명ㅎ는터이라219)
세상구경 을못ㅎ고 규중에드러온젓던 부녀의마음은 외골스로드러가는것이라 어제는쥭을마음쏀이러니220)	춘천집이、 어제는쥭을마음쏀이러니、 221)
그러실리는업깃지오…… ㅎ면셔김승지의속을쎕는디222)	그러실리는업깃지오……223)
침모의마음에는 인간에늘갓치팔자사 납고 근심만흔 사름은 두시업거니싱각 하며 그 친정으로가는디 거름이걸리지 우니한다 무슨곡절로 거름이걸리지 우니ㅎ는고 그친정에는 압못보는늘근 어머니 ㅎ느 쏀이라224)	침모의마음에는 인간에 나갓치팔자사 납고 근심만흔사름은 다시업거니 싱각 ㅎ며、그 친정으로가는디 거름이걸리지 아니흔다 (삭제됨) 그친정에는 압못보는늙은 어머니 한아 쏀이라225)

위의 도표를 보아도 알 수 있듯이 단행본 텍스트에서 삭제된 부분들은 작중 상황을 보다 구체적으로 서술하는 기능을 함과 동시에 편집자적 논평에 해당된다는 공통점을 갖고 있다. 이 부분의 개작을 토대로 판단해 보건대 이인직은 편집자적 논평의 성격을 띠는 구절을 불필요한 부분으로 간주하고 있던 것 같다. 때문에 이를 삭제함으로써 간접 제시를 통해 작중 상황을 설명하는 방향으로 서술의 원칙을 세워 나갔던 것으로 볼 수 있다. 이러한 개작의 방향은 그 성패 여부와는 별도로, <혈의루>와 마찬가지로 <귀의성>에서도 서술의 간결화를 통해 문장 표현상의 세련미를 추구하려는 작가의 태도가 일관성 있게 유지되었음을 시사하는 증거라 하겠다. 다시 말해 <귀의성>의 경우에도 단행본의 발간 과정에서 작가의 작품에 대한 지속적인 개작이 이루어짐을 알 수 있으며, 그 경향성은 문장 표현의 세련미와 간결성을 추구했던 <혈의루>의 개작과 유사하다는 점을 알 수 있는 것이다.

이와 같이 <혈의루>와 <귀의성>을 대상으로 한 신문 연재 텍스트와 단행본 텍스트 간의 비교를 통해 알 수 있는 개작 부분의 주요 특징을 살펴보면 다음과 같다. 먼저 서술의 간결화를 추구함으로써 문장 표현의 세련미를 향상시키려는 노력을 기울인 흔적이 가장 많이 나타나며, 다음으로 직접 논평을 삭제하고 간접 제시의 형태로 작중 상황을 묘사하려는 경향이 발견됨을 알 수 있다. 이러한 사실들로부터 우리는 이인직이 신문

---

218) 제 10회 『만세보』, 1906.10.25.
219) 중앙서관본 18쪽.
220) 제 27회, 『만세보』, 1906.11.18.
221) 중앙서관본 48쪽.
222) 제 37회, 『만세보』, 1906.11.30.
223) 중앙서관본 65쪽.
224) 제 17회, 『만세보』, 1906.11.3.
225) 중앙서관본 32쪽.

연재 텍스트를 단행본으로 간행하는 과정에서 개작을 상당히 적극적이면서도 지속적으로 시도하였고 그러한 개작에는 소설 미학적 요구에 충실하고자 하는 작가의 자의식이 작용하고 있다는 판단에 이르게 된다.

그러나 이러한 시도가 반드시 성공적인 결과로 귀착되지만은 않은 것 같다. 간결성의 추구로 인해 작중 상황의 구체성을 부각시킬 수 있는 정보들이 오히려 지나치게 많이 생략됨으로써 그 동안 많은 연구자들에 의해 작품의 미덕으로 언급되어 왔던 사실주의적 묘사의 효과를 반감시켰다는 비판이 가능하기 때문이다. 다시 말해 수사적인 차원에서의 심미성을 구현하려는 시도가 결과적으로는 작품의 핍진성을 제약하게 되었다는 평가가 제기될 수 있는 것이다. 실제로 『만세보』 연재 텍스트의 서술과 개작된 단행본 텍스트의 서술을 비교해 보면 전반적으로 전자가 후자에 비해 훨씬 구체적이면서도 인과성이 명확하게 연결되도록 표현되었다는 점을 알 수 있다. 이와 같은 개작 부분에서 발견되는 축약 서술 경향은 세부 묘사의 충실성을 통해 더욱 진전된 현실감을 구현하고 있었던 『만세보』 연재 텍스트의 혁신적 면모를 일정 정도 반감시키고 있다는 점에서 아쉬움을 준다. 물론 축약 위주의 개작이 간결하면서도 세련된 표현 효과를 낳을 수 있는 측면도 있겠지만 그보다는 신문 연재 텍스트가 확보했던 장점을 반감시키는 쪽으로 귀결되었다고 보는 것이 좀 더 사실에 부합되는 평가라고 생각한다.

요컨대 광학서포본 <혈의루>에서는 대체로 『만세보』 연재 텍스트에 대한 삭제 및 축약 서술 경향이 나타나고 있다는 점을 개작의 주된 특징으로 정리할 수 있으며, 이는 심미성의 추구라는 목적 의식적 행위의 결과로 볼 수 있다. 그리고 적어도 이 시기의 개작에서는 한일강제병합 이후의 개작 부분에서 발견되는, 정치적 억압과 검열에 의해 삭제가 강요되거나 혹은 굴절된 사례는 보이지 않는다. 이것은 소설의 미학적 완성도를 높이려는 작가적 요구가 반영된 결과로 이해할 수 있을 것이다. 이 점이 식민지화 이후의 개작 양상과 구별되는 중요한 차이점이라 할 수 있다. 아울러 이러한 평가는 <귀의성>에 대해서도 동일하게 적용될 수 있다고 본다. 그럼에도 불구하고 단행본 텍스트의 개작 양상은 결과적으로 작가의 의도와는 다른 방향으로 귀결된 측면이 없지 않다. 『만세보』 연재 텍스트에 비해 장면 묘사의 구체성과 현실 환기력이 반감되는 등 적지 않은 결함을 지니게 되었다는 점이 이를 뒷받침한다. 그러므로 개작 시도가 반드시 개선이라는 결과로 이어지지만은 않았다는 평가를 내릴 수 있다. 말하자면 수사적 심미성의 구현이라는 목적 아래 작품의 개작이 이루어졌으나 그 성과는 일정한 한계를 노정하게 되었다고 할 수 있는 것이다.

③ 〈은세계〉

마지막으로 <은세계>의 개작에 대해 살펴보도록 하자. 개작 사례 중 가장 중요한 부분은 앞서 제시했던 장면 전개의 순서가 도치된 부분이라고 할 수 있다. 비록 내용상의 차이가 발견되는 것은 아니지만 이 부분은 이인직의 작품에서 장면의 도치를 이용한 개작 사례로서 유일한 것일 뿐만 아니라 분량면에서도 가장 규모가 크기 때문에 주목할 필요가 있다. 다시 말해 순서를 바꾼 이유와 그로 인해 나타나게 된 효과에 대해 분석할 필요가 있는 것이다. 그러므로 <은세계>의 개작 양상에 대해서는 이 장면 도치 부분을 중심으로 살펴보도록 하겠다.

<은세계>의 개작 부분은 첨가나 삭제가 아닌 장면 도치의 방식으로 이루어져 있다는 점에서 앞의 두 작품의 경우와 그 성격이 다르다고 할 수 있다. 이 부분은 이인직이 애초에 <은세계>를 창작할 때 가지고 있었던 사건 전개의 구도가 단행본화 과정에서 어떤 의도의 개입으로 인해 변경되었음을 나타내주는 표지로 이해할 수 있다. 그렇다면 그 의도가 무엇이었는지, 그리고 그 결과는 성공적이었다고 평가할 수 있는지의 여부를 판단해 볼 필요성이 있다.

이 장면 도치에 대해 박장례[226]는 순차적 구성을 취하고 있는 필사본의 전개 방식을 전대 소설의 서사 기법의 계승으로 평가하면서 동문사본에서 이를 탈피하여 역전적 서술 기법을 사용한 것은 근대소설의 서사 기법의 선취로 보아야 한다고 주장하고 있다. 그러나 이 부분의 구성 방식의 변화를 근거로 근대소설적 기법이 구현되었다는 그의 주장은 사실과 다르다. 앞에서 언급했듯이 이인직은 이미 <혈의루>와 <귀의성>, 그리고 <치악산> 등의 서두를 구성할 때에도 이 기법을 구사하였을 뿐만 아니라 같은 작품인 <은세계>의 서두에서도 역시 이 기법이 사용되고 있기 때문이다. 이처럼 서사적 시간의 역전적 배치는 이인직이 신소설 작가 중 최초로 구사한 기법으로 이후에 창작된 다른 작가들의 신소설 작품에도 널리 활용된 '장르적 관습'과도 같은 것이다. 그러므로 작가가 비교적 후기에 집필한 작품이라 할 수 있는 <은세계>의 중간 부분에서 나타난 변화, 즉 애초 연재 당시의 순차적 구성이 단행본 발간 과정에서 역전적 구성으로 전환된 사실은 이러한 기법적 활용의 연장선상에서 파악되어야 할 것이다. 따라서 이 부분의 장면 도치만을 대상으로 하여 곧바로 근대소설의 서사 기법을 선취한 증거로 지목하는 것은 타당하지 않다고 본다.

오히려 이 부분의 전개 순서의 도치는 장르적 전환, 즉 <은세계>가 소설로 발표됨과 동시에 그의 작품 중 유일하게 작가의 주도하에 연극화 과정을 거친 작품이라는 사실과 연관이 깊다고 할 수 있다. 여기에는 해결을 요하는 두 가지 의문점이 존재한다. 즉 필사본을 신문 연재 텍스트의 원형이라고 전제할 때, 과연 이 작품이 애초부터 연극 상연을 전제로 집필된 것인가 하는 의문이 첫 번째라면 두 번째 의문은 동문사본에서 왜 장면 도치와 같은 변화가 생겨났는가 하는 점이다.

---

226) 박장례, 앞 논문 참조.

김기란의 고찰227)은 이에 대해 설득력 있는 논의를 제공하고 있다. 그에 따르면 순차적 구성은 동일한 시공간을 단위로 구성되는 연극에 보다 적합한 기법이라고 한다. 때문에 그는 필사본이 이러한 구성을 취하고 있다는 사실로부터 그 대본인 최초 신문 연재 텍스트가 애초부터 연극 상연을 전제로 집필되었을 것이라는 추론을 이끌어 내고 있다. 그리고 장면 도치는 연극의 상연을 위해 취했던 순차적 구성을 소설에 적합한 구성으로 전환하는 과정에서 생긴 결과로 보았다. 이러한 추론에 입각해 그는 <은세계> 창작이 "각본은 신문에 연재된 소설을 재료로 하여 구성될 수 있다는 일본에서의 경험이 구체화된 것"228)이라는 결론에 도달하고 있다. 동문사본의 표지에 "연극신소설"이라는 부제가 붙은 것 또한 연극화를 위해 상연에 적합하도록 집필된 소설이라는 점을 드러내기 위해서였다는 것이다. 비록 신문 연재 텍스트의 부재로 인해 확증할 수는 없으나 적어도 필사본이 전자(前者)를 대본으로 작성되었다는 사실을 인정할 경우 그의 논의는 상당한 타당성을 지닌다고 할 수 있다.

　　실제로 이인직은 일본 유학 당시 신문지상에 소설로 발표되었던 작품들이 이후 연극으로 전환되는 현상들을 직접 목격할 수 있었던 위치에 있었다. 박전열에 의하면 이 시기 일본의 연극 개량운동은 전통연극인 '가부키를 새로운 양식으로 변화시키기'와 '서양 연극의 수용'을 두 개의 큰 과제로 지니고 있었다고 한다.229) 그는 이 시기의 연극개량운동의 진행 결과 전통연극인 가부키는 신시대문화에 적응하며 새로운 연출 양식을 시도하였고, 다른 한편으로는 서구 연극을 수용하는 과정에서 다양한 연극형식을 시도하며 시행착오를 거치는 동안 이른바 신극이라 명명된 현대 일본

---

227) 김기란, 「신연극 <은세계> 연구」, 『한국근대문학연구』 제 16집, 한국근대문학회, 2007. 10 참조.

228) 김기란, 앞 논문, 225쪽.

229) 박전열, 「일본 근대 초기의 연극개량운동」, 한국연극학회, 『한국연극학』, 제 13호, 1999, 197~228쪽 참조.

연극이 형성되기에 이르렀다고 보았다. 이인직이 견습 기자로 몸담고 있던 『미야코신문』 역시 이 시기에 연극평 및 연극 관련 기사 등을 많이 취급했던 이른바 소신문 계열의 신문이었으며 그의 견습 기간에 게재된 연극 작품만 해도 29편에 달한다.[230] <곤지키야샤(金色夜叉)>와 <호토토키스(不如歸)> 등의 소설 작품들 또한 신문 연재 이후 연극으로 각색되어 공연됨으로써 선풍적인 인기를 얻었던 사실은 널리 알려져 있다. 게다가 동경정치학교가 있던 간다(神田)는 공교롭게도 일본 신파 연극계의 대표적인 인물인 가와카미 오토지로(川上音二郎)가 1896년에 신파 전용극장 가와카미좌를 건설하고 10여년간 활발한 신극 공연 및 운동을 펼쳤던 곳[231]이기도 하다. 때문에 그가 실제로 신구 양식 전환기의 일본 연극 작품을 직접 관람했을 가능성 또한 매우 높다.

이와 같은 일본에서의 경험이 이인직으로 하여금 연극 상연을 전제로 집필되는 텍스트와 소설로서 읽히게 될 텍스트 사이의 차이점에 대해 보다 명확히 인식할 수 있도록 계기를 제공했을 것이다. 이러한 맥락에서 <은세계>의 장면 도치는, 앞의 두 작품에서 발견되는 문장 표현상의 세련미 추구라는 목적 의식과는 다르게, 장르적 전환의 과정에서 요구되는 텍스트의 적합성 확보라는 목표를 추구하는 과정에서 이루어진 개작이라고 할 수 있다. 이것은 이인직이 연극의 장르적 성격에 대한 일정 수준의 이해도를 기반으로 하여 대본화가 가능한 소설을 집필했다는 점, 그러므로 한국 신극의 성립 과정에서 이인직이 담당한 역할을 결코 과소평가할 수 없다는 점을 시사하고 있다.

이상으로 우리는 세 편의 작품에서 개작으로 규정될 수 있는 대표적인

---

230) 박태규, 「이인직의 연극개량의지와 <은세계>에 미친 일본연극의 영향에 관한 연구」, 『일본학보』 제 47집, 2001.6, 287~303쪽 참조.

231) 박건열, 앞 논문 참조.

사례들을 대상으로 하여 그 특징을 고찰하였다. 이 사례들을 살펴보면 어휘 및 문장의 수준을 넘어 단락 수준에서도 광범위하면서도 대폭적인 형태로 개작이 이루어졌음을 확인할 수 있다. 그로 인해 작품의 성격에도 일정한 변화가 초래되었고 이 점이 이인직의 소설을 재조명하게 만드는 요인으로 작용하고 있다고 할 수 있다.

<혈의루>와 <귀의성>의 경우 이인직은 신문 연재 후 표현을 가다듬고 서사의 진행을 매끄럽게 하기 위해 단행본 발간 직전에 작품에 대한 개작을 지속적으로 시도하였다. 이는 두 작품의 모든 판본들에서 공통적으로 발견되는 현상이며 그와 같은 개작이 이루어진 시기를 고려할 때 정치적 상황의 변화라는 외부적 요인과는 직접적인 연관이 있다고 보기 어렵다. 적어도 이 시기의 개작은 자신의 작품의 예술적 완성도의 구현 혹은 향상에 초점이 맞춰져 있었던 것으로 볼 수 있다. 작가는 이러한 목적 의식 하에 자신의 작품의 발간 과정마다 지속적인 관심을 갖고 개작에 임했고 그 양상은 서술의 간결화 및 문장 표현상의 세련미 추구로 요약될 수 있다. 물론 이와 같은 개작 시도가 전적으로 성공적이었다고 보기만은 어렵다. 개작은 인과적 연결성의 약화나 묘사의 핍진성 감소라는 결과를 초래하기도 했다. 그럼에도 불구하고 이로 인해 그의 주요 작품들의 텍스트마다 주요 장면의 첨삭과 대체 서술 등을 통해 표현 효과 및 서사 구조면의 변화가 초래된 것은 사실이라고 할 수 있다.

이에 비해 <은세계>의 경우는 앞의 두 작품과는 다른 맥락에서 개작이 시도되었다고 할 수 있다. 즉 이 작품은 애초부터 연극화를 전제로 집필된 소설이었기에 장르적 전환의 과정에서 적합성을 띤 구성을 취하려는 의도 아래 장면 도치라는 방식으로 개작이 이루어진 것으로 볼 수 있다. 이는 작가가 소설과 연극의 장르적 차이에 대해 비교적 명확히 인식하고 있었음을 보여주는 증거로도 이해된다. 요컨대 신문 연재 텍스트에 대한 지속적인 개작은 자신의 작품의 문학적 완성도를 높이기 위한 목적의식에

기인한 결과라고 하겠다.

그러나 한일강제병합 이후 대폭 개작된 <혈의루>는 위의 대한 제국 시기의 텍스트들과는 전혀 다른 요인의 작용에 의해 텍스트 변화가 이루어지며, 이러한 변화의 양상은 새로 집필된 『매일신보』 연재 <모란봉>까지 포함할 경우 작품 세계 자체의 변화로 규정할 만한 요소들을 내포하고 있다. 이에 다음 장에서는 한일강제병합 이후의 시기에 이루어진 개작으로 인한 이인직 소설의 변화 양상을 살펴보도록 한다.

IV. 한일강제병합 이후의 개작과 작품 세계의 변화

1. 검열 압력과 작가 의식의 길항

1) 정치적 상상력의 억압과 배제

1910년의 한일강제병합은 이인직 소설의 성격 변화에도 중대한 영향을 미친 요인으로 작용하였다. 특히 출판물에 대한 검열 제도의 강화로 인해 이 시기의 주요 저작물들이 강제로 판금조치를 당하거나 아예 출판 자체가 불허되는 상황이 전개되었고, 의외로 우리가 친일적 성향이 농후한 작가로 알고 있는 이인직의 <혈의루>에 대해서도 출판금지라는 극단적 조치가 내려지게 된다. 그런데 식민 통치 시기의 공식기록인 『경무월보』[1]를 살펴보면 판금조치가 내려진 이인직의 작품은 <혈의루>[2]가 유일하다. 그의 다른 작품들에서는 정치적 상황의 변화와 연관이 있는 작품 내적

---

1) 조선총독부 경무부, 『경무월보』 13호, 1911.6.
2) 박은식과 임화 등의 저서에 <은세계>에도 판금조치가 내려졌다는 기술이 있으나 일본 총독부의 공식자료인 『경무월보』에는 그러한 기록이 남아 있지 않으므로 사실로 확인할 수는 없다.

변화의 양상은 발견되지 않는다. <귀의성>의 경우는 중앙서관본 초판의 적지 않은 교열상의 오기에 따른 개정판의 발간 작업이 1912년에 이루어졌지만 그 내용은 초판에서 행한 개작의 범위를 벗어나지 않은 채 거의 그대로 수록되어 있다. <은세계>의 경우도 1908년 동문사본 발간 당시 이루어진 개작이 전부였을 뿐이며, <치악산>은 유일하게 자신의 저작권을 타인에게 양도(혹은 위임)한 작품으로서 초판 이후 별다른 개작이 이루어지지 않았다.

그러나 <혈의루>는 상황이 달랐다. 판금조치로 인해 더 이상 유통될 수 없는 작품으로 전락할 위기에 처하게 된 것이다. 그러자 그는 대폭적인 개작과 함께 <목단봉>으로 개제(改題)까지 하면서 이 작품을 다시 발간한다. 이러한 사실은 이인직이 자신에게 신소설 작가로서의 명성을 안겨준 작품의 사장(死藏)이라는 사태를 받아들이고 싶어 하지 않았다는 점을 시사하고 있다.

1912년 동양서원본의 발간으로 인해 <혈의루>는 여타의 작품에 비해 훨씬 복잡한 성격을 띠게 되었다. 2차 개작본인 동양서원본은 우선『만세보』연재 텍스트에서 광학서포본으로 개작될 때보다 그 폭과 정도가 훨씬 크다는 점에서 주목을 끈다. 또한 한일강제병합이라는 정치적 상황의 변화가 작품에 대한 판금조치라는 직접적인 제재로 이어졌고, 이러한 사정 때문에 검열 제도를 의식한 작가의 '자기 검열'이 작동한 측면이 존재한다는 점에서도 여타의 판본들과는 위상이 다르다고 할 수 있다. 말하자면 동양서원본은 이인직의 작품 세계의 결정적 변화의 국면들을 징후적으로 드러내고 있는 텍스트로서 주목할 가치가 있다고 하겠다. 때문에 비록 원문 텍스트가 아닌『문장』수록 텍스트를 대상으로 논의가 이루어진 한계가 있긴 하지만, 이 판본은 일찍부터 기존 연구자들의 관심의 대상이 되어 왔다.

최원식[3], 다지리[4] 등의 고찰은 그 대표적인 사례다. 이들은 이른바

3대 주요 개작 부분5)을 중심으로 정치성의 거세가 이루어진 양상을 지적하면서 일제의 검열 그리고 식민지화에 따른 정치적 상황의 변화가 텍스트의 변개를 가져온 주된 요인이라고 설명한 바 있다. 이는 분명 타당한 지적이지만 구완서의 이른바 '연방론'을 제외하고는 해당 부분에서 직접적인 검열의 대상이라 할 수 있는 내용 즉 일제의 통치에 대한 직접적인 비판의 목소리를 찾아보기는 어렵다는 점, 그리고 외부적 압력에 따른 개작의 불가피성이 과도하게 강조되어 작가의 내적 대응의 가능성에 대한 고려가 이루어지지 않아 작품 변화의 복합적 측면에 대한 해명이 충분히 이루어졌다고 보기 어려운 점이 있다.

이에 비해 최근 동양서원본의 원문 텍스트를 직접 발굴하여 대조한 함태영6)은 그러한 개작의 양상을 실증적인 접근을 통해 더욱 상세하게 고찰한 바 있다. 그는 동양서원본에서 '우리나라'로 표기되었던 부분들이 모두 '조선'으로 대체된 사실을 예로 들며 이것이 단순한 어휘 교체가 아니라 국체(國體)로서의 대한 제국을 일본의 식민지배 대상지역 중의 하나를 가리키는 조선으로 변경하도록 강요당한, 총독부의 검열 의지가 개입하여 텍스트를 변개시킨 직접적인 근거로 삼았다. 또한 비록 정치성을 띤 담론들은 대폭 삭제되고 있지만 나머지 부분에서는 오히려 이전에 비해 진전된 수사적 기교들이 발견된다는 사실, 즉 문장 표현의 세련화 경향이 나타나는 점을 지적하면서, 이러한 경향이 나타난 것은 검열로 인해 정치적 담론을 표명하는 것이 불가능해진 현실적 제약을 넘어서려는 작가의 내적 욕망이 미학적으로 반영된 결과라는 분석에 이르고 있다.

---

3) 최원식, 앞 논문 참조.
4) 다지리, 앞 논문 참조.
5) 가족을 잃은 후 시국에 대한 울분을 토하는 김관일의 독백, 최항래에게 양반 지배 체제의 모순을 질타하는 막동의 항변, 그리고 구완서의 정치적 이상과 유학 후의 포부를 서술한 장면 등을 의미한다.
6) 함태영, 앞 논문 참조.

이러한 함태영의 연구는 동양서원본에서 나타난 <혈의루>의 변화의 국면을 외부적 요인이 작용한 측면과 작가의 내적 대응이 작용한 측면으로 나누어 고찰함으로써 작품 변화의 성격을 이해하는 데에 도움을 주는 정당한 시사점들을 제공하고는 있으나, 이인직 소설의 전반적인 변화 과정 및 <혈의루>의 전체적인 개작 과정에 대한 시각이 확보되지 않은 채 논의 자체가 단행본 초판인 광학서포본과 동양서원본 사이의 차이점 분석7)에만 집중되어 있다는 점에서 아쉬움을 주고 있다.

이에 이 장에서는 동양서원본의 개작의 성격을 검열 압력과 작가적 욕망의 길항이라는 구도 속에서 포착하고자 했던 함태영의 관점을 수용하면서 이 개작이 이인직의 작품 세계의 전반적인 변화 과정 속에서 갖는 의미와 위상을 보다 포괄적으로 고찰해 보고자 한다. 이를 위해 동양서원본의 주요 개작 부분의 변화 양상을, 앞 장에서 언급되었던 병합 이전의 <혈의루>의 변화 양상 및 여타 작품들의 개작 양상과 연관지어 살펴보고자 한다.

먼저 동양서원본에서는 주지하다시피 정치성을 띠고 있는 담론들을 전면화한 장면들이 대폭 개작된다. 이러한 텍스트 변화에는 선행 연구자들의 지적대로 총독부의 검열이 직접적인 원인으로 작용한 것으로 보인다. 대표적인 개작 장면들을 대상으로 이러한 텍스트 변형이 작품의 성격에 어떤 변화를 초래하였는지에 대해 살펴보도록 하겠다. 이 사례들은 분량 및 규모면에서도 대폭적인 개작이 이루어졌을 뿐만 아니라 작품이 연재되던 당시의 정치적 상황에 대한 직접적인 비판이 삭제되거나 혹은 그 성격을 달리하는 장면으로 대체 서술되고 있다는 점에서 매우 중요한

---

7) 최원식과 다지리의 경우는 동양서원본의 부재로 인해 이러한 제약이 그대로 노정될 수밖에 없었으며, 함태영에 이르러서야 비로소 신문 연재 텍스트와 광학서포본, 동양서원본이라는 세 판본 간의 차이점이 논의의 대상으로 인식되기 시작했으나 그 역시 뒤의 두 판본 간의 차이점을 주로 고찰하였다. 이것은 신문 연재 텍스트와 광학서포본 사이에는 별다른 차이점이 없다는 기존의 관점을 그대로 수용했기 때문이다.

대상이라고 할 수 있다.

표 12. 대한 제국 시기 발표 텍스트와 동양서원본의 개작 부분 비교 ①

『만세보』 연재 텍스트 = 광학서포본	동양서원본
개작 장면 ①	
김씨는 혼자 빈집에 잇셔서, 밤시도록 잠드지 못ᄒᆞ고 ,별싱각이 다난다,	김씨가 젹젹ᄒᆞᆫ 뷔인 집에셔 혼자 밤을 시우ᄂᆞᆫ딕
북문밧 너른 들에, 쳘환 마저 죽은 송장과, 죽으려고 숨 너머가ᄂᆞᆫ, 반 송장들은, 제각각 제나라를 위ᄒᆞ야, 전장에 나와셔 죽은, 장수와 군사들이라, 죽어도, 제 직분이어니와, 발피죽은 어린 아희들과, 업쓰러지고, 곱늘어러저셔 봄바람에 쎠러진 곳과 갓치, 간 곳마다 발에 걸리고, 눈에 걸리ᄂᆞᆫ, 피란군 부녀들은, 나라의 운수런가, 제 팔자 긔박ᄒᆞ야, 평양 빅성 되얏던가,	등잔ㅅ불 희미ᄒᆞ고 쥐작란 바스락 々々々 ᄒᆞᄂᆞᆫ 안ㅅ방 아릭ㅅ목에 가만이안져 싱각ᄒᆞ니 측량치 못할 것은 사름의 일이라
	오날 아침까지 이 방안에셔 세식구가 솟발갓치 느러 안졋던 그 모양을 다시 볼 수 업시 되얏구나십흔 마음쑨이라
쌍도 됴션쌍이오, 사름도, 됴션 사름이라 시우싸움에, 고릭등 터지듯이, 우리나라 사름들이, 남의 ᄂᆞ라 싸흠에, 이러ᄒᆞᆫ, 참혹ᄒᆞᆫ 일을 당ᄒᆞᄂᆞᆫ가,	고기를 푹 수구리고 한숨을 휙- 쉬기도ᄒᆞ고 텬장을 처어다보며 선- 우숨을 허々 웃기도ᄒᆞ고 지향업시 군소리도 ᄒᆞ다
우리 마누라는, 딕문밧게 흔거름, 나가보지 못ᄒᆞ던 스름이오닉 쌀은 일곱 살된 어린 아희라, 어딕셔 발펴 죽엇ᄂᆞᆫ지,	여보 마누라 술흔잔 데여쥬오
	이인 옥련아 담빅스딕 집어오너라 ᄒᆞ더니 쥬목으로 방바닥을 한번 탁-치고 쥬졍ㅅ군 너머지듯이 모흐로 툭쓰러지며 목침도 아니비고 누엇더라
살은 진흙되고, 피ᄂᆞᆫ, 시닉되야, 딕동강에 흘러들어, 여울목치ᄂᆞᆫ 쇼릭, 무심이 듯지 말지어다, 평양 빅성의 원통ᄒᆞ고 셔른 쇼릭, 이 아닌가	서름도 서름이어니와 하로 종일을 숨이 턱에 닷토록 쏘단기던 사람이라 엇지 피곤ᄒᆞ던지 쓰러진 치로 잠이 잠ㅅ간들며 꿈을 쑤엇더라
무죄히 죄를 밧ᄂᆞᆫ 것도 우리나라 사람이오, 무죄히 목슘을 지키지 못ᄒᆞᄂᆞᆫ 것도, 우리나라 사람이라, 이것은 하날이 지흐신 일이런가, 사람이 지흔 일이런가, 아마도 사람의 일은 사람이 진ᄂᆞᆫ 것이라,	꿈에도 상시갓치 마누라와 옥련이를 일코 차지러 다니ᄂᆞᆫ딕 거름이 걸니지 아니ᄒᆞ야 익를 쓰다가 죽을 힘을 다드려셔 몸을 움즉이니 몸이 갑분ᄒᆞ야지며 식가 되야셔 아무마음 업시 공중으로 훨々 날아다니다가 모란
우리나라, 사람이 제몸만 위ᄒᆞ려고, 남은 망ᄒᆞ던지 흥ᄒᆞ던지, 제욕심만 치우려 ᄒᆞ고, 나라가 망ᄒᆞ던지 흥ᄒᆞ던지, 제 벼슬만 잘ᄒᆞ고 제살만 쎄우려ᄒᆞᄂᆞᆫ 사람들이라	봉 산ㅅ비탈에 욱독션 고목 우에 닉려안져 쳐량히 우ᄂᆞᆫ딕 식ᄂᆞᆫ 쑥々이라

평안도빅성은, 염나듸왕이 둘이라, 흐나는 황천에 잇고, 흐나는 평양선화당에 안젓는 감사이라, 황천에 잇는 염라듸왕은, 나만코 병드러셔, 인간이 셩가시게된, 사람을 잡아가거니와, 평양선화당에 잇는 감사는 몸셩ᄒ고 직물잇는 사람은, 낫낫치 자바가니, 인간 염라듸왕으로, 집집에 터주까지 겸흔, 겸관이 되얏는지, 고사를 잘 지닉면, 탈이 업고, 못 지닉면 왼집안에 동토가 나셔, 다 죽을 지경이라, 제손으로 버러노흔, 제직물을 마음노코, 먹지 못ᄒ고, 쳔싱 타고는 제목숨을 눔의게 믜여노코 잇는, 우리나라 빅셩들을 불상ᄒ다깃거던, 더구나 남의나라 사람이 와셔, 싸홈을 ᄒ느니, 질알을 ᄒ나니, 그러흔 그 셔슬에 우리는 픠가ᄒ고 사름 죽는 것이, 다 우리나라 강ᄒ지 못흔 탓이라

오냐 죽은 스룸은 ᄒ릴업다,

스라잇는 스룸들이나, 이후에 이러흔 일을, 쏘 당ᄒ지 아니ᄒ게 ᄒ는 것이, 제일이라, 제정신, 제가 츠려셔, 우리나라도 남의 나라와 갓치 볼근 셰상되고, 강흔나라되야, 빅셩된우리덜이 목숨도 보젼ᄒ고, 직물도 보젼ᄒ고, 각도 선화당과 각골 농헌우에, 아귀귀신갓흔, 순염나듸왕과, 산터주도, 못오게ᄒ고, 범갓고, 곰갓튼, 퇴국사름덜이 우리나라에, 와셔, 감히 싸홈할 싱각도 아니ᄒ도록 흔후이라야, 사름도 사름인 듯십고, 스라도 산 듯십고, 직물잇셔도 제 직물인 듯ᄒ리로다
/ 쳐량ᄒ다, 이밤이여, 평양빅셩은, 어듸가셔, 수싱중에 들엇시며 아귀갓튼, 렴나듸왕은, 어는 구셕에 빅엿스며 우리 쳐즈는 엇쩌케 되얏는고
/ 우리닉외 금슬이, 유명이 듯튼 스룸이오, 옥년이를, 남달으게, 귀이ᄒ던, 즈졍이라, 그러ᄒᄂ 셰상에 쓱이 잇는, 남즈되야 쳐즈만 구구히 싱각ᄒ면, ᄂ라의 큰일을 못ᄒᄂ지라,

쑴을 씩히니 다시 김관일이라
관일이가 그 쑴을 씩여 싱각ᄒ니 그 신셰가 쑥쑥이 타령ᄒ게 된 신셰라 아모리 싱각ᄒ야도 쳐즈는 졍녕 이 셰상에셔 다시 맛나보지 못ᄒ게 된 사름갓흔지라
한숨을 쏘한번 늬리쉬이며

응 흐릴일업는 일이로다

하나님 계명을 바다 이몸이 싱겻스니 궁ᄒ던지 달ᄒ던지 하나님 쳐분이라 젼싱에 젹악ᄒ고 이싱에 죄를 밧는것을 오날이야 씩달앗다
누구를 원망ᄒ며 무엇을 한탄ᄒ리오
그러나 늬가 이집에 잇스면 잘산던지 잘못살던지 눈에 발피는 것은 쳐자의 형용이오 쳐자의 발ㅅ자최라
차라리 고국산천을 쩌나셔 이 셰계 활동ᄒ는 구경이나 ᄒ리라
(『만세보』 연재 텍스트 = 광학서포 본의 강조 부분이 밑줄 친 부분과 같이 대체 서술됨)

늣는 이길로 쳔하각국을 단이면셔, 남의 느라 구경도 ᄒ고 늬공부 잘ᄒ 후에, 늬느라 ᄉ업을 홀이라 ᄒ고, 발기를 기다려셔 평양을 써나가니 그 발길가는 ᄃᆡ는 만리툭국이라8)	ᄒ고 밝기를 기다려셔 평양셩을 써나니 그 발ㅅ길 가는 곳은 만 리 타국이라9)

먼저 평양 전투 후 집으로 돌아온 김관일이 내적 독백의 형태로 청일전쟁으로 인한 조선 인민의 희생과 피해를 개탄하는 개작 장면 ①을 검토해 보자.

대한 제국 시기의 텍스트에서는 청일전쟁으로 인한 조선 인민의 억울한 피해에 대한 강조와 함께 봉건적 가렴주구에 대한 신랄한 비판이 제기되고 가족의 이산이라는 개인적인 문제 상황의 극복에 앞서 이러한 시대적 질곡을 극복하기 위한 대안적 실천의 차원에서 해외 유학을 결심하는 인물의 내면 심리가 그려진다. 김관일의 모습에는 전근대적 체제의 질곡과 모순에 대해 예리한 비판 의식을 드러내면서도 개인적 문제의 해결에 앞서 시대적 상황의 타개를 보다 중시하는 현실주의적 가치 지향과 대의 추구를 우선시하는 공인 의식이 공존하고 있다. 물론 현실 문제 해결의 방안으로서 선택된 해외 유학이 과연 문제의 해결에 기여하는 직접적이면서도 근본적인 대안이 될 수 있는지의 여부에 대해 쉽게 판단하기 어려운 상황에서도 인물이 별다른 회의나 고민을 하지 않는다는 점에서 작중 행위의 내적인 필연성이 충분히 확보되었다고 말하기 어려운 게 사실이다. 그럼에도 불구하고 인물의 인식 변화가 매우 구체적인 현실의 상황으로부터 도출되고 있다는 점은 부정하기 힘들며 이는 대체로 시공간적

---

8) 이인직, <혈의루> 제 6회, 『만세보』, 1906.7.28. = 광학서포본 11~14쪽.

9) 동양서원본 18~21쪽.

추상성을 바탕으로 보편적 이상주의로의 지향이 전면화되는 양상을 보였던 고소설의 평면적 서술 방식에 비해 진일보한 것이라는 평가를 받을 만하다.

또한 외세의 부당한 내정 간섭에 의해 초래된 자국민의 희생을 강조하는 발언이 서술됨으로써 반외세적 지향이 일정 정도 표면화된 측면이 존재한다. 물론 이러한 지향이 모든 외세에 대해 동일하게 발현되고 있지는 않다는 점에서, 다시 말해 작품 전체를 살펴보았을 때 일본의 침략적 의도에 대한 적극적인 비판을 찾아보기는 어렵다는 점에서 온전하다고 볼 수는 없다. 그럼에도 불구하고 외세에 대한 부정적 인식이 자국민의 결속과 자강을 위한 실천을 강조하는 담론으로 귀결된 것에 대해서는 시대적 현실에 대한 작가의 정치적 입장을 구체적으로 보여주고 있다는 점에서 의의를 부여할 수 있다고 본다.

그러나 동양서원본에서는 이러한 정치적 상황에 대한 비판적 인식을 서술하고 있던 부분이 모두 삭제되고 전쟁으로 인한 가족의 이산이라는 개인사적 비극성을 강조하는 서술로 대체된다. 그 결과 가족의 이산으로 인한 개인의 내면적 고통을 전면화하고 있음에도 불구하고 정작 김관일이 자신의 문제를 해결하기 위해 우선적으로 추구되어야할 해결책으로서의 '가족 찾기'는 방기한 채 '세계 유람'이라는 불분명한 목적 아래 외국행을 결심하는 것으로 서사가 전개된다. 이는 인물 형상화에 있어 개인적 문제의 해결보다도 국가적 난관의 타개를 우선시하는 공인적 면모를 보여주었던 이전 텍스트의 정치성으로부터 멀어졌다는 점에서 주제의식의 후퇴로 규정될 수 있을 뿐만 아니라, 정작 가족의 이산 상황을 문제의 핵심으로 전환해 놓고도 해결과는 상관없는 방향으로의 실천을 선택하는 인물 형상을 그리고 있다는 점에서 작품 내적 일관성조차 허물어뜨리는 결과를 초래하는 중대한 결함으로 지적될 만하다.

게다가 이 부분의 개작은 검열의 대상이 될 만한 내용을 담고 있지는 않은 것으로 판단되기 때문에 아쉬움을 준다. 특히 "전생에 적악하고 이생에 죄를 받는"이라는 구절에서 알 수 있듯이, 비극적 이산을 전근대적 운명론의 시각에서 '적악'의 결과로 이해하는 주인공의 모습은 고소설의 인물 유형에 근접하고 있다는 점에서 퇴행이라는 비판으로부터 자유롭기 힘들다. 이로 인해 작품 외적 현실과 작중 상황 간의 역동적인 매개가 사라지고 굳이 청일전쟁이라는 구체적인 배경을 필요로 하지 않는 전형적인 가족 수난 서사로 작품의 의미가 한정되는 결과를 초래한다.

아울러 외세의 개입에 의한 자국민의 희생을 비판했던 부분 역시 삭제됨으로써 당대적 현실을 환기하는 측면이 약화되고 제한적인 수준에서나마 자강론을 외칠 여지가 사라지고 만다. 이 부분의 삭제는 조선에서의 일본의 역할에 대한 비판적 인식을 불러일으킬 소지가 있기 때문에 총독부의 검열에 의해 삭제를 강요당한 측면이 있다고 판단된다.

다음으로 민중적 시각에서 양반 중심의 지배 체제에 대한 비판과 분노의 목소리를 전면화하고 있는 개작 장면 ②, 즉 막동이의 대사 장면을 살펴보도록 하자.

표 13. 대한 제국 시기 발표 텍스트와 동양서원본의 개작 부분 비교 ②

개작 장면 ②	
(막동) 나리게셔도, 무엇을 좀 사다가 잡습고, 쥬무시면, 좃케슴니다 (崔氏) 누는 슐이는 먹깃다, 부담에, 다랏던 슐 흔병 셰여오고, 찬합만 글러노아라, 혼즈 이방에 안저 슐이는 먹다가, 밤식거든 식벽길 쩌누셔, 도로 부산으로 가자,	(막동) 나리께셔도 무어슬 좀사다가 잡습고 쥬무시면 좃케슴니다 (최씨) 나는 슐이나 먹깃다 부담에 다랏던 슐한병 셰여오고 찬합만 글너노아라 혼즈 이방에 안져 슐이나 먹다가 밤식거든 식벽길 쩌나셔 도로 부순으로 가자 **막동이가 딕답ㅎ고 나가더니 어틱 가셔 밥을 사셔먹고 게름부릴ㅅ딕로**

	부리고 도라오니 최씨가 캉캄흔 방ㅅ속에 혼자안져 술만 싸라먹는지라 　막동이가 도로 돌처나가더니 빅납초 몃가락을 사가지고 드러와셔 　당셕냥을 거어 불을켜니 최씨가 푹수 구리고 안졋던 고기를 번쎡들며 / 이이 막동아 밝은것갓치 조흔것은 업고나 불빗만 보아도 슬푼싱각을 좀 이즐것갓다 / 흐더니 술한잔을 쏘 싸라먹는다 　막동이는 본릭 그 상젼이 무슨 근심이 잇던지 힝락을 흐던지 제게 아모상 관업고 다만 얼쩔흔판에 　상젼이 무슨 흥셩이나 시 키면 돈푼 쎡여먹는 자미만 달게녀기던 자이라 　그쩍 최씨의 말이 귀에 들리는지 마는지 어서 힝낭방에가셔 잠이나 자러 나가려흐니 최씨가 엇지 고젹흐던지 막동이를 말벗이나 삼으려고 말을이여 쩌닌다 　이이 막동아 / 란리는 셰상에 상젼이니 죵이니 분별은 차려 무엇흐깃느냐 오날밤에 늬 술친구나 되야다고 　(개작됨)
(동양서원본의 강조부분 없음)	
亂離(란리)가 무엇인가 흐얏더니, 當(당)흐야보니 人間(인간)의 至毒(지독)흔 일은 亂離(란리)로다 늬 혈육은 쌀 흐느 外孫女(외손녀) 흐느샌일러니, 와셔보니, 이 모냥이로구느 막동아, 너갓튼 무식흔 놈더러 쓸쎄업는 말갓지마는, 이후에는, 즈손보젼흐고 십푼, 싱각잇거던, 느라를 위흐여라, 우리나라가, 강흐엿더면, 이 亂離(란리)가, 아니 낫슬 것이다, 셰상고싱, 다 시키고, 길러늬인, 늬 쌀즈식, 느졈	란리가 무엇인구 흐엿더니 당흐야보니 인간에 참혹흔거슨 란리로구나 늬혈육은 쏠하나 외손녀 하나쌘이러니 와셔보니 이모양이로구나 흐면셔 술한잔을 싸라셔 막동의게 쥰다 / 막동이가 입이 쩍 버러지며 엉큼흔 싱각이나는듸 삼간집이 다 타더릭도 빈듸 타쥭는것만 자미잇다는 말과갓치 란리가나셔 셰상이다 우둠흐게 수구리고 팔은 활줌통 늬미드시 쌔쳐셔 최씨의게 술ㅅ잔을 젼흐면셔

고, 무병ㅎ건마는 亂離(란리)에 죽엇고나 / 역질홍역, 다 시키고, 잔쥬졉 다 쎠러노흔 外孫女(외손녀)도 亂離(란리)중에 죽엇고느

(막동) 느라는 兩班(양반)님네가, 다 亡(망)ㅎ야 노셧지오 / 常(샹)놈들은 兩班(양반)이 죽이면 죽엇고 쩌리면, 마젓고

財物(지믈)이 잇스면 兩班(양반)의게 쎄겻고 계집이 어엿쎅면 兩班(양반)의게 쎄겻스니 小人(쇼인)갓튼 常(샹)놈들은, 제지물, 제계집, 제목슘 ㅎ느를 위홀 슈가 업시 兩班(양반)의게 미엿스니 느라 위홀 힘이 잇슴닛가 / 입흔번을, 잘못 버려도, 죽일 놈이니, 살릴 몸이니, 오굼을 쓴어라, 귀양을 보느라 ㅎ는兩班(양반)님 셔슬에 常(샹)놈이 무슨 사람갑세 갓슴닛가, 亂離(란리)가 느도 兩班(양반)의 툿이올시다 日淸戰爭(일쳥젼졍)도 閔泳駿(민영쥰)이라란 兩班(양반)이 淸人(쳥인) 불러 왓답디다 느리게셔 亂離(란리) 젹문에, 짜님 앗씨도, 도라가시고 孫女(손녀) 아기도 죽엇스니, 그 원통흔 귀신들이 閔泳駿(민영쥰)이라난 兩班(양반)을 잡아갈 것이올시다

ㅎ면셔 말이 이여 느오니, 本來(본릭) 그 ㅎ인은 쥬졔 넘다고, 崔氏(최씨)에 마음에 불합ㅎ나

이번 亂離(란리)중 험한 길에 사람이 쏙쏙ㅎ다고, 다리고, 느셧더니, 이러흔 심난중에, 쥬졔넘고, 버릇업는 소리를, 함부루 ㅎ니

참 날니는 세상이라, 날리중에, 쭈지질 슈도업고, 근심중에 무슨 쇼리던지 듯기도 실인 고로,

돈을 늬여쥬며 ㅎ는 말이, 목동우 너도, 느가셔 슐이느, 실토록 먹어라 화김에 먹고나

나리 한잔 잡수시오 / 음디가 양디되고 / 양디가 음디되고 / 부귀빈쳔이 물릭박퀴 도라다니듯ㅎ고

량반은 타구ㅅ박 안ㅅ고 / 상놈은 응덩츔 츄고 / 막동이는 최쥬사나리 술친구되고 / 응········ ···········

오냐 되포소리만 자쥬ㅅㅅㅅ 나거라 관쓰고 곤되ㅅ짓ㅎ던 되가리는 자라목 옴츄러지듯ㅎ다

허ㅅㅅㅅ / 어- 이집이 미얍돈다

ㅎ면셔 쓰러지는디 최쥬사의 마음에 엇지 창피ㅎ고 망단하던지 막동이를 달릭고 쐬혀셔 간신히 힝낭방에로 늬보닉고

(『만세보』 연재 텍스트 = 광학서포본의 강조 부분이 밑줄 친 부분과 같이 대체 서술됨)

보자 ᄒᆞ니, 묵동이는, 박그로, ᄂᆞ가고	
^{최 씨}崔氏는혼자슐병을듸ᄒᆞ야[10]	혼자 안져 술병을 듸ᄒᆞ야[11]

인용문 중 대한 제국 시기의 텍스트 부분을 살펴보면, 작품 전체를 통틀어 현실에 대한 비판적 어조가 가장 고조되어 있는 이 장면의 담화자가 주인공이 아닌 보조적 인물 막동이로 설정되어 있다. 이는 소설 내적 담론을 표명하는 주체를 다양화함으로써 현실 비판의 효과를 증대시킨 인물 형상화의 모범적 사례로 지적될 만하다.

또한 이 장면은 표명된 담론의 정치적 환기력과 비판의 강도가 매우 크다는 점에서도 주목할 만한 가치가 있다. 막동이의 대사는 학정과 전횡을 일삼는 일부 포악한 양반만이 아닌, 양반 계급 일반에 의해 유지되는 지배 체제 자체를 비판의 대상으로 설정하고 있다는 점에서 문제적이다. 물론 이 부분에서 표출된 이인직의 반봉건 지향성은 지배 체제의 모순에 대한 근본적 저항의 성격을 띤 민중적 관점에서 도출된 것이라기보다는 현실 파탄의 책임을 봉건 지배 세력에게 전가함으로써 결과적으로 친일 세력의 정치적 입지를 강화하는 작가의 정치적 편향성을 은연중에 드러내고 있다고 볼 수도 있다. 그럼에도 불구하고 막동이의 대사 장면은 <은세계>의 주인공인 최병도의 정감사에 대한 항거 장면에 못지않은 리얼리즘적 성취인 동시에 이인직 소설의 정치성을 규정하는 핵심적 요소라고 볼 수 있다.

그러나 동양서원본에서는 이 장면이 단순한 술주정으로 인한 해프닝으로 대체되며 막동이 또한 상전의 경황없음을 이용해 개인적인 이득 확보의 기회나 엿보는 인물로 설정됨으로써 이전 텍스트의 비판 의식 및 정치

---

10) 제 14회, 『만세보』, 1906.7.28. = 광학서포본 26~28쪽.
11) 동양서원본 40~44쪽.

성이 전적으로 거세되는 결과를 초래하고 있다. 따라서 이 장면의 대체는 <혈의루>를 전향적 주제의식을 갖춘 작품으로 평가하게 만든 핵심적 요소의 삭제로 규정할 수 있다. 그런데 이 부분의 개작이 총독부의 검열에 의해 강요된 것인지의 여부에 대해서는 의문의 여지가 있다. 사실 장면 자체의 내용만을 가지고 판단해 볼 때에는 총독부보다는 병합 이전의 조선 정부에 대한 비판의 성격이 더욱 크고 따라서 오히려 일본에 의한 병합의 정당성을 옹호하는 진술로 이해될 수 있기 때문이다. 그럼에도 불구하고 이 부분이 개작된 것은 모든 출판물에 대해 정치적 관점의 표명 자체를 불온시한 전방위적 검열이 작동한 결과로 보는 것이 타당한 해석일 것이다.

이번에는 마지막으로 구완서가 3국 연방의 성립을 통해 정치적 이상을 실현하려는 포부를 피력하는 부분(개작 장면 ③)에 대해 살펴보도록 하자.

표 14. 대한 제국 시기 발표 텍스트와 동양서원본의 개작 부분 비교 ③

개작 장면 ③	
옥년이는 아무리, 조션 게집아히이느, 학문도 잇고, 기명한 싱각도 잇고, 동셔양으로 단기면셔, 문견이 놉흔지라, 셔셤지 아니ㅎ고, 혼인언론, 디답을 ㅎ는디, 구씨의 소쳥이 잇스니, 그 소쳥인즉, 옥연이가 구씨와갓치, 몃히든지 공부를, 더 심써ㅎ야, 학문이, 유여한 후에, 고국에 도라가셔, 결혼ㅎ고 옥연이는, 조션부인 교육을 맛탁ㅎ기를 쳥ㅎ는, 유지한 말이라, 옥연이가, 구씨의 권ㅎ는 말를 듯고, 또한 죠션부인 교육할 마음이, 간절ㅎ야 구씨와 혼인 언약을, 미지니	옥련이는 아무리 조션 계집아히이나 학문도 잇고 개명흔 싱각도 잇고 동셔양으로 단기면셔 문견이 놉흔지라 서셤지 아니ㅎ고 혼인언론 디답을 ㅎ는디 구씨의 소쳥이 잇스니 그 소쳥인즉 옥련이가 구씨와갓치 몃히든지 공부를 더 심써ㅎ야 학문이 유여흔후에 고국에 도라가셔 결혼ㅎ고 옥련이는 조션부인 교육을 맛타ㅎ기를 쳥ㅎ는 유지흔말이라 옥련이가 구씨의 권ㅎ는말을 듯고 한 조션부인 교육홀 마음이 간절ㅎ야 구씨와 혼인언약을 미지니
구씨의 目^목的^젹은 공부를 심써ㅎ야, 귀국한 뒤	

에, 우리ᄂᆞ라를, 독일국과 갓치, 연방을 삼아셔, 일본과 만쥬를, 한ᄃᆡ 합ᄒᆞ야, 문명한 강국을 ᄆᆡᆫ늘고ᄌ ᄒᆞᄂᆞ (비스ᄆᆡᆨ)갓한 마암이오, 옥연이ᄂᆞᆫ 공부를 심써ᄒᆞ야, 귀국ᄒᆞᆫ 뒤에, 우리ᄂᆞ라 부인의 지식을 널려셔, 남ᄌᆞ의게 압졔를 밧지말고, 남ᄌᆞ와 동등권리를 찻계ᄒᆞ며, ᄯᅩ 부인도 나라에 유익한 ᄇᆡᆨ셩이 되고, ᄉᆞ회상에, 명예잇ᄂᆞᆫ 사름이 되도록, 교육할 마ᄋᆞᆷ이라

세상에 졔 목적을, 졔가 自期ᄒᆞᄂᆞᆫ 것 갓치, 질거운 일은, 다시 업ᄂᆞᆫ지라, 구완셔와 옥년이가, ᄂᆞ이 어려셔, 외국에 간 사름들이라, 조션사름이, 이럿케 야만되고, 이럿케 용녈ᄒᆞᆫ 줄을 모로고, 구씨던지 옥년이던지, 조션에 도러오ᄂᆞᆫ 날은, 조션도 유지ᄒᆞᆫ 사름이 만히 잇셔셔, 학문잇고, 지식잇ᄂᆞᆫ 사름의 말을 듯고, 일를 찬셩ᄒᆞ야 구씨도, 목적ᄃᆡ로 되고, 옥년이도 졔 목적ᄃᆡ로, 조션부인이, 일졔히, ᄂᆡ 교육을 바다셔, 낫낫시 ᄂᆞ와ᄀᆞᆺ흔 학문잇ᄂᆞᆫ 사름들이, 만히 싱기려니, 싱각ᄒᆞ고 일변으로 깃분 마ᄋᆞᆷ을, 이기지 못ᄒᆞᄂᆞᆫ 거슨, 졔 ᄂᆞ라 형편 모르고, 외국에 유학한 소년학ᄉᆡᆼ, 예긔에셔, ᄂᆞ오ᄂᆞᆫ 마ᄋᆞᆷ이라

구씨와 옥연이가, 그 목젹ᄃᆡ로, 되든지 못되든지, 그거슨 후의 닐이어니와, 그ᄂᆞᆯ은두 사름의 마ᄋᆞᆷ에ᄂᆞᆫ, 혼인언약의 조흔마ᄋᆞᆷ은, 오히려 둘지가 되니, 옥연이, 낙지 이후에ᄂᆞᆫ, 이러한 질거운 마ᄋᆞᆷ이 처음이라

金冠一은 옥련를 만나보고 具完書를, 사위감으로, 명ᄒᆞ고 구씨와 옥연의 목적이, 그럿틋 긔이흔 말올 드르니, 김씨의 조흔마ᄋᆞᆷ도, 측양홀 슈 업ᄂᆞᆫ지라12)

	(『만세보』 연재 텍스트 = 광학서포본의 강조 부분이 동양서원본에서는 삭제됨)
	김관일은 옥련을 만나보고 구완서를 사위감으로 명ᄒᆞ고 구씨와 옥련의 목적이 그럿틋 긔이흔말을 드르니 김씨의 조흔 마음도 측량홀수 업ᄂᆞᆫ지라13)

---

12) 제 48회, 『만세보』, 1906.10.4. = 광학서포본 85~87쪽.

13) 동양서원본 133~134쪽.

인용문 중 대한 제국 시기의 텍스트에서는 조선의 낙후된 현실을 알지 못한 채 김옥련과 구완서가 자신들의 포부가 실현될 것이라는 기대에 부풀어 있는 모습이 서술자의 시각에서 비판적으로 그려지고 있다. 여기에는 두 가지 상반된 시각이 혼재되어 있다. 일본의 제국주의적 침략 의도를 간과한 채 양국 간의 대등한 병합을 통해 정치적 위기의 극복이 가능할 것이라고 전망하는 등장인물의 낙관적 시각과, 그러한 지향이 실제 조선의 현실에서 관철되기 어려울 것이라고 보는 서술자의 회의적 시각이 그것이다. 이와 같은 관점의 불일치는 당시의 상황에서 조선이 추구해야 할 정치적 지향점에 대한 작가의 견해를 일정 정도 반영하면서도 한편으로는 그것의 현실화 가능성을 의심하고 있는 작가 자신의 의식적 분열 양상을 드러내고 있다고 할 수 있다.

그런데 대체 서술의 형태로 개작이 이루어진 앞의 두 부분과 달리 이 부분은 전면 삭제의 방식으로 개작이 이루어진다. 이는 반드시 검열에 의한 강요의 결과라기보다는 작가 자신이 일본에 의한 강제병합으로 정치적 선택의 가능성 자체가 사라져버린 현실의 변화 국면을 인지하고 이를 수용한 결과로 해석할 수 있다. 따라서 동양서원본의 개작에는 직접적인 검열 압력에 의해 내용의 수정이 강요된 측면 외에도 변화된 현실의 국면을 반영하기 위해 불가피하게 수정을 할 수밖에 없었던 작가의 상황도 변수로 작용하고 있었다고 보는 것이, 실상에 부합하는 더욱 합리적인 판단이라고 생각한다.

정치적 상상력의 억압과 배제라는 동양서원본의 특징은 또 다른 개작의 사례에서도 찾아볼 수 있다.

표 15. 대한 제국 시기 발표 텍스트와 동양서원본의 개작 부분 비교 ④

『만세보』 연재 텍스트= 광학서포본	동양서원본
火^화藥^약 연긔는, 구름에, 비 뭇어 단이듯이, 平^평壤^양의 銃^총소리가, 義^의州^주로 올머가더니, 白^빅馬^마山^산에는 철환비가 오고	화약연긔는 구름 쩌 다니드시 평양의 총소리가 의주로 올머가더니 빅마산에는 철환비가 오고
鴨^압綠^록江^강에는 송장으로 다리를 놋는다 平^평壤^양은 亂^란離^리平^평定이 되고 義^의州^주는 시로 亂^란離^리를 만낫스니 假^가슘^령 火^화災^전 만는 집에셔 안房^방에는 불을 잡앗스나, 건넌房^방에는 불이 붓는 格^격이라, 안방이느 건넌房^방이느, 집은 흔집이언만은, 안방 食^식口^구는 제 房^방에믄, 불 쩌지면, 다힝으로 안다 義^의州^주셔는 血^피雨^비가 오는되	(『만세보』 연재 텍스트 = 광학서포본 의 강조 부분 삭제됨)
平^평壤^양城^셩中^즁에에는 츳츳 우숨소리가 는다 / 避^피亂^성가셔, 어는 구석에 숨어 잇던 사름들이 ,츳츳 모여들어셔 城^셩中^즁에는, 옛모냥이 도라온다14)	<u>평양셩늬는 차차 마음놋코 살쎤가 된 지라</u>15) (『만세보』 연재 텍스트 = 광학서포본 의 강조 부분이 밑줄 친 부분과 같이 대 체 서술됨)
井^정上^상婦^부人^인이 날이 갈슈록 玉^옥蓮^련이를 귀애 ㅎ고 玉^옥蓮^련이는, 날이 갈슈록 井^정上^상婦^부人^인의 게, 짜른다	정상부인이 날이 갈슈록 옥련이를 귀 이ㅎ고 옥련이는 날이 갈슈록 정상부인 에게 짜른다
玉^옥蓮^련의 聰^총明^명才^지質^질은 朝^조鮮^션歷^역史^수에는 / 그러 흔 女^녀子^주가 잇다고 傳^젼흔 일은, 업스니 朝^조鮮^션 녀편네는, 안 방구셕에 가두고, 아무 것도 , 가라치지 아니ㅎ얏슨즉 玉^옥蓮^련이갓튼 聰^총明^명 이 잇드릭도 世^셰上^상에서, 놀랏던지(광학서포	(『만세보』 연재 텍스트 = 광학서포본 의 강조 부분 삭제됨)

본→몰랏던지) , 이럿튼지, 저럿튼지 玉蓮^{옥련}이는 朝鮮^{조선}네편네에는 比^비홀 곳 업더라 玉蓮^{옥련}의 才質^{지질}은 누가 듯던지, 거진 말이라 ᄒ고, 참말로는, 듯지 아니ᄒ다16)	옥련의 직질은 누가 듯던지 거짓말이라 ᄒ고 참말로는 듯지 아니ᄒ다17)
(書生^{서ᄉᆡᆼ}) 오냐 學費^{학비}는 념녀 마러라 우리들이, ᄂᆞ라의 ᄇᆡᆨ셩 되얏ᄃᆞ가 工夫^{공부}도 못ᄒ고 野蠻^{야만}을, 면치 못ᄒ면 사라셔 쓸 째 잇ᄂᆞ냐, 너는 日淸戰爭^{일쳥젼졍}을 너 혼즈 당한 듯이 알고 잇ᄂᆞ보ᄃᆞ마는, 우리나라 사ᄅᆞᆷ이, 누가 당ᄒ지 아니한 일이냐, 제곳에 아니 나고, 제눈에 못 보앗ᄃᆞ고 泰平盛世^{ᄐᆡ평셩세}로 아는 사ᄅᆞᆷ들은, 밥벌레라, 사ᄅᆞᆷ 사ᄅᆞᆷ이, 밥벌레가 되야, 셰상을 모로고 지ᄂᆡ면, 몃ᄒᆡ 후에는, 우리ᄂᆞ라에셔 日淸戰爭^{일쳥젼졍}갓흔 亂離^{란리}를 ᄯᅩ 當^당홀 거시라, ᄒ로밧비 工夫^{공부}ᄒ야, 우리ᄂᆞ라의 婦人敎育^{부인교육}은, 네가 맛타 文明^{문명}길를 여러주어라18)	ᄂᆡ집에 형세가 유여ᄒ고 우리부모가 나를 금옥갓치 사랑ᄒ야 ᄂᆡ가 욕심ᄂᆞ는 거시 잇스면 하늘에잇는 별이라도 싸다가 쥬려ᄒ시는 작졍이라 ᄂᆡ가 공부홀동안에 돈쥬럽들ᄂᆞ는 만무ᄒ니 네 학비는 ᄂᆡ가 되여쥴터이니 걱정말고 공부만 잘ᄒ여라19) (『만세보』 연재 텍스트 = 광학서포본의 강조 부분이 밑줄 친 부분과 같이 대체 서술됨)

위의 인용문에서 알 수 있듯이 대한 제국 시기의 텍스트에서 서술된, 옥련의 총명한 재질을 높게 평가함과 동시에 조선 여성의 우수성을 부각

---

14) 제 12회, 『만세보』, 1906.8.7. = 광학서포본 21~22쪽.

15) 동양서원본 33쪽.

16) 제 23회, 『만세보』, 1906.8.25. = 광학서포본 41쪽.

17) 동양서원본 65쪽.

18) 제 35회, 『만세보』, 1906.9.16. = 광학서포본 65쪽.

19) 동양서원본 102쪽.

시키고 있는 부분이 동양서원본에서는 전면 삭제된다. 이는 조선인의 우수성을 강조하고 있는 부분이 병합의 정당성을 약화시키는 논거로 해석될 수 있기 때문에 삭제를 강요당한 것으로 볼 수 있다.

또한 전쟁의 비극성을 묘사하고 있는 부분의 묘사 역시 대폭 축소 서술되는 변화가 수반된다. 다시 말해 전쟁의 구체적인 상황을 묘사하면서 풍자를 통해 정치적 비판 의식을 표면화하고 있던 부분이 삭제되는 대신 전투의 종료에 따라 곧바로 평온한 현실로의 회복이 이루어진 것으로 대체 서술되는 것이다. 이 부분의 개작은 청일전쟁이 민중의 삶에 가한 고통이 얼마나 큰 것이었는지를 환기하는 작품의 문제 의식이 후퇴하였음을 징후적으로 드러낸다고 할 수 있다.

유사한 맥락에서 국가의 장래를 염려하는 우국청년지사의 면모를 지니고 있던 구완서의 인물 형상화 부분이 사라진 것도 검열에 의한 삭제 강요가 의심되는 장면 중의 하나다. 대한 제국 시기의 텍스트에서는 여전히 미명 상황에 놓여 있는 조선의 현실을 안타까워하면서 이를 극복하려는 선각자적 면모를 지닌 것으로 그려지던 구완서가 동양서원본에서는 목적과 의도가 뚜렷하게 제시되지 않은 채 그저 부모의 경제적 여유 덕분에 개인적인 동기에서 유학을 가려는 유한 계급의 자제로만 묘사될 뿐 그가 지닌 정치적 이상에 대해 서술하는 부분이 삭제되고 있는 것이다.

요컨대 한일강제병합 이후에 발간된 2차 개작본인 동양서원본은 대한 제국 시기의 텍스트에 담지되어 있던 정치적 주제 의식이 거세되는 방향으로 주요 장면의 삭제 및 대체 서술이 이루어지고 있음을 알 수 있다. 여기에는 총독부의 검열에 의한 삭제의 강요라는 직접적인 요인과 함께 식민 지배 체제를 수용하고 불가항력적인 현실의 변화에 맞춰 작품의 주제를 변경하려는 작가의 내적 의도도 함께 작용한 것으로 보인다. 그 결과 외세의 조선에 대한 부당한 개입이라는 시각에서 비판적으로 그려지고 있던 청일전쟁의 양상이 주인공 가족의 이산이라는 사건 전개를 위한 단순 배경으로 전환되면서 작품의 역사성과 현실성이 거세되고 있음을 알 수 있다.

이러한 당대적 현실에 대한 비판적 인식의 거세 현상은 대체로 식민 지배 체제의 성립으로 인해 전방위적으로 강화된 검열 제도의 압력에 따른 것이겠지만 그로 인해 선구자적 면모를 보이던 구완서 등의 인물 형상이 약화되고 해외 유학의 목적과 동기 또한 모호하게 서술되는 결과를 초래하고 있다는 점에서 <혈의루>의 소설적 혁신성이 퇴행하고 있음을 보여주는 증거로 규정할 수 있다. 그럼에도 불구하고 동양서원본에서는 이러한 외부적 압력에 대항하여 작품 내적 세계의 균열을 막아보려는 작가적 노력이 개입된 흔적을 찾아볼 수 있다는 점에서 반드시 전면적인 부정의 대상이 될 수만은 없다고 본다.

이에 다음 절에서는 검열 압력에 맞서거나 이를 피해 작가의 내적 욕망을 추구하는 과정에서 텍스트의 면면에 남겨진 길항의 흔적들을 살펴보고 그것이 지닌 의미를 고찰해 보도록 하겠다.

2) 심미적 욕망의 제한적 구현

앞 절의 논의를 통해 동양서원본의 개작에는 검열의 압력이 직접적인 요인으로 작용하였을 뿐만 아니라 변화된 현실의 국면을 수용하는 과정에서 작가 스스로가 작품에 변화를 추구한 측면도 존재한다는 점을 확인하였다. 그 양상은 기본적으로 정치적 상상력의 억압과 배제로 요약된다고 할 수 있다.

그러나 그것만으로는 동양서원본의 변화를 온전히 설명했다고 할 수 없다. 동양서원본에서는 언뜻 보기에 검열 압력과는 무관한 것으로 보이는 개작의 특징들 즉 장식적 수사의 기능이 강화되고 고유어 표현을 이용하여 문장의 세련미를 향상시키기 위한 노력의 흔적들이 적지 않게 포착되기 때문이다. 이러한 개작의 경향성은 검열로 인해 정치적 담론의 표명(表明)이 봉쇄당한 현실에 대한 보상 심리의 발현이라고 해석할 수도 있겠지만 한편으로는 대한 제국 시기의 텍스트를 개작하는 과정에서 작가가 취해 오던 태도가 일관되게 유지된 결과라고도 볼 수도 있다. 다시 말해 기법적 세련미의 추구는 이후 『매일신보』 연재 <모란봉>에서도 지속적으로 나타나는 현상이기 때문에 이인직 소설의 전반적인 변화 과정의 맥락 속에서 고찰해 볼 필요가 있다.

동양서원본에서는 확실히 장식적 수사의 활용 빈도가 높아지는 경향이 있다. 그런데 그 양상을 살펴보면 대체로 고유어의 감각성을 극대화함으로써 선명한 이미지를 재현하는 참신성도 일정 정도 함유하고 있지만 고소설의 상투적 어구 표현을 고답적으로 재현하는 퇴행적 측면도 존재한다는 점에서 복합적 성격을 띤다고 볼 수 있다. 함태영의 경우는 표현의 참신성을 주로 언급하고 있지만 당장 서두 부분의 묘사를 살펴보더라도 사실이 반드시 그러하지만은 않다는 점을 알 수 있다.

> 일청전칭 총소리에 평양성이 써나가는듯 흐더니 그 총소리가 쑥 긋치미 인젹(人跡)은 쓴어지고 모란봉만 놉핫는듸 젹々흔 빈- 산즁에 나라들고 나라가는 가마귀 소리쑨이라
> **쟝사(壯士)는 목을일코 산빗탈에 가루눕고 영웅도 쳘환마져 구학(溝壑)에 굴럿는듸 후리쳐 지너가는 회호리 바람ㅅ결에 비린쐬쑬 이러나셔 공즁으로 회々 도라나가다가 나무 웃쑥々々 셔고 쳔년고묘(千年古墓) 덩그럿케 뵈히는 긔자릉 압흐로 몰녀가더니 바람은 스러지고 쐬쑬은 슬슬 닌려안는듸 풍상만히격근 허연 비ㅅ돌만 웃쑥셧다**
> 셕양은 묘々 흔듸 푸른풀 욱어지고 빗탈길 희미흔 사모룽에
> 한 부인이 갈팡질팡 흐는듸 나히 삼십이 되락말락흐고[20]

---

20) 동양서원본 1쪽.

인용 부분을 대한 제국 시기의 텍스트와 비교해 볼 때 우선 '쑥', '회々', '웃쑥々々', '슬슬' 등과 같은 다양한 음성상징어가 삽입되었고, 산문체에 가까웠던 문장이 대체로 3·4 혹은 4·4조의 율문체에 가까운 형태로 전환되고 있음을 알 수 있다. 이는 의고적인 스타일의 배경 묘사를 통해 작품 내적 분위기를 간접적으로 제시하고 있는 새롭게 추가된 뒷부분(강조 부분)[21]의 스타일과 결합하면서 전형적인 고소설의 문체로 회귀한 듯한 인상을 한층 강화하고 있다. 물론 이 서두 부분의 변화에 대해 곧바로 고소설의 전형적인 스타일을 그대로 답습하고 있다고 보기는 어렵다. '모란봉'과 '긔자릉', 그리고 '철환'같은 현장감과 당대성을 환기하는 어휘들이 등장하는 것은 이 점을 뒷받침한다. 그러나 임화[22]도 구투(舊套)에 가깝다는 인상을 주고 있다고 지적한 바 있듯이 전반적으로는 고소설의 문장에 더 잘 어울리는 상투적인 어구들이 빈번하게 사용되고 있는 것이 사실이다. 따라서 위 인용문에서 다양하게 구사된 음성상징어들 또한 현실의 구체성을 감각적으로 환기하는 수단으로 활용된다기보다는 의고적 스타일에 수반된 장식적 수사의 성격이 보다 강하다고 보아야 할 것이다. 아래의 인용문들도 이와 유사한 경향을 띠고 있다고 할 수 있다.

쏘 그 게집은, 홈의 쓰루, 절구공이, 다듬이 방맹이, 그러한 셋구진 일로, 자라난 농군의 게집이라, 그 男子가 언덕에서 소리ㅎ고 나려오난 게집이 제 게집으로 알고 붓드럿난듸, 그 언덕에서 부르든 **부인의 손은 면쥬갓치 부드럽고**, 옷은 십이승 아린길 셰모시 치마가, 이슬에 눅엇난듸[23]

→ 본릭 **그 게집은** 들에 나가면 홈의ㅅ자루 늬ㅅ가에 가면 쌀늬방망이 집에

---

21) 참고로 이 부분은 동양서원본의 개작 사례 중 유일하게 기존 텍스트에 없었던 내용을 새롭게 추가한 것이다. 동양서원본의 개작은 이 외에는 모두 장면의 삭제나 대체(주로 축소에 가까운)로 이루어져 있다.

22) 임화, 앞 논문 참조.

23) 제 2회, 『만세보』, 1906.7.24. = 광학서포본 4쪽.

드러오면 졀구ㅅ공이 만좌-던 **손에 젼복갓흔 못이 빅힌 터인되** 그씩 그 남자가
제 게집으로 알고 부ㅅ들어 이르키던 **부인은 조고마흔 손이 보들ㅅㅅ 흐게 부드**
럽고 폭신ㅅㅅ 흐게 살ㅅ긔가 잇스며24)

이러흔 歎息을 맛치미, 치마를 거더잡고, 이를 악물고, 두 눈을 싹 감으면셔
물에 쒸여ㄴ리니, 그 물은 大同江이오, 그 사람은, 金冠一의 부인이라25)

→ 이러흔 탄식을 맛치미 치마를 거더잡고 니를 악물고 두 눈을 싹 감으면셔
물에 쒸여나리니 **흘으는 물에 써러진 옷과 갓치 묘연히 ㄴ려간다**26)

히는 졈졈 지고 빈집에 쓸쓸한 긔운은 날이 져물쇼록 형용하기 어렵다27)(더
라)28)
히는 졈ㅅ 져무러가고 빈집에 쓸ㅅ흔 긔운이 도는되 사룸업는 부엌 속에셔
굿두릭미 소릭만 놉핫더라29)

첫 번째 사례는 단순 관용어구를 음성상징어를 이용해 보다 감각적인
이미지를 환기하고 있다는 점에서 참신한 표현이라는 평가를 내릴 수도
있다. 하지만 뒤의 두 인용 부분의 사례를 살펴보면 표현상의 참신성을
확보하고 있다기보다는 서두 부분의 서술과 유사하게 장식적 수사의 성격
을 더 강하게 드러내고 있다는 것을 알 수 있다. 이러한 복고적·장식적
서술 경향은 작가에게, 정치적 담론의 삭제를 강요한 외부의 압력으로
인해 작품의 주요 부분을 수정하는 과정에서 발생한 텍스트의 내적 공백
을 보완하기 위한, 하나의 방편으로 인식되었을 수 있다. 다시 말해 정치성

---

24) 동양서원본 6~7쪽.
25) 제 10회, 『만세보』, 1906.8.2. = 광학서포본 20쪽.
26) 동양서원본 31쪽.
27) 제 13회, 『만세보』, 1906.8.8.
28) 광학서포본 26쪽.
29) 동양서원본 39쪽.

의 거세로 노정된 텍스트의 흠결을 상쇄하기 위해 문장 표현의 세련미를 보다 집요하게 추구했을 가능성이 있는 것이다.

이처럼 이인직은 기본적으로 자신의 작품에 대해 예술적 완성도의 향상이라는 목표의식을 지속적으로 관철시키고자 했던 것으로 보인다. 비록 정치적 담론들은 대거 삭제되지만 동양서원본에서 개작된 부분들은 표현 및 수사에 있어서 독자들의 흥미를 붙잡아 두기 위한 장치들을 적극적으로 활용하고 있기 때문이다.

그러나 그로 인해 결과적으로 동양서원본은 이전의 판본들과 달리 정치적 함의가 거세된 채 통속성이 강조된 작품으로 변화하게 된다. 통속성의 강화 경향은 <혈의루> 하편의 집필에도 일정한 영향을 미친 것으로 보인다. 초기에 『제국신문』에 연재되었던 하편에 비해 『매일신보』에 연재된 <모란봉>이 가정소설의 대표적인 제재인 혼사장애를 중심으로 한 갈등을 전면화하고 있는 점이 이를 방증한다.

결국 식민지로 변한 조선의 현실은 작가로 하여금 더 이상 독립국으로서 지향할 수 있는 정치적 전망을 소설에 반영하기 어렵게 만들었고, 그로 인해 <혈의루>의 당대적 의의는 퇴색할 수밖에 없게 되었다고 할 수 있다. 이 빈 자리를 메운 것은 작가의 장인적 충실성뿐이었고, 이 또한 또 다른 혁신의 계기로 작용하지 못한 채 다만 작품 속에 관성화된 형태로 남아 있게 된 것이다. 이로 인해 한일강제병합 이후 이인직의 소설 창작에는 현실에 대한 비판이라는 기능은 후퇴하는 대신 통속성이 강화된 서사적 경향을 드러냄과 동시에 기법과 표현면에서 예술적 완성도를 추구하는 장인적 태도가 보다 전면화되는 경향을 보이게 된다. 즉 정치성이 거세된 자리를 이른바 수사적 장식에 기반한 통속성이 대신하는 형국이었던 셈이다.

2. 시대 변화의 수용과 작가적 퇴행

1) 복고적 서사 문법으로의 회귀와 통속화

한일강제병합으로 인한 시대적 상황의 변화가 대한 제국 시기에 발표되었던 이인직 소설, 특히 <혈의루>의 변화에 지대한 영향을 미쳤듯이 『매일신보』에 발표된 그의 후기작들 또한 이러한 시대적 제약이 적지 않게 작용하고 있음을 알 수 있다. 그 대표작은 <혈의루>의 하편으로 새로 집필된 <모란봉>이다.

일반적으로 기존의 연구에서는 『매일신보』 연재 <모란봉>에 대해, 최초의 신소설이자 동시대적 현실의 문제를 제재로 삼아 비판적 문제의식을 전면화한 측면이 있는 전편(前篇) <혈의루>의 문학적 성취 수준에는 이르지 못한 퇴행적 작품으로 평가되고 있다. 실제로 <모란봉>에는 한일강제병합 이후 내외적 조건의 변화로 인해 나타나기 시작했던 신소설의 퇴행적 국면으로서의 통속화의 양상들이 적지 않게 발견된다. 이는 동양서원본의 개작 당시에 노정되었던 검열 압력과 미학적 실천 욕망 간의 갈등이 점차 현실의 불가피성을 인정하는 방향으로 귀착되는 과정을 보여주고 있다고 할 수 있을 것이다.

<모란봉>에서는 고소설의 대표적인 모티브 중의 하나인 혼사장애가 핵심적 갈등 요인으로 등장하고 있다. 그러나 이러한 갈등은 전근대적 가치관과 근대적 가치관 사이의 대립 양상을 보여주었던 <치악산>의 두 가문 간의 갈등 양상과는 사뭇 다른 면모를 지니고 있다. <모란봉>에서는 옥련에게 반한 서순일과 그의 정욕 추구에 협조함으로써 이익을 도모하려는 하늘밥도둑30)과 같은 전형적인 악인형 인물31)의 등장으로 인해 주인공

---

30) 서일순이 기숙하고 있는 최여정의 집 행랑에 있는 더부살이 계집의 별명으로, 이 인물은 서일순과 의남매를 맺고 서숙자로 행세한다. 참고로 원문은 다음과 같다. "본래 그 계집의 별명은 **하늘밥도둑**인데, 그 별명 지은 뜻은 가령 하나님이 밥상을 받았더라도 앙큼한

을 위기에 빠뜨리려는 음모가 전개되고 이 과정에서 고립무원의 상황에 직면하게 된 옥련의 모습을 그리고 있다.

> 만일 다른 사람에게로 시집을 가라 하실진대 미국 대통령의 부인이 되더라도 나는 못 가겠소. 나는 미가녀(未嫁女)라 **구완서를 위하여 절개 지킬 의리는 없고, 다만 믿을 신 자를 지키는 터이라.** 만일 구완서사 먼저 파약을 할 지경이면 내 속이 쓰리더라도 어디든지 시집을 가려니와, 내가 먼저 파약은 못하겠소. 고장팔이는 거지된 위인이라 내 몸을 희생(犧牲) 삼아서 거지를 도와주면 덕의 상에 가한 일이니, **구완서에게 믿을 신 자를 지키지 못한 죄를 짓더라도 덕의 상에 가한 일을 하겠소.**[32]

이러한 <모란봉>의 구도는 새로운 근대적 가치관을 추구하는 인물을 형상화하고 있다기보다는, 전근대적 윤리관을 표상하는 가치인 신의·정절 등을 고수하려는 주인공의 승리 혹은 좌절을 그림으로써 결과적으로 이상주의의 우월성을 지지하는 입장을 표명해 온 전근대문학의 서사문법에 근접한 면모를 보이고 있다고 볼 수 있다. 따라서 <모란봉>은 <혈의루>와 <은세계> 등에서 나타나는, 이인직의 신소설이 담지하고 있었던 정치성과 비판적 담론의 전면화와 같은 혁신적 특징들이 거세되어 있다는 평가를 내릴 수 있다. 이는 병합 이후의 정치적 상황의 변화 속에서 노정된 신소설 퇴행 현상의 한 국면이기도 하다.

마음에 훔쳐먹으려 드는 계집이란 말이라." <모란봉> 제 25회, 『매일신보』 1면, 1913.3.21.

31) 서숙자가 서일순의 음모에 가담하게 되는 계기는 다음과 같이 서술되고 잇다. "또 서씨가 물 한그릇을 떠오라든지 술 한 잔을 사 오라든지 하루 종일 허다한 심부름을 다 그 계집이 하여 주되, 시키는 심부름 외에 속이 시원하게 하여 주는 일이 허다한지라. 서씨가 종종 돈냥씩이나 주지마는 계집의 욕심이 그만 돈을 바라는 것이 아니요, 장가도 아니 든 서씨를 잘 호리면 아내는 못 되더라도 첩은 될 줄로 알고 있는데...(중략)" <모란봉> 제 25회, 『매일신보』 1면, 1913.3.21.

32) <모란봉> 제 48회, 『매일신보』 1면, 1913.4.30.

그러나 이인직이 <혈의루> 하편의 전개 방향을 애초부터 위와 같은 형태로 구상했던 것은 아니라고 보아야 한다. 대한 제국 시기에 연재되었던 『제국신문』 텍스트의 특징들을 살펴보면 일정한 변별점이 발견되기 때문이다. 『제국신문』 연재 하편에서는 옥련 모녀의 재회 후 혼인 문제를 논의하는 과정에서 구완서 자신이 나라를 위해 학업의 중도 포기가 불가하다고 역설(力說)한 뒤 혼약을 미루거나 심지어 파기하자고 말한다.

"지금 우리가 고국에 도라가면 / 공부에 방히도 젹지 안이할 터이오 / 혈긔 미셩흔 사름들이 일즉 시집가고 장가드는 거슨 졔 신상에 그럿케 히로운 거시 업는지라 / 그러느 우리가 졔 일신의 리히를 교계흐는 거슨 오히려 둘지로다 …(중략)… 여보계 옥년 / 즈네 마암 엇더흔가 / 어서 시집이는 가서 세간느 자미잇게 흐면 그거시 소원인가 / 즈네 소원이 만일 그러홀진디 / 우리 긔왕 언약이 오므리 지즁흐더리도 **나는 그 언약보다 더 소즁흔 국가위흐는 목뎍이 잇스니 즈네는 밧비 귀국흐야 어진 남편을 구흐야 흐로밧비 시집가셔 즈네 부모의 소원디로 흐계**33)

물론 가족들과의 협의를 통해 학업을 마친 후 혼인하기로 결정이 이루어지지만34) 이는 어떠한 일이 있어도 혼약을 파기하지 않을 것이라고 다짐하는 <모란봉>의 구완서35)와는 확연한 대조를 이루고 있다. 이러한 『제국신문』 연재 하편의 전개 방향은 언뜻 보기에는 이후 두 주인공 간의 혼인을 둘러싼 갈등, 즉 혼사장애가 핵심 사건이 될 것임을 암시하고 있다는 점에서 표면적으로는 <모란봉>과 크게 다르지 않아 보인다. 그러

---

33) <혈의루> 하편 제 8회, 『제국신문』 1면, 1907.5.27.
34) 연재 텍스트는 이 부분까지 전개된 후 중단되었다.
35) "(김) 만일 너의 부모께서 옥련이를 합의치 아니하게 여기실 지경이면, 네가 어찌할 터이냐 / (구) 부모가 잘못하시는 일은 간하다가, 아니 들으실 지경이면 내 마음대로 하지요. / (김) 네 마음대로 하면 어떻게…? / (구) 자유결혼(自由結婚)하지요." <모란봉> 제 3회, 『매일신보』 1면, 1913.2.7.

나 주인공들이 사적인 영역보다는 공적인 영역에서의 삶에 더 큰 비중을 두면서 새로운 가치관을 추구하는 개인으로 그려지고 있다는 점에서 <모란봉>에서 나타난 갈등의 양상과는 그 성격이 크게 다르다고 할 수 있다. 오히려 이러한 전개는 대한 제국 시기에 발표되었던 <치악산>에서 혼사 장애를 모티브로 하면서도 구시대적 가치관과 새로운 가치관 사이의 충돌 양상을 그렸던 것과 유사한 측면이 있다. 즉 표면적으로는 고소설의 전형적인 모티브를 차용하고 있지만 실질적으로는 새로운 서사 문법을 추구하려는 지향이 나타나고 있는 것이다.

이에 반해 <모란봉>에서는 혼사장애의 성격이 앞서 언급했던 전근대문학에서 주로 발견되는 서사 문법의 패턴을 크게 벗어나지 않고 있다. 비록 갈등을 형상화하는 서술의 핍진성이나 문장의 세련미 및 참신성 면에서는 <혈의루>에 못지않은 완성도를 보이고 있으나 당대적 현실의 문제에 대한 치열한 비판 의식을 찾아보기는 어려운 것이다. 이러한 작품의 성격 전환은 한일강제병합이라는 정치적 상황의 변화와 밀접한 연관이 있다고 할 수 있다. 다시 말해 병합 이전에는 정치적 선택과 그에 따른 실천이 상대적으로 자유로운 현실에 대한 기대를 바탕으로 다양한 담론들을 소설 내부로 끌어들이는 것이 가능했고 동시에 일정한 시대적 의의를 지닐 수 있었으나, 그러한 가능성이 원천적으로 봉쇄된 병합 이후의 정국에 이르러서는 정치적 의미를 지니는 담론들의 거세가 불가피해진 관계로 통속성이라는 요소만을 강화할 수밖에 없는 상황에 직면하게 된 것이다. 아울러 문학 내적인 측면에서의 계기들, 즉 이와 같은 방향 전환을 자극한 새로운 작품들인 <장한몽>과 <추월색> 등의 등장 또한 간과할 수 없는 배경으로 작용했다고 할 수 있다.

결국 대한 제국 시기의 문학사에 소설적 혁신의 계기를 마련했던 이인직의 작품들은 식민지화 이후 정치적 지형의 변화와 검열이라는 직접적 압력에 의해 불가피하게 텍스트 변화를 강요당하게 된다. 동양서원본에서 이미 그러한 징후가 노출되었고, <모란봉>에 와서는 복고적 서사 문법으로의 회귀 현상이 보다 두드러지게 노정되고 있다. 그 과정에서 당대적 현실과의 긴밀한 조응 관계가 약화되고 결과적으로 작품의 통속성이 강화되는 쪽으로 작품의 성격 또한 변화했다고 할 수 있다. 물론 이 과정에서 작가는 자신의 고유의 창작의 원칙 혹은 방법론을 일정 부분 견지하고자 노력하기도 했고 그 흔적을 전혀 찾아볼 수 없는 것은 아니지만 이것이 작품의 개신(改新)으로 이어졌다기보다는 굴절 및 퇴행적 변형으로 귀결된 측면이 더 크다고 판단된다.

2) 창안자에서 모방자로의 전락

앞서 살펴본 동양서원본 <목단봉>과 『매일신보』 연재 <모란봉>의 복고적 서술 경향은 이미 1912년부터 나타나고 있었던 신소설과 활자본 고소설[36] 간의 기법적 혼효 현상의 연장선상에서 초래된 결과일 수도 있다. 실제로 1910년대에 발간된 주요 신소설 및 활자본 고소설 작품들을 살펴보면 장르 간 혼성 모방이라 명명할 수 있을 정도로 기법면에서의 공유 현상이 두드러진다. 이는 활자본 고소설 중에서도 이른바 신작 구소설이라고 불리는, 이 시기에 새롭게 창작된 고소설로 분류되는 작품들에서 주로 발견된다. <금낭이산>(1912)이나 <추풍감별곡>(1913)과 같은 작품들을 보면 역전적 서술 기법을 이용해 서두를 제시하거나 구어체를 바탕으로 대화를 구성함과 동시에 화자 표시를 구분하는 등 신소설의

---

36) 조선 후기에 제작된 방각본 혹은 목판본 고소설과 구별되는, 20세기에 들어와 서양식 인쇄문화의 도입과 함께 연활자(鉛活字)로 인쇄되어 발간된 구소설 작품을 '활자본 고소설'이라고 한다. 학자에 따라 '구활자본 고소설' 혹은 '신활자본 고소설' 등으로 사용하는 경우도 있으나 여기에서는 편의상 '활자본 고소설'로 명명하기로 한다. 기존의 연구 결과에 의하면 활자본 고소설은 크게 두 가지 하위 유형으로 나눌 수 있는데 ① 기존 고소설을 대상으로 한 재출판/번안/개작물, ② 이 시기에 새롭게 창작된 신작 고소설이 그것이다. 이주영, 『구활자본 고전소설연구』, 월인, 1998 참조.

주요 기법들을 수용하는 양상이 나타난다.[37] 마찬가지로 이해조에 의해 기존의 판소리계 소설을 신소설적 감각으로 각색한 <옥중화>(1912) 등의 작품들이 연이어 발간되고, 동시에 <추월색>(1912) 등으로 대표되는 신소설 작품에서는 고소설의 관용적인 어구와 상투적 표현들이 적극 수용되는 양상이 발견된다.[38] 동양서원본의 서두와 <모란봉> 등에서 나타나는 식민지화 이후 이인직 소설의 기법적 변화 양상은 이 당시의 장르 간 공유 현상과 연관성이 있어 보인다.

그러나 신작 구소설을 포함하여 1910년대의 문학작품들이 주로 본받고 있었던 새로운 기법들은 사실 이인직 자신이 <혈의루>의 창작을 통해 만들어 낸 양식적 창안의 결과물들이었다는 점에서 그의 작품의 변화는 문제적이다. 신소설에서 시도되었던 새로운 기법들이 문학적 혁신으로 귀결되지 못한 채 퇴행과 통속화의 경로를 걷게 된 데에는 식민지화라는 외부적 상황의 변화가 가장 결정적인 요인이라는 점을 부정하기 어렵다. 그럼에도 불구하고 최초의 창안자인 이인직 자신조차도 여타의 신소설이 걸어갔던 길을 답습할 수밖에 없었던 것은 작가적 한계로 지적될 수밖에 없다. 물론 작가 나름의 저항적 실천의 흔적이 전혀 없다고 할 수는 없지만, 수사적 세련미의 추구라는 형식면에서의 관성적 태도만이 유지될 뿐 내용적으로는 오히려 후퇴하는 면모를 보이고 있는 것도 부정하기 어렵기 때문이다. 따라서 한일강제병합 이후에 이인직이 작가로서의 재기를 위해

---

37) 졸고, 「<금낭이산(錦囊二山)> 연구 – 작품의 성립과 그 변화 과정을 중심으로-」, 『현대소설연구』 제 37호, 한국현대소설학회, 2008, 125~149쪽 참조.

38) 참고로 1910년대 소설의 이러한 장르 혼합 현상은 이인직이 동양서원본을 발간한 1912년을 기점으로 활발하게 나타나고 있다. 이 점 또한 그 원인에 대한 고찰이 필요하고 본 연구자 또한 <금낭이산>을 대상으로 약간의 논의(졸고, 위 논문 참조)를 진행한 바 있으나, 현재까지는 참조할 만한 연구 성과를 찾기 어려운 관계로 여백으로 남겨 둔다.(그러나 최근에는 필자가 학위논문을 집필하던 당시에 비해 '근대초기소설의 전래 서사 수용' 혹은 '고소설의 근대적 변전'으로 지칭되는 현상에 대한 연구 논문이 일일이 열거하기 어려울 정도로 증가했다는 점을 밝혀둔다)

벌였던 일련의 노력을 긍정적으로 평가하기는 쉽지 않다.

결국 <모란봉>의 연재 이후로 작가로서의 이인직의 활동은 사실상 끝났다고 할 수 있다. 앞서 언급했듯이 그가 마지막으로 발표한 작품은 <달 속의 토끼>(1915)이다. 이 작품은 의인화된 토끼가 제 운명도 예측하지 못하면서 다른 사람의 운명을 점치는 판수를 비판하면서 회개·인애·근검과 같은 도덕적 덕목의 실천을 강조하는 교훈적 우화로 구성되어 있다. 이 작품을 소개했던 다지리는 천리교 사상에 귀의한 작가의 숙명론적 세계관이 표명된 작품으로 해석하고 있지만, 작품 속에 제시된 가치관적 지향이 반드시 천리교와의 연관성 속에서만 파악 가능한 것인지의 여부는 좀 더 따져볼 필요가 있다.

필자가 주목하는 부분은 이 작품의 단편소설적 요소 및 문체면에서의 후퇴 현상이다. <달 속의 토끼>에서는, <단편>과 <빈선랑의 일미인> 등 근대단편소설이 지녀야 할 요소들을 일정 정도 갖추고 있으면서도 현실 세태의 구체적인 묘사와 비판이라는 장점을 잃지 않았던, 전작들의 면모가 발견되지 않는다. 아울러 이 작품에 이르러서는 <모란봉>에서도 지속적으로 유지되던 구어체적 문체, 특히 '-다'체의 빈번한 사용 경향이 현저히 줄어들고 '-더라'체가 압도적으로 증가하는 문체적 후퇴 현상이 나타나고 있다.39) 이러한 양식적 퇴행 현상은 그의 소설이 시대적 상황과의 긴장 관계를 상실하고 있음을 징후적으로 드러내 주고 있다고 본다. 즉 이 작품은 정치적 상황의 변화로 인해 소설을 통해서는 더 이상 현실과의 역동적 긴장 관계를 유지할 수 없었던 작가의 처지가 반영된 결과물로 파악하는 것이 보다 타당한 해석이라고 본다. 소설의 혁신을 향한 그의 추구는 더 이상 진척되지 못한 채 이 작품에서 사실상 종료된다.

---

39) <달 속의 토끼>에 사용된 종결어미의 수는 총 15개이며, 이 중 '-다'형은 단 1개만이 등장할 뿐이다.

당대의 작가들 중 가장 이른 시기에 일본으로 건너간 사람이라 할 수 있는 이인직은 마침 새로운 서사 양식으로 정립되고 있었던 메이지 시대의 일본 소설을 접할 수 있었고 이것은 그로 하여금 문학적 발견과 작가적 실천의 계기를 마련해 주었다고 평가할 수 있다. 그리고 조선으로 귀국한 후 이인직은 자신이 주필로 있던 신문의 지면을 통해 작품을 발표하면서 기존의 소설에 대한 통념을 전복시킬 만한 새로운 양식 창안의 가능성을 연 최초의 작가로 한국문학사에 자리잡게 된다. 초기의 단편 및 대한제국 시기의 신소설 작품에서는 끊임없는 양식적 실험과 기법적 세련미를 추구하는 장인적 태도가 결합되고 있는 양상을 쉽게 찾아볼 수 있다. 그의 소설에는 시대적 상황에 대한 정치적 입장의 개진이 분명하게 표명되고는 있지만 그렇다고 해서 그가 소설을 정치적 이념을 직설적으로 표방하기 위한 담론적 수단으로만 보지는 않았던 것은 확실하다.

　　또한 그는 자신의 작가적 역량을 최대한 발휘하여 기존의 양식이 지닌 관습을 넘어서는 새로운 틀을 창안해 내는 데에 관심이 높았다. 그의 작품에서 일본 소설의 영향 아래 성립된 것으로 보이는 요소들이 발견되는 것도 사실이지만, 그럼에도 불구하고 자신만의 고유한 내적 형식을 완결된 형식에 담아 창안하려는 시도가 뚜렷이 나타나고 있을 뿐만 아니라 그러한 시도를 통해 나름대로 일관된 창작의 방법론을 확립한 것으로 평가할 수 있는 사실들도 발견되기 때문이다. 그 결과 귀국 후 발표된 그의 소설들은 외래적인 요소들을 현지화하면서 국내 독자들에게 새로운 읽을거리를 제공하였고, 동시에 읽을거리로서의 소설이 지녀야 할 요건이 무엇인가 하는 물음에 대한 독자층의 통념적 인식을 스스로 재구성하게 만들었다고 할 수 있다. 조선에서는 이인직의 소설 창작으로 인해 비로소 고소설과 단절된 새로운 형태의 소설이 등장할 수 있었고, 소설의 개념에 대한 새로운 사고와 담론들이 구성되고 통용될 수 있었다. 이인직이 발표한 혁신적 작품들을 보며 여타의 작가들도 그와 유사한 창작 방법을 원용해 각자의 상황에서 만들어낼 수 있는 새로운 형태의 소설을 쓸 수 있게 되었고, 그러한 현상이 반복 및 관행화하면서 신소설은 하나의 문학사적 양식의 지위를 획득해 나갔다고 할 수 있다.

이처럼 이인직의 소설적 혁신의 추구 과정은 조선에 새로운 양식의 등장과 정착이라는 결과를 가져왔으며 그 자신 스스로도 지속적인 개작을 통해 창작 방법상의 일관성과 실험성을 동시에 고양시키는 데 기여해 왔다고 평가할 수 있다. 이인직 소설의 성립과 변화 과정은 사실상 한국 신소설의 성립 및 변화 과정의 가장 중요한 국면을 대표하고 있다고 해도 과언이 아니다.

그러나 한일강제병합 이후의 상황은 이인직 소설의 응전력 쇠퇴 및 양식적 혁신성의 후퇴 과정을 분명하게 드러내 주고 있다. 우선 외적 요인들의 작용으로 인해 작품의 주제의식과 긴밀하게 연결되는 정치성이 탈각되는 현상이 두드러진다. 이는 정치적 실천 가능성의 봉쇄라는 작가의 현실적 처지와 무관하지 않은 것으로 보인다. 이에 반해 예술적 완성도를 향한 작가의 추구는 보다 지속적으로 유지되는 경향이 나타난다. 이러한 기법적 세련미의 추구라는 태도는 그 일관성에도 불구하고 참신성을 띤 혁신의 차원으로까지 고양되었다고 말하기는 어려워 보인다. 이 점은 신소설의 통속화 현상을 그대로 답습하고 있다거나 고소설의 서사 문법으로 회귀하고 있는, 한일강제병합 이후 발표된 작품들을 통해 확인된다. 동양서원본 <목단봉>와 『매일신보』 연재 <모란봉>은 이러한 양상을 여실히 드러내고 있는 작품이라고 할 수 있다. 때문에 이 작품들에 일정한 한계가 있는 것은 엄연한 사실이지만, 그렇다고 해서 이인직 소설 연구의 대상에서 배제되어야 하는 것은 아니다. 오히려 그의 작품 세계의 변화 양상을 온전히 파악하기 위해서는 대한 제국 시기에 발표된 텍스트들과 반드시 함께 고찰되어야 할 대상이라고 할 수 있다.

요컨대 자신이 창안하고 형성해 낸 혁신성을 유지하기 위한 작가의 내적 노력이 없지 않았음에도 불구하고 정치적 상황의 변화가 이인직 소설에 미친 영향 또한 매우 엄중한 것이었다. 그로 인해 이인직은 자신이 거둔 문학적 성취의 전반적인 퇴색과 작가적 역량의 퇴행이라는 결과로부터 자유로울 수 없었다. 이 책은 이와 같은 이인직 소설의 전반적인 변화 과정을 작가 생존 당시에 발표된 모든 원문 텍스트를 대상으로 하여 원전비평적 관점에서 통시적으로 고찰하고자 하였다. 그 고찰의 결과 도달한 결론은 이인직의 소설은 내외적 요인들의 복합적인 작용으로 인해 끊임없는 자가 발전과 굴절의 과정을 겪으면서 형성된 다중적 텍스트라는 점이며, 이러한 특징을 가장 잘 보여주고 있는 작품으로 <혈의루> 텍스트군을 꼽을 수 있다는 것이다.

V. 결 론

이 책에서 이루어진 논의는 다음과 같이 요약·정리할 수 있다.

먼저 이 책의 II장에서는 원문 텍스트가 부재하거나 온전하게 전하지 않음으로 인해 기존의 연구에서 사실 관계를 명확히 규명하기 어려웠던 이인직 작품의 텍스트의 계보를 최대한 집적하였고 사실상 전 작품의 서지를 복원하였다.

이인직의 첫 작품은 『미야코신문』에 연재되었던 <과부의 꿈>이다. 이 작품은 일문으로 집필되긴 했으나 이인직 소설의 시원적 텍스트일 뿐만 아니라 근대단편소설의 미학적 요소들을 상당 수준 구현하고 있어 주목을 요한다.

그리고 국내에서 발표된 첫 작품은 『만세보』에 연재된 <단편>이 아닌, 『국민신보』에 연재된 <백로주강상촌>으로 보아야 한다. 전광용에 의해 최초로 소개된 이 작품은 비록 필사본만이 전할 뿐이지만 필자의 고찰에 의하면 이인직이 창작한 것이 확실하며, 부속국문으로 표기되지 않은 작품이라는 점 또한 틀림없다. 이 작품은 당시 『국민신보』 지면의 특징을 고려할 때 순국문에 기반한 국주한종체 혹은 순국문체로 집필되었을 가능성이 높다고 할 수 있으나, 연재 중단 시점까지의 작품 전체가 수록되어 있을 『국민신보』의 부재로 인해 현재로선 확인이 불가능하다.

다음으로 <혈의루>에 대한 서지적 고찰을 통해 우리는 이 작품을 지칭할 때 그 대상이 되는 텍스트가 최소한 5개에 이른다는 점을 확인하였다. 먼저 상편은 『만세보』 연재 텍스트와 1차 개작본인 광학서포본, 그리고 1912년에 대폭 개작되어 발간된 <목단봉>이라는 표제의 동양서원본 등 3개의 텍스트가 존재한다. 이에 비해 하편은 1907년 광학서포본 초판의 발간 직후 『제국신문』에 연재된 하편과 동양서원본의 발간 이후 집필된 1913년의 『매일신보』 연재 <모란봉> 등 2개의 텍스트가 있다. 조사 결과 각각의 텍스트는 적지 않은 차이를 노정하고 있었고, 이는 발간 과정에서 매체 전환과 개작 등이 요인으로 작용한 결과임을 알 수 있었다. 특히 동양서원본의 개작은 이인직 소설의 결정적인 변화의 계기를 가장 예리하게 드러내고 있는 대표적인 텍스트로서 주목을 요한다.

이러한 복수의 텍스트 존재 및 텍스트 간 차이의 양상은 <귀의성>의 경우에도 유사하게 나타나고 있음을 알 수 있었다. <귀의성>의 원문 텍스트는 새로 발굴된 중앙서관 발행 초판을 포함하여 총 4개의 텍스트가 현전한다. 『만세보』 연재 텍스트와 중앙서관본 상·하편의 초판, 그리고 재판인 동양서원본(상편)이 그것이다. 이 외에도 2편의 단행본 텍스트가 발간된 것이 확실해 보이지만 실물이 전하지 않아 현재로선 확인이 불가능하다. 이 원문 텍스트들을 살펴보면 상편의 경우 중앙서관본은 『만세보』 연재 텍스트와 일정 정도 차이를 보이고 있어 사실상의 개작본에 가까운 성격을 지니고 있으며, 동양서원본은 비록 개작의 폭은 크지 않지만 초판에서 발생한 적지 않은 오기들을 상당 부분 바로잡고 있는 개정판의 성격을 띠고 있는 것으로 판단된다.

한편 이 책에서는 <치악산>과 <은세계> 역시 『대한신문』에 연재된 후 단행본으로 발간된 것이 거의 틀림없는 사실이라는 점을 논증하였다. 새로 발견된 <은세계> 필사본과 『대한신문』 연재 강상선 원문은 두 작품의 신문 연재 사실을 뒷받침하는 자료로서의 위상을 지닌다. 그런데 이 중 <은세계> 필사본이 동문사본과 적지 않은 차이를 보이고 있다는 사실로부터 우리는 <은세계> 또한 『만세보』 연재 작품들과 유사한 텍스트 변화의 양상을 지닌 작품이라는 결론을 얻을 수 있다. <치악산>은 신문 연재 텍스트의 부재로 인해 이 책에서 다루지는 못했지만 이인직의 다른 작품과 마찬가지로 텍스트 변화의 가능성을 충분히 지니고 있다는 점을 지적해 두고자 한다.

이상과 같은 서지의 보정을 통해 우리는 다음과 같은 사실을 알 수 있다. 먼저 이인직의 소설 중 국내에서 발표된 주요 신소설 작품은 예외 없이 신문 연재를 거친 후 단행본으로 출판되었음을 알 수 있다. 그리고 매체의 전환이라는 계기의 작용과 지속적인 개작 시도로 인해 각 텍스트 간의 차이 또한 결코 무시할 수 없는 수준으로 나타났음을 확인하였다. 이처럼 이인직의 주요 작품들은 연재 후 개작 출판이라는 경로를 거치면서 판본 간 이질성을 노정하게 되었고, 그 차이는 단순한 수정이나 표현상의 변화를 넘어 주제를 포함한 작품 성격의 근본적인 변화로까지 이어지고 있다는 점에서 그의 소설에 대한 접근 방식의 재고를 불가피하게 만들고 있다. 이로 인해 이인직의 소설은 이제 어느 하나의 판본만을 결정적인 원문 텍스트로 확정하기 어려운 다중성을 내포하게 되었다고 본다.

이와 같은 다중적 텍스트의 변화 양상에 있어 뚜렷한 변별점을 보여주는 계기는 한일강제병합이라는 정치적 변화의 과정에서 이루어진 1912년의 <혈의루> 개작이다. 이에 이 책의 III장과 IV장에서는 이 동양서원본의 개작이 이인직 소설 변화의 가장 중요한 분기점이라는 판단 하에 한일강제병합 이전과 이후로 시기를 구분하여 텍스트 및 작품 세계 변화의 양상을 고찰하였다.

먼저 최초의 신문 연재 작품인 <과부의 꿈>은 기-승-전-결의 4단 구성 방식을 통해 주제인 고독과 비애의 정서를 효과적으로 형상화하고 있으며, 기법적인 측면에서도 대화와 묘사 등의 간접 제시 기법의 효율적 사용을 통해 작품의 내적 완성도를 높이고 있어 근대적 단편소설의 미학을 상당한 수준에서 성취한 작품으로 규정할 수 있다. 따라서 <과부의 꿈>은 단순한 습작이 아니라 상당히 정교하고 치밀한 구상을 거쳐 집필된 작품이라는 평가가 가능하다고 본다.

이러한 맥락에서 『만세보』 연재 <혈의루>의 특질을 고찰해보면 이 작품 또한 전래의 서사와도 뚜렷한 차별성을 보여주고 있을 뿐만 아니라 동시대의 다른 작품들과 구별되는 고유의 형식적 특질을 지니고 있다는 점은 분명하다. 역전적 서술 기법을 이용한 시공간 구성 방식의 변화, 비록 불완전하긴 했지만 언문일치에 가까운 근대적 문체를 구사함으로써 고소설의 관용화한 언어들이 지닌 상투성을 상당 부분 극복하고 있는 점, 그리고 내적 언설의 구별을 용이하게 만드는 새로운 장치들-들여쓰기 편집을 활용해 대화와 지문을 가시적으로 분리한다든지 혹은 대화 서술시 화자를 표시함으로써 발화의 주체가 누구인지 보다 명확히 알 수 있도록 한 것-이 도입된 사실 등을 그 근거로 들 수 있다. 이 외에도 동시대적 현실을 제재로 하여 초월적 세계의 개입을 배제한 채 서사를 전개함으로써 리얼리즘을 추구하는 경향을 보다 뚜렷이 드러내고 있는 점, 그리고 일본과 미국 등지로의 해외 유학을 소재로 함으로써 작품 내적 세계의 외연을 확장한 동시에 새로운 현실 인식을 내포하고 있는 이른바 문명개화 담론을 작품의 전면에 내세움으로써 정형화되어 있던 고소설의 주제로부터 탈피하고 있는 점 등도 <혈의루>가 지닌 '소설적 혁신성'의 근거로 지적된다. 나아가 이러한 소설적 혁신의 추구가 일회성 시도로 끝나지 않았다는 사실, 다시 말해 <귀의성>·<치악산>·<은세계> 등 주요 작품의 창작을 통해 작가 자신에 의해서도 지속적으로 전개되었을 뿐만 아니라 이해조·김교제·최찬식 등 후발 작가들의 창작에도 직접적인 영향을 미침으로써 신소설이라는 문학사적 양식의 등장과 정착에 가장 결정적인 역할을 했다는 점을 고려할 때, <혈의루>의 연재는 전래의 서사물들로부터 형성된 소설에 대한 통념을 깨는 새로운 소설 즉 '신소설(新小說)'의 등장을 알리는 가장 분명한 계기적 사건으로 규정될 수 있다고 본다. 무엇보다도 중요한 사실은 이 작품이 신문이라는 근대적 매체를 통해 조선인 작가가 실명으로 쓴 순수 창작소설을 연재한 최초의 사례인 동시에 이후 활판으로 인쇄됨으로써 전래 소설과는 구별되는 새로운 텍스트 생산·소비·유통 환경을 생성해냈다는 것이다.

요컨대 최초 연재 당시의 <혈의루>는 혁신적인 서사 문법의 창안을 통해 문학사적 양식의 등장을 견인한 동시에 전근대적이었던 기존 소설 텍스트의 생산·소비·유통 환경과 결별한 최초의 작품이라는 문학사적 의의를 지닌다고 할 수 있다.

그러나 『만세보』 연재 <혈의루>는 단행본화 과정을 거치면서 적지 않은 변화의 양상을 보이게 된다. 그 양상은 기본적으로는 개작을 통한 문장 표현상의 심미적 완성도 향상이라는 목표의식의 추구로 요약될 수 있지만 그러한 목표가 성공적으로 달성되었다거나 일관되게 추구되었다고 보기 힘들게 만드는 측면 또한 존재한다. 이 외에도 우연적이고 외부적인 요인 즉 매체 전환의 물리적인 과정에서 발생한 교열상의 오기로 인해 애초의 의도와 다른 방향으로의 변화를 초래하기도 하였다. 말하자면 단행본 출판은 이인직 소설의 텍스트에 일정한 다중성을 형성하게 만든 중요한 계기로서 작용하였던 것이다. 아울러 대한 제국 시기의 단행본 출판 과정에서 이루어진 표기방식의 전환은 비록 그 자체로 문체의 전환을 의미하는 것은 아니지만 적어도 신소설의 순국문체 집필 관행을 정착시킨 계기가 되었다는 점과, 여기에는 작가의 국문 지향 의식 또한 하나의 요인으로 작용하였다는 점을 논증하였다.

이와 같은 대한 제국 시기의 이인직 소설의 텍스트 변화 유형은 크게 교열상의 오기와 개작으로 구분할 수 있다. 먼저 확실한 오기로 판단되는 사례들을 살펴보면 원문 텍스트 자체에서도 작가가 의도했던 작품의 본래적인 모습에 적지 않은 훼손이 가해진 사실을 확인하게 된다. 이에 이 책에서는 이인직 소설에서 나타난 수많은 오기들 중 작품의 오독을 초래할 수 있어 주의를 요하는 주요 사례들을 제시하였고 원문의 보정을 시도하였다. 그리고 고찰 결과 정확도만을 기준으로 할 때에는 대체로 『만세보』 연재 텍스트의 신뢰도가 가장 높다는 사실을 알 수 있었다. 하지만 『만세보』 연재 텍스트에서도 오기가 일부 발견될 뿐만 아니라 세 판본을 동시에 비교할 때에만 비로소 정확한 원문 표현이 무엇인지 알 수 있게 되는 사례들이 있기 때문에 이러한 오기들은 결국 각각의 경우들에 대해 적절하고 합리적인 기준을 따라 보정을 할 필요가 있다.

다음으로 기존의 연구에서 지적되었던 개작 부분을 포함하여 이인직 소설 전반에 걸친 개작의 양상을 작품별로 고찰한 결과 해당 사례들은 이인직이 어휘 및 문장 층위를 넘어 단락 층위에서도 광범위하면서도 대폭적인 형태로 개작에 임하였음이 확인되었다. 여기에는 일정한 경향성이 발견되는데, 『만세보』 연재 텍스트에서 광학서포본으로 갈수록 대체로 서술 분량이 감소하는 경향이 뚜렷이 나타나고 있음을 알 수 있다. 이는 문장 및 표현을 간결하게 다듬음으로써 수사적인 세련미를 추구한 것으로 볼 수 있다. 즉 정치적인 상황에 대한 고려나 작가의식의 후퇴라기보다는 문장 표현상의 완성도의 추구라는 목적의식이 강하게 작용한 결과로 이해할 수 있는 것이다. 하지만 이러한 개작 시도는 대체로 수사적인 측면에 집중되고 있으며 서사의 구조나 주제면에 있어 변화를 초래하는 수준에서 나타났다고 보기는 어렵다. 이와 같은 개작 부분에서 발견되는 축약 서술 경향은 세부 묘사의 충실성을 통해 더욱 진전된 현실감을 구현하고 있었던 『만세보』 연재 텍스트의 혁신적 면모를 일정 정도 반감시키고 있다는 점에서 문제적이다. 물론 축약 위주의 개작이 간결하면서도 세련된 표현 효과를 낳을 수 있는 측면도 있겠지만 그보다는 신문 연재 텍스트가 확보했던 장점을 반감시키는 쪽으로 귀결되었다고 보는 것이 좀 더 사실에 부합되는 평가라고 판단된다.

이에 비해 한일강제병합 이후의 2차 개작본인 동양서원본 <혈의루>는 대한 제국 시기의 텍스트에 담지되어 있던 정치적 주제 의식이 거세되는 방향으로 주요 장면의 삭제 및 대체 서술이 이루어지고 있음을 알 수 있다. 여기에는 총독부의 검열에 의한 삭제 강요라는 직접적인 요인과 함께 식민 지배 체제를 수용하고 불가항력적인 현실의 변화에 맞춰 작품의 구성을 변경하려는 작가의 내적인 의도도 함께 작용한 것으로 보인다. 또한 동양서원본에서는 언뜻 보기에 검열 압력과는 무관한 것으로 보이는 개작의 특징들, 즉 장식적 수사의 기능이 강화되고 고유어 표현을 이용하여 문장의 세련미를 향상시키기 위한 노력의 흔적들이 적지 않게 포착된다. 이러한 개작의 경향성은 검열로 인해 정치적 담론의 표명이 봉쇄당한 현실에 대한 보상 심리의 발현이라고 해석할 수도 있겠지만 한편으로는 대한 제국 시기의 텍스트를 개작하는 과정에서 작가가 취해 오던 태도가 일관된 결과로도 볼 수 있다.

한일강제병합 이후 『매일신보』에 연재된 <모란봉>에 이르러서는 복고적 서사 문법으로의 회귀 및 통속화 현상이 보다 두드러지게 노정되고 있다. 이 과정에서 작가는 자신의 고유의 창작의 원칙 혹은 방법론을 일정 부분 견지하고자 노력하기도 했고 그 흔적을 전혀 찾아볼 수 없는 것은 아니지만 결과적으로 작품의 개신(改新)보다는 굴절 및 퇴행적 변형으로 귀결된 측면이 더 크다고 판단된다. 이처럼 외적 요인들의 작용으로 인해 주제의식과 긴밀하게 연결되는 작품의 정치성이 탈각되는 한편 예술적 완성도를 향한 작가의 추구는 보다 강화되는 경향이 나타났다. 이는 정치적 실천 가능성의 봉쇄라는 작가의 현실적 처지와 무관하지 않은 것으로 보인다. 그러나 이와 같은 기법적 세련미의 추구 과정이 반드시 참신성을 내포한 혁신의 차원으로 고양되지만은 않았다. 이는 고소설의 서사 문법으로의 회귀 현상이나 고소설의 관용적 어구들을 이용한 장식적 수사의 확대 현상을 통해 확인된다고 할 수 있다.

요컨대 자신이 창안하고 형성해 낸 혁신성을 유지하기 위한 작가의 내적 노력이 없지 않았음에도 불구하고 정치적 상황의 변화가 이인직 소설에 미친 영향 또한 매우 엄중한 것이었다. 그로 인해 이인직은 자신이 거둔 문학적 성취의 전반적인 퇴색과 작가적 역량의 퇴행이라는 결과로부터 자유로울 수 없었다. 식민지화 이후의 작품들인 동양서원본 <목단봉>와 『매일신보』 연재 <모란봉>은 이러한 양상을 여실히 드러내고 있는 작품으로서 이인직 소설의 연구에 있어 반드시 함께 고찰되어야 할 대상이라고 할 수 있다.

결국 이인직의 소설은 내외적 요인들의 복합적인 작용으로 인해 끊임없는 자가 발전과 굴절의 과정을 겪으면서 형성된 다중적 텍스트로 볼 수 있으며, 이러한 특징을 가장 잘 보여주고 있는 작품은 <혈의루>라고 할 수 있다. 이 책은 이와 같은 이인직 소설의 전반적인 변화 과정을 작가 생존 당시에 발표된 모든 원문 텍스트를 대상으로 하여 원전비평적 관점에서 통시적으로 고찰하고자 하였다. 비록 전체 사례의 일람 등과 같은 계량적인 조사 결과는 지면의 제약상 생략하거나 혹은 충분히 제시하지 못했지만 대표적인 사례들을 통해 그 양상이 지닌 대체적인 경향에 대한 분석은 일정한 수준에서 이루어졌다고 본다. 이 책에서 시도된 연구 방법을 계기로 하여 특히 텍스트의 다중성을 노정하고 있는 한국근대초기소설사의 주요 작품들에 대해서도 더욱 엄밀한 방식에 입각한 접근과 분석이 이루어질 필요가 있다고 생각한다.

부 록

1. 〈혈의루〉 연재 일지

연재일자 및 『만세보』 호수	연재횟수	비고
1906. 7.22.(日) 23호	제 1회	연재 시작 저자 표기 없음
7.23.(月)		정기휴간
7.24.(火) 24호	제 2회	'국초'라는 저자명 표기
7.25.(水) 25호	제 3회	
7.26.(木) 26호	제 4회	
7.27.(金) 27호	제 5회	
7.28.(土) 28호	제 6회	
7.29.(日) 29호	제 7회	
7.30.(月)		정기휴간
7.31.(火) 30호	제 8회	
8. 1.(水) 31호	제 9회	국문 중심 표기에서 갑자기 부속국문표기 증가
8. 2.(木) 32호	제 10회	
8. 3.(金) 33호		연재 쉼
8. 4.(土) 34호	제 11회	
8. 5.(日) 35호		연재 쉼
8. 6.(月)		정기휴간
8. 7.(火) 36호	제 12회	
8. 8.(水) 37호	제 13회	
8. 9.(木) 38호	제 14회	
8.10.(金) 39호	제 15회	
8.11.(土) 40호	제 16회	
8.12.(日) 41호		연재 쉼
8.13.(月)		정기휴간
8.14.(火) 42호		연재 쉼
8.15.(水) 43호		연재 쉼
8.16.(木) 44호	제 17회	
8.17.(金) 45호	제 18회	

8.18.(土) 46호	제 19회	
8.19.(日) 47호	제 20회	
8.20.(月)		정기휴간
8.21.(火) 48호	제 21회	
8.22.(水) 49호		연재 쉼
8.23.(木) 50호		연재 쉼
8.24.(金) 51호	제 22회	
8.25.(土) 52호	제 23회	
8.26.(日) 53호		연재 쉼
8.27.(月)		정기휴간
8.28.(火) 54호	제 24회	
8.29.(水) 55호	제 25회	
8.30.(木) 56호		연재 쉼
8.31.(金) 57호	제 26회	
9. 1.(土) 58호	제 27회	
9. 2.(日) 59호	제 28회	
9. 3.(月)		정기휴간
9. 4.(火) 60호	제 29회	
9. 5.(水)		임시휴간
9. 6.(木) 61호		연재 쉼
9. 7.(金) 62호	제 30회	
9. 8.(土) 63호	제 31회	임시휴간
9. 9.(日) 64호	제 32회	
9.10.(月)		정기휴간
9.11.(火) 65호		연재 쉼
9.12.(水) 66호	**제 32회**	실제횟수 (33회) 이하 같음. 횟수 중복
9.13.(木) 67호	제 33회	(34회)
9.14.(金)		임시휴간
9.15.(土) 68호	제 34회	(35회)
9.16.(日) 69호	제 35회	(36회)
9.17.(月)		정기휴간
9.18.(火) 70호	**제 36회**	(37회)

9.19.(水) 71호	**제 36회**	(38회) 횟수 중복
9.20.(木) 72호	제 37회	(39회)
9.21.(金) 73호	제 38회	(40회)
9.22.(土) 74호	제 39회	(41회)
9.23.(日) 75호	제 40회	(42회)
9.24.(月)		정기휴간
9.25.(火) 76호		연재 쉼
9.26.(水) 77호	제 41회	(43회)
9.27.(木) 78호	제 42회	(44회)
9.28.(金) 79호		연재 쉼
9.29.(土) 80호	제 43회	(45회)
9.30.(日) 81호	**제 44회**	(46회)
10. 1.(月)		정기휴간
10. 2.(火) 82호	**제 44회**	(47회) 횟수 중복
10. 3.(水)		임시휴간
10. 4.(木) 83호	제 45회	(48회)
10. 5.(金) 84호	제 46회	(49회)
10. 6.(土) 85호	**제 47회**	(50회) 광학서포본(초판) 발간 당시 누락됨. 이후 모든 판본 동일.
10. 7.(日) 86호	제 48회	(51회)
10. 8.(月)		정기휴간
10. 9.(火) 87호	제 49회	(52회)
10.10.(水) 88호	제 50회	(53회)

2. 〈귀의성〉 연재 일지

연재일자 및 『만세보』 호수	연재횟수	비고
1906. 10. 14.(日) 92호	제 1회	연재 시작(제 1장~)
10. 15.(月)		정기휴간
10. 16.(火) 93호	제 2회	
10. 17.(水) 94호	제 3회	
10. 18.(木) 95호	제 4회	
10. 19.(金) 96호	제 5회	
10. 20.(土) 97호	제 6회	
10. 21.(日) 98호	제 7회	
10. 22.(月)		정기휴간
10. 23.(火) 99호	제 8회	
10. 24.(水) 100호	제 9회	(제 2장~)
10. 25.(木) 101호	제 10회	
10. 26.(金) 102호	제 11회	
10. 27.(土) 103호	제 12회	
10. 28.(日) 104호	제 13회	
10. 29.(月)		정기휴간
10. 30.(火) 105호	제 14회	
10. 31.(水) 106호	제 15회	
11. 1.(木) 107호	제 16회	
11. 2.(金) 108호		연재 쉼
11. 3.(土) 109호	제 17회	
11. 4.(日)		임시휴간
11. 5.(月)		정기휴간
11. 6.(火) 110호	제 18회	
11. 7.(水) 111호	제 19회	
11. 8.(木) 112호	제 20회	
11. 9.(金) 113호	제 21회	
11. 10.(土) 114호	제 22회	
11. 11.(日) 115호		연재 쉼
11. 12.(月)		정기휴간

11. 13.(火) 116호	제 23회	
11. 14.(水) 117호	제 24회	
11. 15.(木) 118호	제 25회	(제 3장~)
11. 16.(金) 119호	제 26회	
11. 17.(土) 120호		연재 쉼
11. 18.(日) 121호	제 27회	
11. 19.(月)		정기휴간
11. 20.(火) 122호	제 28회	
11. 21.(水) 123호	제 29회	
11. 22.(木) 124호		연재 쉼
11. 23.(金) 125호	제 30회	(제 4장~)
11. 24.(土) 126호	제 31회	
11. 25.(日) 127호	**제 33회**	원래 32회여야 하나 잘못 표시한 듯. 내용 누락은 없음.
11. 26.(月)		정기휴간
11. 27.(火) 128호	제 34회	실제횟수 (33회) 이하 같음.
11. 28.(水) 129호	제 35회	(34회)
11. 29.(木) 130호	제 36회	(35회)
11. 30.(金) 131호	제 37회	(36회)
12. 1.(土)		임시휴간
12. 2.(日) 132호	제 38회	(37회)
12. 3.(月)		정기휴간
12. 4.(火) 133호	**제 38회**	(38회) 횟수 중복
12. 5.(水) 134호	제 39회	(39회)
12. 6.(木) 135호	제 40회	(40회)
12. 7.(金) 136호	제 41회	(41회)
12. 8.(土) 137호	제 42회	(42회)
12. 9.(日) 138호	제 43회	(43회)
12. 10.(月)		정기휴간
12. 11.(火) 139호	제 44회	(44회)
12. 12.(水) 140호	제 45회	(45회)

12. 13.(木) 141호	제 46회	(46회)
12. 14.(金) 142호	제 47회	(47회)
12. 15.(土) 143호	제 48회	(48회)
12. 16.(日) 144호	제 49회	(49회)
12. 17.(月)		정기휴간
12. 18.(火) 145호	제 50회	(50회)
12. 19.(水) 146호	제 51회	(51회)
12. 20.(木) 147호	제 52회	(52회)
12. 21.(金) 148호	제 53회	(53회)
12. 22.(土) 149호	제 54회	(54회)
12. 23.(日) 150회	제 55회	(55회) (제 5장~)
12. 24.(月)		정기휴간
12. 25.(火) 151호	제 56회	(56회)
12. 26.(水) 152호	제 57회	(57회) (제 6장~)
12. 27.(木) 153호	제 58회	(58회)
12. 28.(金) 154호	제 59회	(59회)
12. 29.(土) 155호	제 60회	(60회)
12. 30.(日)		임시휴간
12. 31.(月)		정기휴간
1907. 1. 1.(火) 156호		연재 쉼
1. 2.(水)		임시휴간
1. 3.(木)		임시휴간
1. 4.(金)		임시휴간
1. 5.(土)		임시휴간
1. 6.(日) 157호		연재 쉼
1. 7.(月)		정기휴간
1. 8.(火) 158호	제 61회	(61회)
1. 9.(水) 159호	제 62회	(62회)
1. 10.(木) 160호	제 63회	(63회)
1. 11.(金) 161호		연재 쉼
1. 12.(土) 162호	제 64회	(64회)

1. 13.(日) 163호	**제 65회**	(65회)
1. 14.(月)		정기휴간
1. 15.(火) 164호	제 65회	(66회) 횟수 중복
1. 16.(水) 165호	제 67회	(67회) '제 66회' 누락됨. 중복 오기 수정한 듯.
1. 17.(木) 166호	제 68회	(68회)
1. 18.(金) 167호		연재 쉼
1. 19.(土) 168호	제 69회	(69회)
1. 20.(日) 169호	제 70회	(70회)
1. 21.(月)		정기휴간
1. 22.(火) 170호	제 71회	(71회)
1. 23.(水) 171호	제 72회	(72회)
1. 24.(木) 172호		연재 쉼
1. 25.(金)		임시휴간
1. 26.(土) 173호	제 73회	(73회)
1. 27.(日)		임시휴간
1. 28.(月)		정기휴간
1. 29.(火) 174호	제 74회	(74회)
1. 30.(水) 175호	제 75회	(75회)
1. 31.(木) 176호		연재 쉼
2. 1.(金) 177호	제 76회	(76회) 단행본 상편 마침
2. 2.(土) 178호		연재 쉼
2. 3.(日) 179호		연재 쉼
2. 4.(月)		정기휴간
2. 5.(火) 180호		연재 쉼
2. 6.(水) 181호	제 77회	(77회) 단행본 하편 시작
2. 7.(木) 182호	제 78회	(78회) (제 8장~) (7장은 누락됨)
2. 8.(金) 183호	**제 79회**	(79회)
2. 9.(土) 184호		연재 쉼

2. 10.(日) 185호	제 79회	(80회) 횟수 중복. 거의 2회 분량임
2. 11.(月)		정기휴간
2. 12.(火)		임시휴간
2. 13.(水)		임시휴간
2. 14.(木)		임시휴간
2. 15.(金)		임시휴간
2. 16.(土)		임시휴간
2. 17.(日) 186호	**제 79회**	(81회) 횟수 중복
2. 18.(月)		정기휴간
2. 19.(火) 187호	제 80회	(82회)
2. 20.(水) 188호	제 81회	(83회)
2. 21.(木)		임시휴간
2. 22.(金) 189호	제 82회	(84회)
2. 23.(土) 190호	제 83회	(85회)
2. 24.(日) 191호	**제 83회**	(86회) 횟수 중복
2. 25.(月)		정기휴간
2. 26.(火) 192호	제 85회	(87회) '제 84회' 누락됨. 중복 오기 수정한 듯.
2. 27.(水) 193호	제 86회	(88회) '第十章'이라고 쓰고 '제팔장'이라 음독표기함 (9장은 누락됨)
2. 28.(木) 194호	제 87회	(89회)
3. 1.(金) 195호	제 88회	(90회)
3. 2.(土) 196호	제 89회	(91회)
3. 3.(日) 197호	**제 89회**	(92회) 횟수 중복
3. 4.(月)		정기휴간
3. 5.(火) 198호	**제 93회**	(93회) 연재 횟수 오기 바로 잡음

날짜	회차	비고
3. 6.(水) 199호	**제 93회**	(94회) 횟수 중복
3. 7.(木) 200호		연재 쉼
3. 8.(金) 201호		연재 쉼 <혈의루> 발간 위해 교정하느라 <귀의성> 연재 며칠 쉰다는 광고 게재됨
3. 9.(土) 202호		연재 쉼
3. 10.(日) 203호		연재 쉼
3. 11.(月)		정기휴간
3. 12.(火) 204호		연재 쉼
3. 13.(水) 205호	제 94회	(95회) 제목 및 회장에 한자 음독 표기 사라짐
3. 14.(木) 206호	제 95회	(96회)
3. 15.(金) 207호	**제 95회**	(97회) 횟수 중복
3. 16.(土) 208호	제 96회	(98회)
3. 17.(日) 209호		연재 쉼
3. 18.(月)		정기휴간
3. 19.(火) 210호	제 97회	(99회)
3. 20.(水) 211호	**제 97회**	(100회) 횟수 중복
3. 21.(木) 212호		연재 쉼
3. 22.(金)		임시휴간
3. 23.(土) 213호	**제 97회**	(101회) 횟수 중복
3. 24.(日) 214호		연재 쉼
3. 25.(月)		정기휴간
3. 26.(火) 215호	제 98회	(102회)
3. 27.(水) 216호		연재 쉼
3. 28.(木) 217호		연재 쉼
3. 29.(金) 218호		연재 쉼
3. 30.(土) 219호		연재 쉼
3. 31.(日) 220호		연재 쉼
4. 1.(月)		정기휴간

4. 2.(火) 221호	**제 98회**	(103회) 횟수 중복
4. 3.(水) 222호	제 99회	(104회)
4. 4.(木) 223호	제 100회	(105회)
4. 5.(金) 224호	제 101회	(106회)
4. 6.(土) 225호	제 102회	(107회)
4. 7.(日)		임시휴간
4. 8.(月)		정기휴간
4. 9.(火) 226호	제 103회	(108회)
4. 10.(水) 227호	제 104회	(109회)
4. 11.(木) 228호	제 105회	(110회)
4. 12.(金) 229호	제 106회	(111회)
4. 13.(土) 230호	제 107회	(112회)
4. 14.(日) 231호	제 108회	(113회) (제 11장~)
4. 15.(月)		정기휴간
4. 16.(火) 232호	제 109회	(114회)
4. 17.(水) 233호	제 110회	(115회)
4. 18.(木) 234호		연재 쉼
4. 19.(金) 235호	제 111회	(116회) (제 12장~)
4. 20.(土) 236호	제 112회	(117회)
4. 21.(日) 237호	제 113회	(118회)
4. 22.(月)		정기휴간
4. 23.(火) 238호	제 114회	(119회)
4. 24.(水) 239호		연재 쉼
4. 25.(木) 240호	제 115회	(120회)
4. 26.(金) 241호	제 116회	(121회)
4. 27.(土) 242호		연재 쉼
4. 28.(日) 243호		연재 쉼
4. 29.(月)		정기휴간
4. 30.(火) 244호	제 117회	(122회)
5. 1.(水) 245호		유실됨(연재 쉰 듯함)

날짜	회	내용
5. 2.(木) 246호	제 118회	(123회) 244호에서 바로 이어짐. 내용 누락은 없음.
5. 3.(金) 247호		연재 쉼
5. 4.(土) 248호	제 119회	(124회)
5. 5.(日) 249호	제 120회	(125회)
5. 6.(月)		정기휴간
5. 7.(火) 250호		연재 쉼
5. 8.(水) 251호		연재 쉼
5. 9.(木) 252호		연재 쉼
5. 10.(金) 253호	제 121회	(126회) (제 13장~)
5. 11.(土) 254호		연재 쉼
5. 12.(日) 255호	제 122회	(127회)
5. 13.(月)		정기휴간
5. 14.(火) 256호	제 123회	(128회)
5. 15.(水) 257호	제 124회	(129회)
5. 16.(木) 258호		연재 쉼
5. 17.(金)		임시휴간
5. 18.(土) 259호	제 125회	(130회) (제 14장~)
5. 19.(日) 260호	제 126회	(131회)
5. 20.(月)		정기휴간
5. 21.(火) 261호	제 127회	(132회)
5. 22.(水) 262호	제 128회	(133회)
5. 23.(木) 263호	제 129회	(134회)
5. 24.(金) 264호	제 130회	(135회) (제 15장~)
5. 25.(土) 265호	제 131회	(136회) <귀의성> 상편 초판 (중앙서관) 발행일
5. 26.(日) 266호		연재 쉼
5. 27.(月)		정기휴간
5. 28.(火) 267호	제 132회	(137회)
5. 29.(水) 268호		연재 쉼

		<귀의성> 최초 도서 광고.(중앙서관)
5. 30.(木) 269호	제133회	(138회)
5. 31.(金) 270호	제134회	(139회) 연재 중단.(미완)
6. 1.(土) 271호		
6. 2.(日) 272호		
6. 3.(月)		정기휴간
6. 4.(火) 273호		
6. 5.(水) 274호		
6. 6.(木) 275호		유실됨
6. 7.(金) 276호		
6. 8.(土) 277호		
6. 9.(日) 278호		
6. 10.(月)		정기휴간
6. 11.(火) 279호		
6. 12.(水) 280호		
6. 13.(木) 281호		유실됨
6. 14.(金) 282호~6. 29.(土) 293호(최종호)까지 유실본 없음		

참고문헌

1. 1차 자료

(1) 국내 자료

이인직, <단편>, 『만세보』(1906. 7.3~7.4)

_____, <혈의루>, 『만세보』(1906. 7.22~10.10)

_____, <혈의루 하편>, 『제국신문』(1907. 5.17~6.1)

_____, <강상선>, 『대한신문』(1907. 7~9월)

_____, <옥년전(<혈의루>)>, 엄순영 필사본(1908. 2.2)

_____, <혈의루>, 광학서포(1908. 3.28 ; 재판)

_____, <목단봉>(<혈의루>), 동양서원(1912. 11.10 ; 개작본)

_____, <모란봉>, 『매일신보』(1913. 2.5~6.3, 하편)

_____, <혈의루>, 『문장』(1940. 2)

_____, <귀의성>, 『만세보』(1906. 10.14~1907. 5.31)

_____, <귀의성 상편>, 중앙서관(1907. 5.25 초판)

_____, <귀의성 하편>, 중앙서관(1908. 7.25 초판)

_____, <귀의성 상편>, 동양서원(1912. 2.5 재판)

_____, <치악산> 상편, 유일서관(1908. 9.20)

_____, <은세계>, 신택영 필사본(1908. 6월)

_____, <은세계>, 동문사(1908. 11.20)

_____, <빈선랑의 일미인>, 『매일신보』(1912. 3.1)

_____, <달 속의 토끼>, 『매일신보』(1915. 1.1)

「學部來法文」09. 『조회(照會) 제 27호』, 광무 4년(1900) 8월 기안

조선총독부 경무부, 『경무월보』 13호(1911.6)

김용준, <황금탑>, 보급서관(1912)

보급서관 편역, <홍보석>, 보급서관(1913)

김용준, <금국화>, 보급서관(1914)

이해조 편, <춘향가>, 보급서관(1914)

일학산인, <일념홍>, 『대한일보』, (1906. 1. 23~2. 18)

작가 미상, <목동애전>, 『한성신보』, (① 1902. 12. 7 ② 1902. 12. 19 ③1903.
    1. 15 ④ 1903. 1. 17 ⑤ 1903. 1. 23 ⑥ 1903. 1. 27 ⑦1903. 2. 3)

작가 미상, <관정제호록>, 『대한일보』 (제 1회(1904. 12. 10), 제 2회(1904.
    12. 21), 제 3회(1905. 1. 7))

정한숙 외 해제, 『국문학대계, 개화기의 문학편』, 정음사(1955)

전광용 외 편, 『한국신소설전집 1』, 을유문화사(1968)

한국학문헌연구소 편, 『한국개화기문학총서 : 신소설 · 번안(역)소설 1』(아
    세아문화사, 1978 ; 영인본)

강태영 편, 『아단문고 장서목록 1, 단행본+잡지』, 아단문화기획실(1995,
    비매품)

국립국어원 편, 『표준국어대사전』, 두산동아출판사(1999)

신문 : 『국민신보』, 『만세보』, 『대한신문』, 『황성신문』, 『제국신문』, 『대한
    매일신보』, 『매일신보』, 『중외일보』, 『조선일보』

이천시청 홈페이지(http://www.icheon.go.kr/)

포천시청 홈페이지(http://www.pcs21.net/pocheon/introduce/district/district.jsp)

(2) 국외 자료

이인직, <과부의 꿈>, 『미야코신문(都新聞)』(1902. 1.28~29)

<한인한화(韓人閑話)>, 『미야코신문(都新聞)』(1902. 5~6월)

Edited by Chung Chong-wha, 『Korean classical literature : an anthology』
    (London : Kegan Paul International ; New York : Distributed by Routledge,

Chapman, and Hall. (1989)

오무라 마스오(大村益夫)·호데 도시히로(布袋敏博) 편·해설,
『近代朝鮮文学日本語作品集 : 1901~1938. 創作篇 1 小說』, 錄蔭書房(東
京, 2004)

2. 국내 논저

(1) 단행본

김영민, 『한국근대소설사』, 솔(1997)

_____, 『한국 근대소설의 형성과정』, 소명출판(2005)

_____, 『한국의 근대신문과 근대소설 1 : 대한매일신보』, 소명출판(2006)

_____, 『한국의 근대신문과 근대소설 2 : 한성신보』, 소명출판(2008)

김영민·구장률·이유미 공편, 『근대계몽기 단형 서사문학 자료전집 상·
하』, 소명출판(2003)

김윤식·정호웅, 『한국소설사』, 예하(1993)

김태준, 『조선소설사』, 청진서관(1933 ; 초판, 1939 ; 재판)

다지리 히로유키, 『이인직 연구』, 국학자료원(2006)

송민호, 『한국개화기 소설의 사적 연구』, 일지사(1975)

스킬렌드(Skillend, W. E), 『고대소설 Kodae Sosol : A Survey of Korean
Traditional Style Popular Novels』, University of London. School of
Oriental and African Studies,(1968)

안자산, 『조선문학사』, 한일서점(1922)

이윤석·大谷森繁정명기 편저, 『세책고소설연구』- 연세국학총서 34, 혜안
(2003)

이은숙, 『신작 구소설 연구』, 국학자료원(2000)

이재선, 『한국개화기소설연구』, 일조각(1972)

_____, 『한말의 신문소설』, 한국일보사(1975)

이주영, 『구활자본 고전소설연구』, 월인(1998)

이창식, 『한국의 보부상』, 밀알(2001)

전광용, 『신소설연구』, 새문사(1986)

조희웅, 『고전소설 연구보정』, 박이정(2006)

최기영, 『제국신문 연구』, 서강대 언론문화연구소(1989)

_____, 『대한제국시기신문연구』, 일조각(1991)

한기형, 『한국근대소설사의 시각』, 소명출판(1999)

한원영, 『한국개화기신문연재소설연구』, 일지사(1990)

(2) 논문

강현조, 「<혈의루> 판본 비교 연구 – 형성과정 및 계보에 대한 비판적 고찰을 중심으로」, 『현대문학의 연구』 제 31호(2007. 3)

_____, 「<귀의성> 판본 연구」, 『현대소설연구』 제 35 호, 한국현대소설학회(2007.9)

_____, 「<혈의루>의 원전비평적 연구」, 『우리말글』 제 41호, 우리말글학회(2007.12)

_____, 「<금낭이산(錦囊二山)> 연구 – 작품의 성립과 그 변화 과정을 중심으로-」, 『현대소설연구』 제 37호, 한국현대소설학회(2008), 125~49쪽

_____, 「이인직 소설의 창작배경 연구 – 도일 행적 및 <혈의루> 창작 관련 신자료 소개를 중심으로」, 『우리말글』 제 43호, 우리말글학회(2008.8)

구장률, 「신소설 출현의 역사적 배경」, 『동방학지』 135, 연세대 국학연구원(2006)

권순긍, 「1910년대 활자본 고소설 연구 – 그 개작·신작의 역사적 성격」, 성균관대 박사(1991)

권영민, 「이인직과 신소설 <혈의루>」, 『이인직 혈의루』, 서울대출판부(2001)

김기란, 「신연극 <은세계> 연구」, 『한국근대문학연구』 제 16집, 한국근대
　　문학회(2007.10)

김동인, 「소설작법 3」, 『조선문단』 제 9호(1925. 6)

「조선근대소설고」, 『조선일보』(1929. 7.28~8.16 연재)

김영기, 「개화기소설의 양면성」, 『현대문학』 제 246호(1975.6)

김영민, 「근대 계몽기 신문의 문체와 한글 소설의 정착 과정」, 『현대문학의
　　연구』 제 22호, 한국문학연구학회(2004), 47~88쪽

_____, 「『만세보』와 부속국문체 연구」, 『대동문화연구』 제 64집, 성균관
　　대 대동문화연구원(2008) 415~453쪽

_____, 「한국 근대문학과 원전(原典) 연구의 문제들」, 『현대소설연구』
　　제 37호, 한국현대소설학회(2008) 9~35쪽

_____, 「근대 작가의 탄생: 근대 매체의 필자 표기 관행과 저작의 권리」,
　　『현대문학의 연구』 제 39호, 한국문학연구학회(2009)

김종철, 「<은세계>의 성립과정 연구」, 『한국학보』 제 14집, 일지사(1988)

김철, 「<무정>의 계보」, 김철 교주, 이광수 저 『바로잡은 <무정>』, 문학동
　　네(2003)

김하명, 「신소설과 <혈의루>와 이인직」, 『문학』 6권 3호, 백민문화사
　　(1950.5)

김해옥, 「<혈의루>와 <모란봉>의 문학적 변모 양상 고찰」, 『연세어문학』
　　18집(1986)

다지리 히로유키(田尻浩幸), 「국초 이인직론」, 연세대 석사(1992)

_____, 「이인직의 都新聞社見習時節 ; 朝鮮文學 寡
　　婦の夢」 등 새 자료의 소개를 중심으로」, 고려대학교 『어문논집』 32(1993)

_____, 「이인직 연구」, 고려대 박사(2000)

_____, 「애국계몽운동기에 梁啓超를 매개로 하여 유
　　입된 社會進化論과 李人稙」, 한국어문교육연구회, 『어문연구』, 제 31호
　　(2003)

문한별, 「1910年代 活字本 古小說 研究」, 고려대 석사(2002)

_____, 「한국 근대 소설 양식의 형성과정 연구 : 전통 문학 양식의 수용과 대립을 중심으로」, 고려대 박사(2007)

박상석, 「＜秋風感別曲＞ 연구 : 작품의 대중성을 중심으로」, 연세대 석사(2007)

박장례, 「＜은세계＞의 원전비평적 연구 – 필사본 신자료를 중심으로」, 『藏書閣』 제 7집, 한국정신문화연구원(2002)

박전열, 「일본 근대 초기의 연극개량운동」, 『한국연극학』 제 13호, 한국연극학회(1999)

박태규, 「이인직의 연극개량의지와 ＜은세계＞에 미친 일본연극의 영향에 관한 연구」, 『일본학보』 제 47집(2001. 6)

백순재, 「이인직의 ＜강상선＞ 새 발견」, 『한국문학』(1977. 4)

사에구사 도시카쓰(三枝壽勝), 「이중표기와 근대적 문체 형성 : 이인직 신문 연재 ＜혈의루＞의 경우」, 『현대문학의 연구』 제 15호(2000.8)

손동호, 「『만세보』 연구 : 현실인식과 서사의 특질을 중심으로」, 연세대학교 석사(2008)

송민호, 「신소설 ＜혈의루＞ 소고」, 『국어국문학』 14호(1955)

신채호, 「소설의 추세」, 『대한매일신보』(1909. 12. 2)

우쾌제, 「구활자본 고소설의 출판 및 연구현황 검토」, 한국고전문학연구회 편, 『고전소설연구의 방향』, 새문사(1985)

이건지(李建志), 「＜寡婦の夢＞の世界」, 『朝鮮學報』170, 조선학회(1999)

이능우, 「고대소설 구활판본 조사목록」, 『숙명여대 논문집』 8(1968. 11)

이상경, 「＜은세계＞재론-이인직 연구(1)」, 『민족문학사연구』 제 5호, 창작과비평사(1994)

임화, 「속신문학사(續新文學史)」, 『조선일보』(1940. 2. 2, 8, 15)

_____, 「개설 신문학사」, 『조선일보』(1940. 4. 18)

전광용, 「＜설중매＞ - 신소설연구①」, 『사상계』 27호(1955.10)

_____, 「＜치악산＞ - 신소설연구②」, 『사상계』 28호(1955.11)

_____, 「＜귀의성＞ - 신소설연구③」, 『사상계』 30호(1956.1)

_____, 「<은세계> - 신소설연구④」, 『사상계』 31호(1956.2)

_____, 「<혈의루> - 신소설연구⑤」, 『사상계』 32호(1956.3)

_____, 「<모란봉> - 신소설연구⑥」, 『사상계』 33호(1956.4)

_____, 「<화의혈> - 신소설연구⑦」, 『사상계』 35호(1956.6)

_____, 「<춘외춘> - 신소설연구⑧」, 『사상계』 36호(1956.7)

_____, 「<자유종> - 신소설연구⑨」, 『사상계』 37호(1956.8)

_____, 「<속 자유종> - 신소설연구⑩」, 『사상계』 38호(1956.9)

_____, 「<추월색> - 신소설연구(완)」, 『사상계』 40호(1956.11)

조연현, 「신소설 형성과정고 : 이인직의 <혈의루>를 중심으로」, 『현대문학』 136호, 현대문학사(1965)

천정환, 「한국 근대 소설 독자와 소설 수용양상에 대한 연구」, 서울대 박사(2002)

최서해, 「조선문학개척자 - 국초 이인직씨와 그 작품」, 『중외일보』(1927. 11.15)

최원식, 「<은세계> 연구」, 『민족문학의 논리』, 창작과비평사(1982)

_____, 「<혈의루> 소고」, 『한국학보』 36집(1984)

최종순, 「이인직 소설 연구」, 인하대 박사(2003)

최태원, 「<혈의루>의 문체와 담론구조 연구」, 서울대 석사(1999)

하동호, 「新小說 研究草 : 上, 中, 下」, 『세대』 38 · 40 · 41호(1966.9,11,12)

_____, 「開化期 小說의 書誌的 整理 및 調査」, 『동양학』 7집, 단국대 동양학연구소(1977)

함태영, 「<혈의루> 제 2차 개작 연구 – 새 자료 동양서원본 <모란봉>을 중심으로」, 『대동문화연구』 제 57집(2007. 3)

_____, 「이인직의 현실인식과 그 모순 : 관비유학 이전 행적과 『都新聞』 소재 글들을 중심으로」, 문학과 사상 연구회 편, 『근대 계몽기 문학의 재인식』, 소명출판(2007)

_____, 「1910년대 『매일신보』 소설 연구」, 연세대 박사(2009)

찾아보기